TWENTYSIX – Der Self-Publishing-Verlag
Eine Kooperation zwischen der Verlagsgruppe Random House und BoD – Books on Demand

© 2017 Allouch, N.

Herstellung und Verlag:
BoD – Books on Demand, Norderstedt.

ISBN: 9783740743307

Für Rania

Fehler

Sie machen uns zu dem was wir sind.

Ob wir es nun wollen oder nicht.

Sie sind es die Kontrolle über uns verfügen.

Wer hat das wohl schon nicht einmal erlebt?

Dieser Moment wenn ein kleiner Fehler dein ganzes Leben

verändert.

Falls dir das noch nie passiert ist, dann warte.

Du wirst nicht wissen wann und auch nicht wie oder warum,

aber es wird passieren, sonst wären wir ja nicht wir.

FEHLER

Was ist das überhaupt?

Du stehst vor dem Bahnsteig, willst einsteigen, wartest bis die

anderen ausgestiegen sind und rempelst dabei jemanden an

FEHLER

Du hast eine tolle Überraschung für den Geburtstag deiner

Freundin geplant, die Torte fällt jedoch

FEHLER

Du brauchst unbedingt Geld, hast jedoch keins und fängst an

dir einfach alles zu nehmen, was du brauchst-Diebstahl

FEHLER

Deine beste Freundin verliebt sich in deinen Ehemann du

merkst, dass er auch Interesse zeigt und nimmst ihr das Leben

FEHLER

Sind das alles nur Fehler????

Wenn ich jemanden aus Versehen anremple ist das, das gleiche

wie der Mord an jemand anderem, oder?

Es sind doch beides Fehler und genauso werden diese in der Gesellschaft auch bezeichnet.

Jeder macht es sich gerade so Recht, wie es ihm nun passt oder nicht.

Bist du Inhaber einer Bank und diese wird ausgeraubt, so bezeichnest du es als Diebstahl, Ausrottung , Zerstörung und allem drum und dran, doch nicht als Fehler, wenn überhaupt ganz am Ende nach dem drei bis vier Jahre vergangen sind und du wieder da stehst wo du vorher warst.

Bist du jedoch der Bandit, bezeichnest du es, als aller erstes als Fehler und dann als Notlösung oder als Tat bei der du keine andere Wahl hattest.

So verändern Fehler unser Leben immer wieder aufs neue. Genauso war es auch mit mir...

Ich stand vor ihr, hätte alles verändern können, ich wusste doch alles. Ich hätte ihr Leben gerettet, ihrer Familie all die Trauer erlassen können und sie hätte in Ruhe weiter leben können...

Aber nein, ich begann einen Fehler, welcher alles veränderte, ohne das ich es auch nur irgendwie wollte...

Stehst du vor der Kamera hast du jede einzelne Sekunde Angst davor zu fallen, etwas falsch zu machen, einen Fehler zu begehen..

du weißt, es ist nicht leicht, aber der einzige Weg.

Und genau das war der Beginn meines Fehlers...

Mein Name ist O' und das wird erstmal so das einzige sein, dass ihr über mich erfahren werdet. In meinem Leben werde ich durch drei Spiele, der Zukunft, der Gegenwart und der Vergangenheit bestimmt. Ich habe nie Teil dieser absurden Konstruktionen sein wollen, doch es war meine Vergangenheit, die mir keine andere Wahl ließ...
Diese Spiele beruhen alle auf ein einziges Element, ein Element, dass uns allen geschenkt wurde, doch nicht jeder weiß es auch gleichermaßen zu schätzen. Sie wollen dich testen und dich dabei eigentlich nur manipulieren:

DAS LEBEN

Nun ja im Leben gibt es doch aber keine festen Regeln, jeder tut theoretisch das was er will, doch sind wir durch unsere Pflichten überhaupt noch frei? Können wir überhaupt ein Leben ohne Regeln oder Gesetze führen?
Die Meisten von euch würden dem höchst wahrscheinlich widersprechen, denn wenn es keine Regeln gibt wird bestimmt alles im Chaos enden und wir alle nehmen den anderen ihre „Rechte" die sie hiermit ja garnicht mehr haben.
Aber die würde auf Gegenseitigkeit beruhen, also wäre das doch fair oder?
Aber wißt ihr was sie alle noch haben werden, auch wenn sie alles verlieren, wenn alles zu Grunde geht und ihr merkt, diese Welt hat nicht mehr lange,
Ihr Habt Euch & Die Hoffnung
Aber schon nach kurzer Zeit werdet ihr merken

DAS REICHT NICHT!

Um zu überleben braucht man mehr, aber wie gelange ich dort hin wo ich hin will?

Runde 1

Stell dir vor die gesamte Menschheit stellt sich gegen dich, weil sie wissen, du bist anders, aber trotzdem so wie sie.
Du bist verrückt, aber trotzdem so wie sie.
Du bist intelligent, aber trotzdem so wie sie.
Du bist alleine, aber trotzdem so wie sie.
Du bist 0' und jeder weiß du kannst etwas verändern, etwas verändern, wovor die Menschen Angst haben. Sie wissen nicht mit Veränderungen umzugehen, also bist du auf dich alleine gestellt. Sie wissen du kannst es, du weißt es gibt noch weit aus mehr als wir eigentlich sehen. Du weißt es existiert etwas, wovon noch lange nicht die gesamte Menschheit überzeugt ist.
Es existiert etwas, dass die Antworten für all unsere Fragen bereit stellt.
Wir sollen nicht hinterfragen, aber auch nicht blind glauben.
So stelle durch Wissen fest, dass das der richtige Weg ist!

5 Uhr MORGENS

Ich kann einfach nicht schlafen, meine Gedanken und Träume spielen nicht mit. Ich drehe mich nach links und nach rechts. Etwas beunruhigt mich. Ich schalte meine Nachtlampe neben meinem Bett auf meiner weißen Nachtkommode an. Nichts dort, aber es musste doch etwas da gewesen sein, ich bilde mir das Ganze doch nicht ein?
Habe ich sie wieder gesehen?
Verzeiht sie mir denn immer noch nicht?
Es war ein Fehler......

Oder war das nur in meinen Augen der Fall?
Hatte ich Angst davor es als bedachte Schuld zu bezeichnen?

<u>Ich wachte auf</u>

Ich habe geträumt, geträumt zu haben, bin ich denn jetzt wach?
Ich zog mir an den Haaren und schrie auf:,, Ah!". Die
automatische Reaktion auf meine Tat und das gleichzeitige
Bereuen vergewisserten mich, wach zu sein.
Ich stand auf und ging in die Küche um mir etwas zu trinken
zu holen, das ganze hatte mich doch mitgenommen..
Als ich wieder in mein Zimmer ging, dachte ich darüber nach,
wieso ich diesen Traum wohl überhaupt hatte.
Sollte mir etwas gezeigt werden?
War es eine Warnung auf das nun Bevorstehende?
Ich weiß es nicht, und in diesem Augenblick bemerkte ich, dass
diese vier Wörter das schlimmste waren, was mir wohl je hätte
passieren können.
ICH WEISS ES NICHT

Etwas schlimmeres gibt es in meinen Augen nicht.

<u>Ich ging wieder schlafen</u>

Am nächsten morgen ging ich wie immer mit meiner kleinen ausgefransten Aktentasche, welche ich noch von meiner Mum hatte, und dem typischen Dutt, welcher wie immer sagte:,, wann bin ich denn endlich fertig ?" Richtung Bahnhof zur Uni. Nach den 12 Jahren Schule, hatte mir das Pauken wohl immer noch nicht gereicht.
Nebenbei erwähnt, ist heute mein Geburtstag, aber ich verabscheue diesen Tag, weil mich meine Vergangenheit noch immer nicht in Ruhe lassen will. Es ist der Tag, an dem ich das Wertvollste verlor, dass ich je hatte...
Ich denke eines solltet ihr noch wissen, ich bin nicht gerade auffällig, aber das war auch nie direkt meine Absicht, dennoch gewöhnte ich mich eines Tages daran.
Denn eine Sache hat mir meine Mutter immer auf den Weg gegeben:

Vertraue niemandem, außer dir selbst und denen, denen du nie vertrauen würdest. So kannst du niemals hintergangen werden, denn die, bei denen du dir sicher bist ihnen niemals vertrauen zu können, musst du sehr und auch sie dich sehr geliebt haben, denn merke dir eins: Du kannst niemanden hassen ohne ihn vorher aus ganzem Herzen und voller Stolz geliebt zu haben! Sie würden dich also nie verraten! Auch wenn sie es wollten!

Naja da ich also nie etwas mit denen zu tun hatte, welchen ich mein Vertrauen nie schenken würde, blieb ja nur noch ich übrig und das wars auch schon, ich & ich.

Als ich nun aus dem Zug ausgestiegen bin und mich auf dem Weg zu meinem Hörsaal machte, rannte mir der gute alte Dr. Khan schon vorher entgegen.

Dr. Khan: „Hey O', ich weiß ja, dass du nur ungern mit deinen Studierenden und allgemein dem Menschenwesen in Kontakt tretest. Aus diesem Grund hatte ich vor dir deinen guten Weisheitsspruch für dieses Jahr alleine und persönlich mitzuteilen. Du weißt ja, dass ich das gewöhnlich an jedem Geburtstag meiner Studenten tue.

Trotz deiner Verschlossenheit weiß ich, dass noch viel mehr in dir steckt, deshalb will ich dir folgendes mitteilen: Wir beide wissen, das Leben ist ein Spiel, ein Theaterstück, bei dem wir geprüft werden. Wer die Marionetten sind, das ist bereits klar, doch wäre es nicht auch mal interessant sich auf die Suche nach dem Marionettenspieler zu machen?"

Ich: <in meinen Gedanken: Ich studiere zwar Philosophie, aber die „Marionetten"?!? das wird mir zu viel am frühen morgen. Naja das konnte ich ihm nun schlecht sagen..>
„Aber sicher doch Professor, ich werde darüber nachdenken"

Und ich ging in den Hörsaal, ohne auch ein „Hallo" oder ein „Auf Wiedersehen" zu nennen. Ich denke diese Konversation war sowieso schon zu lang..

Ich saß wie immer ganz oben in der hintersten Reihe und blickte auf alle herunter, gerade als Studentin der Philosophie ist es doch interessant, alles aus seiner eigenen Perspektive zu betrachten, naja das denke ich zumindest.

Tatsächlich aber dachte ich über das nach, worauf mich Dr. Khan ansprach.

Wir, die Menschen als Marionetten, als eigentlich nichts, wann werden wir diese Welt endlich verstehen?

Wieso ist unsere Spezies so eigen und speziell?

Wir werden von vielen als Spitzenreiter der Evolution bezeichnet, doch im eigentlichen waren es nicht wir, die uns weiterentwickelten.

Es war die Natur, die uns erlaubte mit ihr zu wandern, und uns ihrer anzueignen.

Wir Menschen sind es, welche immer wieder auf Konkurrenz und Macht aus sind. Vor lauter Gier und Eifersucht sind wir blind geworden und haben nicht einmal gemerkt, wie es überhaupt geschah. Naja das scheint nicht wirklich verwunderlich zu sein, denn ein Blinder ist schließlich nicht in der Lage zu sehen, wie sich die Welt um ihn herum verändert. Genau das sind wir:

,,Organismen, welche durch ihren Hass zu anderen und durch die Gier nach Macht und lauter Eifersucht, nicht mehr in der Lage sind zu sehen, worum es eigentlich geht, wieso wir eigentlich hier sind. Die Prüfung ist nicht leicht, aber sie ist da und wir haben sie zu bestehen. Wir werden nicht mehr lange leben, da so eine Spezies es nicht mehr lange schafft in der Welt zu verbleiben, da liegt das Problem nicht nur bei den wenigen Nachkommen, sondern daran, dass gerade wenn sie Nachkommen auf die Welt bringen, auch diese, genauso werden wie man es ihnen vorschreibt und somit befinden wir uns in einem ewigen Kreislauf der Irre und des unendlichen

Wahnsinns, nur weil keiner seine Augen öffnen kann, um mal etwas gegen die Mehrheit, gegen die Lügen, gegen dem was wir alle sehen, die Wahrheit die jeder von uns vor den Augen hat, vor welcher jedoch jeder Angst hat, sie auszusprechen. Nur weil wir daran denken, was passieren könnte, wenn..., oder was nicht passieren könnte, wenn..., als wenn wir etwas daran ändern könnten?.."

Welche Prüfung ich meine? Den Sinn des Lebens, der Grund weshalb wir alle hier sind. Glaubt bloß nicht alles das sei „Zufall". Als Zufall bezeichnen die Menschen gerne ihre Lügen oder ihre Fehler, wenn es jedoch darum geht, dass sie selbst etwas geschaffen und verändert haben, so zeigen sie jeden einzelnen Schritt ihres Plans.

Nun wollt ihr bestimmt wissen, was das alles mit dem Spiel, in dem wir uns befinden zu tun hat.

Es ist die Grundlage für das, was folgt..

Ich sitze nicht ohne Grund ganz oben in der hintersten Ecke, sondern, weil man so einen Überblick auf alles andere hat.

Mir ist etwas eigenartiges aufgefallen, denn in der letzten Woche hatten wir eine Vertretung bei Frau Professorin Klein.

Ich hatte schon die ganze Zeit das Gefühl, sie habe vom Thema abgelenkt, diese Frau hat mich immer zu angestarrt und in dem Moment begriff ich, sie wollte mehr! Sie blickte zu mir und richtete beim Sprechen ständig ihre Hand in meine Richtung.

Als ich mich daraufhin wieder auf den Weg nach Hause machte, hatte ich das Gefühl, dass mir jemand wie mein eigener Schatten hinterher schlich.

Um mich zu vergewissern, bog ich sofort in die Bäckerei, aber keiner war dort und ich dachte ich habe mir das alles wohl nur eingebildet und ging wieder ganz normal wie jeden anderen üblichen Tag nach Hause.

Als ich ankam lag vor meiner Haustür tatsächlich ein weißer Handschuh, jemand musste in meiner Wohnung sein, doch keiner lässt seine Indizien so offensichtlich liegen oder?

Ich erkannte, dass es sich um einen wohl durchdachten Plan handelte, doch dann war es bereits zu spät...

Ich lehnte mich gegen meine Tür, um den Handschuh etwas näher zu betrachten und rutschte sofort ab, die Tür war offen!

In diesem Moment wusste ich, jemand hat es auf mich abgesehen, oder jemand hatte Lust ein Spiel zu spielen und ehrlich gesagt, dachte ich mir, dass ich wohl mitspielen kann.

Von diesem Moment an, hatte mein Leben eine komplett andere Wendung genommen...

Ich machte mich also auf die Suche, um herauszufinden, wer und warum jemand in meine Wohnung eindringen wollte.

Ich hatte keine besonderen Schätze, ich war schließlich Studentin und hatte immer nur das Nötigste parat. Also wieso das ganze?

Ich hatte mir gedacht, mit voller Konzentration auf alles das mir im weiteren begegnete, zu achten.

Ich ging also vorsichtig rein, entdeckte jedoch nichts am Boden und vor mir war nichts ungewöhnliches. Auch die Möbel standen genauso wie immer und nichts sah verwühlt aus. Das ganze machte mir irgendwie Bauchschmerzen und ich ging als nächstes ins Bad. Als ich eintrat entdeckte ich auch hier nichts ungewöhnliches, naja abgesehen von der Tatsache das ich im Allgemeinen sehr unordentlich und schusselig war. Vielleicht konnte mir deshalb auch nichts auffallen?!

Als nächstes betrat ich mein eigenes Schlafzimmer, doch auch dort fand ich nichts, nichts und wieder nichts. In diesem Moment fiel mir ein, dass ich die Dinge nun einfach so sehen sollte wie sie nunmal gerade sind und nicht anders. Schließlich hatte ich keine andere Wahl und die Polizei konnte ich auch nicht verständigen, was sollte ich Ihnen auch schon sagen? Ein weißer Handschuh lag vor meiner Tür, welche offen war, aber alles andere ist noch genauso wie vorher???

Das würde mir ja nicht einmal jemand glauben, der es selbst miterlebte und das einzige was mir nun blieb, war ein weißer Handschuh, nichts weiter...

Also musste ich wohl mitspielen......

Ein Spiel, bei dem der Gegner und das Ziel unbekannt sind.

Ein Spiel, bei dem dir die Regeln unbewusst sind.

Ein Spiel, bei dem dir unbekannt ist, wann, wo und wie es endet.

<u>Am nächsten Morgen.</u>

So fing ich also an, ich wußte, dass wer auch immer an diesem Tag da war, er würde wieder kommen. An dem heutigen Tag ging ich nicht in die Uni, denn ich beschäftigte mich viel mehr damit herauszufinden wie das Spiel weiter gehen könnte. Ich hatte nicht nichts, ich hatte den Handschuh. Wer auch immer ihn fallen lies, wollte, dass ich ihn sehe. Jemand der so dezent arbeitet, dass man nicht einmal in der Lage ist zu erkennen, was genau zu Hause geschehen sei, wird definitiv keinen auffälligen weißen Handschuh vor der Eingangstür liegen lassen und dabei auch noch die Tür offen halten. Dieser Handschuh musste mich also irgendwie zum nächsten Teil des

Spiels bringen.

Ich ging als erstes in die Bibliothek, ich dachte mir, dass viele Detektive dort ihren ersten Schritt machen, naja zumindest tun sie das in den Filmen..

Also machte ich mich auf den Weg, wenn man es überhaupt so nennen kann, schließlich habe ich keine genaue Route und auch kein genaues Ziel. Aber irgendwo musste ich ja anfangen. Ich nahm den Handschuh mit und ging schnellstmöglich in die nächste Bibliothek in der Nähe. Als ich ihn in der Hand gehalten hatte, fühlte ich etwas in dem Handschuh. Es war ein kleiner Kristallhund, mit der Aufschrift:,, Auch der Hund, welcher nach einer gewissen Zeit vergessen hat, wo sich sein versteckter Knochen befindet, findet seinen Knochen, nach langem Bemühen des Suchens."

Was sollte ich damit anfangen??

Noch viel schlimmer: Der Handschuh war die ganze Nacht über meiner Nachtkommode, also musste jemand in dieser Zeit in meiner Wohnung gewesen sein und ihn reingelegt haben, denn am vorherigen Tag bemerkte ich nichts.

,,Was für ein Spiel spielst du mit mir?" Dachte ich mir.

ich verstehe es einfach nicht, der Mensch ist tatsächlich so speziell und kompliziert und dann auch noch diese metaphorische Art und Weise alles auszudrücken! Wie kann ein so eigenes Wesen es nur geschafft haben, im Laufe der Entwicklung Stand zu halten?

Aber gut, ich musste das Beste draus machen, diese Aufschrift müsste mich weiter bringen.

Als ich nun in die Bibliothek eintrat, setzte ich mich absichtlich in eine Ecke wo mich bloß niemand bemerkte, da ich wusste, dass wenn ich jemandem begegnen würde, der mich kannte, ich so unter Nervositätsdruck leiden würde, dass ich plötzlich anfangen würde, über all das was geschah zu reden.

Ohne nachzudenken, aber einfach drauf los zu reden!

Daraufhin stand ich auf und versuchte ein Buch zu finden, welches einen Zusammenhang mit der Aufschrift auf dem Kristall zu tun haben könnte. Doch wen sehe ich genau jetzt?!: Frau Professorin Klein!!

Hat sie vielleicht etwas mit all dem zu tun? Ich meine wieso sehe ich sie genau hier und jetzt?

Ich habe versucht in ihren Augen unsichtbar zu wirken, doch so dumm wie ich war, lehnte ich mich an ein Regal mit den Büchern an. Und jetzt ratet mal?! Genau dann fällt auch noch eine Reihe von Büchern, wie Dominosteine aus dem Regal.

Naja und das war es auch schon mit dem „unsichtbar wirken", sie bemerkte mich selbstverständlich und kam auch noch direkt auf mich zu, als würde sie gezielt nach mir gesucht haben.

Auf dem ersten Blick tat ich so, als wäre sie mir nicht aufgefallen, doch schließlich war sie nicht blöd.

Sie hatte dann auch noch immer und immer wieder diese gleiche schreckliche Frisur: der fest gebundene Dutt nach hinten und genau vier Strähnen, Zwei vorne und zwei hinten.

Doch sie bemerkte schnell, dass ich auf ihr äußeres achtete und kam schnell zum Punkt. Sie sagte mir, dass sie weiß wer ich bin und was ich wohl vor habe und sie zog ein Buch mit der Aufschrift „Du selbst und ich in mir" aus dem Regal.

„Ach O' du bist ja so fleißig, selbst wenn du nicht in der Uni bist, versuchst du dir immer wieder Wissen anzueignen."

Das verwunderliche an dem ganzen, war nicht die Tatsache, dass sie tatsächlich dachte, beziehungsweise mich denken lassen wollte, dass sie denkt, dass ich hier bin um mir zusätzliches Wissen anzueignen. Nein das Eigenartige am ganzen war eher die Tatsache, dass ihr bereits am frühen Morgen auffiel, dass ich mich heute oder zu diesem Zeitpunkt nicht in der Universität befand. Dabei hätte ich bis jetzt nicht einmal eine Vorlesung gehabt, in der ihr meine Abwesenheit aufgefallen sein könnte.

Wieso also weiß diese Frau wohl immer und immer wieder wann ich mich genau wo befinde.

Als ich sie am ersten Tag sah, ist sie mir bereits unangenehm aufgefallen und jetzt auch noch dieses „Stalker-Acting". Leute, wenn ihr mich fragt, ist das weit aus mehr als nur unheimlich!!!!

Sie bot mir abschließend an, diese Lektüre zu lesen, da ich ihrer Meinung nach dadurch eine weitere und erhöhte weit aus strukturiertere Ebene erreichen würde, als ich es im eigentlichen durch ein Buch erreichen könnte.

Ich nahm es an und sie ging wieder in Richtung Ausgang und dies relativ flott.

Als ich das Buch öffnete, fand ich sofort auf der ersten Seite einen Magneten an dem Buch haften, aber wie könnte das möglich sein? Ein Buch hat keine mechanische Anziehungskraft, so das der Magnet tatsächlich daran haften könnte.

Ich nahm den Magneten demnach ab und fand direkt darunter:

EINE BOMBE:

NOCH 2:54 Minuten

Alles und jeder würden in zwei Minuten und 54 Sekunden ausgeschaltet sein.

Doch außer der Bombe, war noch etwas zu sehen:,, Diese Bombe muss nicht hoch gehen, du kannst es verhindern, aber bist du auch bereit um die erste Runde wirklich in Kenntnis zunehmen??"

In diesem Moment musste ich innenhalb von ca. einer Minute im Sinne aller beteiligten handeln. Ich hatte also keine andere Wahl und musste dieses Spiel spielen. Direkt neben dieser Aussage befand sich ein kleiner heller Punkt, welcher einem nochmals klar machte, dass es kein zurück gibt und dieser das Leben, aller in als auch von der Umgebung der Bibliothek aus Beteiligten, gerettet sein würden.

Nun ja wie ich bereits sagte, hatte ich eben keine andere Wahl und habe den Knopf noch bevor die letzten 7 Sekunden vorbei waren, als meine einzige Option in dieser Situation gesehen und gedrückt.

Zum Glück schaltete sich die Bombe tatsächlich aus.

Von jetzt an wusste ich, Professorin Klein musste etwas mit dem ganzen Spiel zu tun haben, aber was?

Gehörte der Handschuh, welcher vor meiner Haustür lag, ihr?

Wusste sie, dass sich eine Bombe in dem Buch befand?

Was habe ich mit all dem zu tun?!

Eins wusste ich: ich muss versuchen dieses Spiel schnellstmöglich zu beenden, bevor ich verliere!

Das Buch ,,Du selbst und ich in mir" und der Handschuh, mussten mir doch irgendwie einen Hinweis auf den nächsten Schritt geben??

Es war eigenartig dazu gezwungen zu werden ein Spiel zu spielen. Ich weiß ja nicht einmal, was ich jetzt tun sollte, sollte ich vielleicht doch zur Polizei?

„Durch die Bombe hätte ich doch wenigstens einen Beweis dafür, dass ich nicht komplett spinne", flüsterte ich vor mich hin.

In diesem Moment begriff ich, dass ich definitiv mal wieder abschalten müsste und machte mich auf dem Weg zum Ausgang der Bibliothek. Ich ging absichtlich durch einen abgetrennten Waldweg, damit ich mich vergewissern konnte, dass ich alleine bin, doch in diesem Moment verstand ich: Ich bin nicht allein. Jemand musste hinter mir sein, ich sah seinen oder ihren Schatten die ganze Zeit vor mir. Wenn ich mich jedoch umdrehte, dann würde diese Person mich und ich diese Person sehen. Aus großer Angst ging ich meinen Weg einfach fortlaufend weiter, vielleicht würde diese Person schon gleich von alleine verschwinden und sich seinem/ihrem eigenen Weg aneignen.

Doch das war nicht der Fall.

Ehe ich mich versah, ergriff mich ein Handschuh vor meinen Augen, mein Herzschlag wurde immer schneller, es war so, als würde dieser sich von Sekunde zu Sekunde vervierfachen. Ich habe angefangen zu schreien und zu treten, mich einfach so zu bewegen, dass sie oder er nicht mehr in der Lage sei mich festzuhalten. Ich spürte wie mir die Hände gebunden wurden und mir meine Augen verschlossen wurden. Es wurde kein richtiges Band um sie gebunden, doch ich konnte sie einfach nicht mehr auf machen. Es fühlte sich so an, als wäre mein Augenglied und meine Wimpern in meinem Gesicht miteinander verschmolzen, als mir diese Person auch noch eine

Augenbinde um die Augen schloss. Nachdem mir dann auch noch mein Mund zugebunden und verschlossen wurde, bemerkte ich, dass es keinen Sinn hatte sich weiterhin zu wehren. Womit denn auch, die Bestandteile meines Körpers die mich irgendwie hier rausgeholt hätten, waren nicht mehr unter meiner Kontrolle.

Ich wurde mitgenommen, aber nicht zu Fuß.

Diese Person hatte mich in einen Transporter verstaut, wie ein Paket, das schnellstmöglich geliefert werden müsste.

Ich stieg freiwillig ein, denn meine Füße konnte ich noch bewegen, ich hätte so oder so nichts mehr am Ganzen verändern können. Ich hörte nur noch wie sich eine Tür schloss und der Motor aufsprang. Von jetzt an, bemerkte ich, wie wir uns fortbewegten.

Wohin? Wer der Fahrer war? Was er von mir will? Ob es zum Spiel gehört?

KEINE AHNUNG

Aber ich fing an in Sekunden mitzuzählen wie weit ich mich wohl von meinem vorherigen Standort entfernte, doch nach 904 hielt der Wagen bereits an, das waren gerade mal um die 15 Minuten?!

Nach einer langen Zeit bewegte sich das Auto überhaupt nicht, doch nach gefühlt zwei bis drei Stunden fing es wieder an, denn wir stiegen Berg auf, das aber auch nur für gefühlte ein bis zwei Minuten, daraufhin bewegte sich wieder nichts.

Nach einer gewissen Zeit hatte ich für einen kurzen Moment einen starken Druck auf den Ohren.

ICH BEFAND MICH IN EINEM FLUGZEUG......

Runde 2

Seine eigene Grenze zu überschreiten.

Sich selbst zu übertreffen und darüber hinaus zu sein.

Das ist es doch, was jeder von uns erreichen will.

Seine Grenze zu überschreiten, heißt aber nicht immer genau, sich im positiven Sinne weiterzuentwickeln.

NEIN!

Es ist weit aus mehr als das, seine Grenze zu überschreiten, etwas zu tun, das man eines Tages bereut und sich wünscht es wieder rückgängig zu machen, doch es hilft nichts weiter als die Zeit zurück zu drehen.

Die Lösung ist demnach also UNMÖGLICH.

Wisst ihr was nun daraus folgt? Der Mensch fängt an, an sich selbst und an seinen Fähigkeiten zu zweifeln.

Habe ich wirklich so viel falsch gemacht?

Wie kann ich es wieder gut machen?

Wieso kriege ich keine zweite Chance?

Auf Selbstverzweiflung und Selbstmitleid folgt nun Aggression und Wut.

Wir sind in den meisten Fällen nicht bereit dazu, einzusehen was wir falsch gemacht haben. Aber wieso auch? Wenn man es doch dem anderen in die Schuhe schieben kann!

Diese Gedanken befinden sich in jedem von uns, ob wir es nun wollen, oder es lieber verneinen. Letztendlich haben wir keine andere Wahl, als daran glauben zu müssen.

Es ist nichts, als die Wahrheit, welche der Mensch nahezu immer
wieder versucht zu verleugnen wenn sie ihm gerade nicht passt.
Und sie zu bejahen, wenn sie unsere Meinungen und Ansichten
unterstützt.
Und nicht zu einem anderen Zeitpunkt!
Nur dann
Nur in diesem Augenblick
Nur in diesem Fall
Wollt ihr das verneinen?
So verneint ihr die natürliche Art des Menschen, wenn man in
diesem Fall mit natürlich, die Art und Weise meint, welche sich
der Mensch durch seine Vorbilder und seinem sozialem Umfeld
angeeignet hat.
Und wer könnte schon in der Lage sein, dies zu verneinen?
Etwa der Mensch selbst?
Etwa derjenige, welcher selbst jeden einzelnen Tag davon
betroffen wird?
Etwa derjenige, welcher der Wahrheit nicht ins Gesicht schauen
will?
JA GENAU DER WIRD ES ALS EINZIGER VERLEUGNEN!
Und die Wahrheit zu verleugnen, bezeichnen wir hier als Lüge.
Und nur ein Lügner würde all das verneinen.
Bis er eines Tages wieder an dem Punkt angelangt ist, dass er
irgendwie ja doch merkt, hmmm.. da ist schon irgendwo etwas
wahres an der Sache.
Doch wird er es jemals mit Worten zugeben?
Nein!
Dafür sind wir uns eben einfach zu schade.
Wieso?

Ist es wirklich so schändlich zuzugeben, dass wir im Unrecht
sind? und der andere im Recht?
Wann werden wir nur endlich begreifen, dass alles hier nur ein
Spiel ist und auch hier gibt es nur zwei Optionen:
Verlieren
ODER
Gewinnen
Und wer verliert schon gerne?
Derjenige, welcher die Wahrheit des Lebens nicht einsehen und
begreifen will.
Derjenige wird verliert.
Derjenige, der niemals in der Lage sein wird, einzusehen, zu
verstehen, zu glauben und zu reagieren!
Genau derjenige wird als Verlierer dargestellt.

An einem Ort, der mir unbekannt ist, mit Personen die mir
fremd sind, in einem Flugzeug, das in jede mögliche Richtung,
nur nicht zurück fliegen könnte.

WO BIN ICH????

Ich dachte die ganze Zeit darüber nach, wo sich das Ziel
befindet und wer überhaupt dahinter steckt. Doch ich war nicht
in der Lage dazu, eine Erklärung zu finden. Egal wie sehr ich
es versuchen und mich bemühen würde, ich könnte mir jegliche
Antwort nur erhoffen oder jedoch vollkommen abstreiten.
Durch diese ganzen Überlegungen nickte ich immer wieder ein
und versuchte dann aber wieder die Augen offen zu halten.

Dies gelang mir jedoch nicht lange und ich schlief tief und
fest ein.

Nach einer gewissen Zeit, wurde ich wach, aber auch nur weil
das Flugzeug landete und ich wiedermal den starken Druck
auf den Ohren spürte. Es fühlte sich plötzlich so an, als wären
die Temperaturen um 50 Grad Celsius gestiegen. Ich spürte
eine so starke Hitze, welche nicht mehr zu beschreiben war.
Nachdem das Flugzeug landete, wurde ich komplett frei
gemacht, bloß die Augen waren noch verbunden. Die Hände
dieser Person, welche mich befreite waren jedoch komplett kalt,
als hätte man sie so eben aus dem Kühlschrank geholt.

Wie konnte das sein?

Es war doch so heiß und der Schweiß perlte immer weiter von
meiner Stirn ab.

Abschließend wurde ich von der Person, weit nach vorne
geschupst und bemerkte, dass ich mich in diesem Moment
alleine befinden könnte.

Keiner hielt mich mehr fest.

Meine Hände und Füße wurden freigebunden, also entnahm ich
mir sofort das Augenband.

Als ich es abnahm, hatte ich mir gewünscht es doch lieber auf
zu behalten.....

       Ich befand mich in einer Wüste..

An einem Ort den ich nicht kannte, zu welchem ich nie wollte
und nun trotzdem bin.

In diesem Moment bemerkte ich, dass unser Leben voller
Entscheidungen steckt, die wir selbst nicht entscheiden
können, welche aber dennoch ihren Lauf nehmen.

Entscheidungen, welche das Leben für uns bereitstellt, welche uns in der Regel zwei Optionen bieten.

Ich meine, ist das nicht eigentlich die Definition einer Entscheidung?

Eine Aussage, welche immer mindestens zwei Optionen liefert, zwischen welchen wir dann in der Lage sind zu begreifen und zu entscheiden.

Aber können wir überhaupt noch entscheiden?

Werden unsere Entscheidungen nicht immer auch von anderen Entscheidungen unseres Lebens beeinflusst?

Ist die Entscheidung nicht eigentlich etwas, was der Mensch und das Individuum selbst treffen sollte?

Ich kann eins sagen: Diese Tatsache war mit großer Sicherheit keine Entscheidung in diesem Sinne, sondern viel mehr ein Marionettenspiel mit mir selbst. Der grundlegende Unterschied zu einem Schauspiel mit Marionetten war jedoch, die Unwissenheit nicht zu wissen, was als nächstes zu tun sein sollte, ohne bedenken zu können, welchen Einfluss alle Entscheidungen auf den Rest meines Lebens haben könnten. Außerdem bemerkte ich, wie mir der Hals immer weiter eintrocknete. Es war so heiß und dennoch kein Wasser oder jegliche Quelle in Sicht.

Das einzige was ich noch hatte, war die rote Augenbinde, mit folgender Aufschrift: „Das was du siehst scheint nicht immer das zu sein,was es ist. Sehe nichts und dennoch mehr als du denkst".

Was sollte ich bloß damit anfangen?

Doch nach einigen Minuten kam mir eine Vermutung in den Sinn:

Der Wind der Wüste war so stark, das ich meine Augen kaum
öffnen konnte. Also nahm ich die Augenbinde und legte sie mir
so vor den Augen, dass ich gerade noch nach unten sehen
konnte um zu schauen, in welche Richtung und auf welchen
Weg ich mich begebe.
Was war bloß los?
Woher sollte ich denn jetzt noch wissen, in welche Richtung ich
ging?
Woher bitte sollte ich mir jegliche Orientierung nehmen?
Ich fühlte mich wie ein Fisch den man zum ersten mal ins
Wasser warf und demnach entscheiden wollte, wie er sich so
macht, wie er voran kommen würde und wie er sich
weiterentwickeln würde, irgendwo im nirgendwo...
Wie ein Computer ohne seine Tastatur..
Wie ein Kissen ohne die Weiche seines inneren..
Wie ein Holi Fest ohne Farben..
Wie ein Fotograf ohne Kamera..
Wie ein Schauspieler ohne seine Leidenschaft für das was er
tut..
Wie eine Fernbedienung ohne ihre Batterie..
Wie ein Körper ohne sein Herz..
Wie ein Universum ohne die Unendlichkeit..
Wie ein Schuh ohne seine Sohle..
Wie ein Raum ohne seine Tür hindurch oder raus zu kommen..
Wie ein Leben ohne Schmerz..

Wie ein ich ohne dich.......

Wie ein Ort ohne seine Orientierung für mich!

Bis ich tatsächlich einen Pfad auf dem Boden der Wüste erkannte, welchen ich ohne das ständige auf den Boden schauen nie bemerken würde.

Ich musste die Botschaft auf dem Band also irgendwie richtig verstanden haben. Ab hier wusste ich, diese Person musste jemand sein, welche mich schon seit Jahrzehnten untersucht und auswendig gelernt hatte. Woher sollte jemand sonst wissen, dass ich diese Nachricht so verstehen würde, wie ich sie verstanden habe.

Aber ich war lebenslänglich alleine ohne irgendjemanden, dem ich je vertrauen oder zu dem ich eine nähere Beziehung als eine Hallo-Botschaft eingehen würde. Wer könnte es also sein? Vielleicht diese Psycho Lehrerin Frau Klein?

Aber die kannte mich auch nicht so lange, es muss sie also jemand dazu angestiftet haben.

Jemand der mich von oben bis unten kennt.

Einer aus dem Studium? Aber das kann auch nicht sein, schließlich wissen die überhaupt nichts über mich, abgesehen von der Tatsache, dass ich nie etwas über jemand anderes oder über mich selbst, wissen wollte.

Dafür war ich bekannt, das Mädchen, das sich nie traute mit jemandem darüber zu sprechen, was sie wirklich will.

Wie ich die Welt in meinen Augen sehe oder sie je wahrgenommen habe. Die Art und Weise, wie ich mich artikulierte und das, was ich sagte oder wiedergab. Ich war doch wohl für niemanden wirklich interessant ?

Oder etwa doch?

Waren das schon genügend Informationen um mich zu kennen?

Schließlich gab es nicht wirklich mehr als das über mich zu wissen, also vielleicht doch zu viel?

Ist dieses nichts, für andere bereits zu viel?

Das werde ich wahrscheinlich erst am Ende dieses Spiels erfahren, wenn es denn überhaupt ein Ende nimmt...

Ich ging den Pfad also in der Wüste entlang, doch eigenartiger Weise hatte dieser Pfad keine einzige Krümmung, in welche Richtung auch immer. Es ging die ganze Zeit immer nur gerade aus und langsam dachte ich tatsächlich, dass ich jeden Moment umkippe und das Spiel hätte ein Ende. Doch ich wusste wer mich bereits mein ganzes Leben lang untersuchte, mich entführte und mit dem Flugzeug an einen Ort brachte, bei dem man sich lieber wünschen würde sein ganzes Leben mit einer Augenbinde rumzulaufen, würde mich nicht so einfach aufgeben. Ich ging also weiter und weiter ohne jegliches genaueres Zeitgefühl zu empfinden und um genau zu sein kam mir das ganze schon wie ein bis zwei Tage im nichts und nirgendwo vor. Konntet ihr euch das tatsächlich vorstellen? Ihr geht und geht und geht und das einzige was ihr sieht, ist nichts.. Abgesehen von einem lang gezogenen beigen Pfad der irgendwo hinführte und außerdem der Farbe der Wüste ähnelte, so dass man ihn zwischen durch, sogar aus den Augen verlor. Kennt ihr das?

Irgendwie erinnerte mich das an unser Leben, manchmal ist alles ganz klar und einfach ohne jegliche Hindernisse, doch manchmal kann es Jahre dauern um dort hinzukommen wo du es dir die ganze Zeit immer schon erträumtest. Den Weg zu unserem Ziel wissen wir im eigentlichen, doch wieso scheitern dann wir an manchen Stellen immer noch?

Ich meine jemand der Lehrer werden will, weiß dass er dafür auf Lehramt studieren muss.

Jemand der sich einen neuen Laptop zulegen möchte, weiß vorher wie viel er kostet und bringt das passende Geld auf.

Jemand der einen Fehler begangen hat, weiß dass er ihn unbedingt wieder gut machen möchte...

Wieso klappen dann so viele Dinge trotzdem nicht, so wie man sie geplant hatte?

Es kommen immer wieder Hindernisse dazwischen mit welchen wir nicht gerechnet hätten.

Hindernisse, die unser Handeln und unser Denken beeinflussen.

Hindernisse, die uns nach einmaligem oder auch mehreren Scheiterns nicht in Ruhe lassen möchten.

Hindernisse, welche sich wiederholen.

, welche uns verändern.

, welche uns einen neuen Weg zeigen.

Hindernisse, die in jede mögliche Richtung ausfallen könnten, welche nicht vorher zu sehen oder zu beeinflussen sind, da sie unmittelbar sind und immer dann wann sie wollen hervortreten.

Um eurem Verständnis nachzuhelfen, nehmen wir an:

.. du fällst einfach jedes Mal durch und merkst, dass du es einfach nicht mehr packst und andere dir immer wieder klar machen, das du einfach nicht in der Lage bist Lehrer zu werden und deine Meinung ändert sich."

„ jemand war schneller da und der Laptop ist nun vergriffen,
da es sich um einen Sonderverkauf handelte, sind keine mehr
auf Lager."

„ du wolltest deinen Fehler gerade wieder gut machen, doch
dir wird diese Chance genommen indem dir das Leben keine
zweite Chance mehr gibt und dir niemals vergeben wird."

All das sind Hindernisse auf ihre eigene Art und Weise, welche
uns auf ihre eigene Art und Weise mit unterschiedlichen Dingen
beeinflussen.
Im oberen, habe ich euch nur die Hindernisse negativer Art
vorgestellt, aber selbstverständlich können Hindernisse auch
ihre positiven Auswirkungen haben.
Natürlich!
Hindernisse können uns entweder beschützen oder uns eine
einmalige Chance nehmen. Doch wir wissen nie wo das Gute
oder Schlechte steckt, je nachdem haben Hindernisse einen
großen Einfluss auf den Rest unseres Lebens.
Wir sind jedoch diejenigen, welche entscheiden wie wir mit
ihnen umgehen und wie wir auf Grundlage dessen im weiteren
Verlauf unseres Lebens Entscheidungen treffen und
dementsprechend handeln.
Doch sind wir mal ehrlich, ohne Hindernisse würde das Leben
doch keine richtige Wendung nehmen. Unser Leben würde einer
linearen Funktion ähneln ohne jegliche Krümmung, welche
entweder stetig steigt oder fällt. Wäre das wirklich das, was
wir uns wünschen? Naja wirklich zufrieden werden wir nie
sein, egal auf welche Art und Weise. Unsere Spezies kann kein
hundertprozentiges Zufriedenheitsgefühl entwickeln.

Haben wir wenig, so wollen wir mehr.

Haben wir viel, so wollen wir mehr.

Haben wir nichts, so wollen wir etwas.

Haben wir das Eine, so wünschen wir uns das andere.

Schon immer wollten wir das, was wir nie haben werden und auch garnicht erst haben können. So unwahrscheinlich sollte uns das nicht vorkommen, schließlich zieht uns alles das was unmöglich ist oder unmöglich zu erreichen scheint, an.

Demnach sind wir selbst Schuld für all die Hindernisse, welche uns im Leben begegnen. Sie sind nicht mehr oder weniger, als das was aus unseren Handlungen und Denkweisen folgt.

Sie zeigen uns wie das Leben sein sollte und machen es genauso wie es ist. Es sind keine Entscheidungen unsererseits sondern Folgerungen und Resultate von dem was wir sind.

Was sind wir schon?

Ein Haufen Lebewesen, welche sich selbst am liebsten bekriegen würden, wenn nicht alles so läuft wie es laufen sollte.

Wenn wir nicht genau das bekommen, was wir uns erwarten, am liebsten zum Suizid über gehen würden.

Wenn uns andere verletzen auf eine Art, die wir nicht ertragen wollen, können und müssen, werden wir zu Biestern, zu unerträglichen Wesen, das sich eines Tages in unserem Erscheinungsbild widerspiegeln wird ohne das wir es merken werden, aber es wird geschehen und diese Zeit wird unkontrolliert zum Vorschein kommen.

In diesem Moment der nicht zu erdrückenden Wahrheit wird sich jeder wünschen, dies und das nicht getan zu haben, doch es wird zu spät sein.

Als sie etwas verändern konnten, war ihre Gier und ihr Verlangen höher.

Jetzt ist es zu spät und sie würden alles geben um eine zweite Chance zu bekommen.
Es ist zu spät…
Zu spät um etwas zu verändern.
Zu spät um das geschehene, ungeschehen zu machen.
Zu spät um auf ein Wunder zu hoffen.
Zu spät um sich zu entschuldigen

Einfach zu spät um auf die andere und nun richtige Seite zu wechseln, um etwas zu verändern, um DICH zu verändern und um die ANDEREN zu verändern.
Ihr habt euch für diesen Weg entschieden und seit nun nicht mehr in der Lage ihn zu ändern oder zu bändigen, oder ihr wurdet genauso wie ich vom Schicksal dazu gezwungen.
Das einzige das euch bleibt, ist mit diesem Weg, der einem Fluss gleichen könnte, zu fließen und nicht ihr seit es, welche die Orientierung haben, sondern das, was euch verleitet hat, das was euch zu dem machte, was ihr seid, das was ihr niemals verstehen werdet, weil ihr es erst garnicht wollt.
Und genau das ist die Antwort auf so viele Fragen in unserem Leben.

WIR SELBST DENKEN WIR LEITEN DIESES SPIEL, DOCH WIR NEHMEN NUR TEIL, OHNE MIT JEGLICHEN KONSEQUENZEN ZU RECHNEN UND FALLEN DABEI JEDES MAL WIEDER HIN.

Kein Wunder, dass wir uns immer und immer wieder fragen, wieso so vieles nicht so läuft, wie wir es uns vorstellen.

Wir können nicht darüber bestimmen, sondern werden
bestimmt.
Denn auch ein Löwe muss vorher gebändigt werden, um durch
den feurigen Reifen zu kommen...
Nur haben wir es noch nie hindurch geschafft, da wir uns
immer wieder währen müssen und die Dinge nicht einfach so
zulassen können, wie es ihre natürliche Auslese erlaubt.
Nein! Wir versuchen ja immer schön alles zu ändern um mehr
zu erhalten, doch dabei sinken wir nur immer weiter auf den
Abgrund ohne es zu merken, ohne zu wissen, dass jemand der
verändert wird, nicht auch noch verändern kann, denn dafür

IST ES ZU SPÄT.....

Genauso fühlte ich mich in diesem Moment auch und
tatsächlich der Faden hatte nun endlich ein Ende genommen,
nur befand sich trotzdem nichts an diesem Ort. Ich war
hilflos... , hatte ich mir das mit dem: „die würden mich schon
nicht so schnell aufgeben" vielleicht nur eingeredet? Mit der
Hoffnung das ich schon in Kürze auf mein Ziel treffen würde?
Schon nach einigen Minuten bemerkte ich: NEIN!
Denn der Boden der Wüste war am Ende des Fadens tatsächlich
hart, härter am härtesten von all dem restlichem Teil der
Wüste..
Es war kein Henkel oder ähnliches in Sicht, welcher mir helfen
konnte den aus Holz bestehenden quadratförmigen Teilboden
zu öffnen. Also tritt ich immer wieder rein, schließlich kann es
nicht ganz so stabil sein. Dies tat ich jedoch nur mit einem
Bein, da ich sonst komplett in die Öffnung hineinfallen würde,
wenn sich denn eine darin befindet.

Ich trat immer härter rein, mit immer mehr Wucht, doch ganz
so stark konnte ich nun auch nicht gewesen sein. Schließlich
habe ich seid mehreren Stunden keine Nahrungsmittel, weder
Wasser noch etwas anderes zum essen, zu mir genommen.
Demnach war ich ganz schön erschöpft und fertig.
Dennoch blieb mir nichts anderes übrig, als zu treten, zu treten
und zu treten...
Endlich brach das Holz ein, in diesem Moment jedoch war
mein rechtes Bein ebenfalls reingerutscht. Doch konnte ich es
durch den Druck auf dem Boden mit dem linken Bein wieder
herausnehmen. Da stand ich also, mitten in einer mir
unbekannten Wüste mit einem mir unbekannten Loch in einem
mir unbekannten Holzboden. Besser kann dieser Tag schon
nicht mehr werden..., aber jetzt ratet mal..., DOCH dieser Tag
kann noch viel viel „besser" werden, denn irgendwie musste
ich durch den Boden hindurch und vergrößerte somit das Loch
des Bodens bis es so groß war, dass ich in der Lage wäre
hindurch zu kommen.
Nun bemerkte ich, ich müsse mich entscheiden:
Entweder meine Angst ist so groß, dass ich lieber sterbe, als in
dieses Loch zu kriechen
Oder ich wage diesen Schritt und schaue was auf mich
zukommt.
So wie ihr mich bis zu diesem Punkt hin kennt, würdet ihr
denken, dass ich mich für die zweite Option entscheide, bloß
tat ich das aus reinem Verständnis zum Tod.
Der Tod war doch im eigentlichen etwas schönes. Wir kehren
alle wieder dort hin, woher wir vom Ursprung aus kamen oder?
Außerdem wird für jeden die Frage beantwortet, was nach dem
Tod wohl komme und ob das Jenseits tatsächlich existiert. Nur

wird es für die meisten zu spät sein, um zu erkennen, dass sie ihr ganzes Leben auf etwas beruhten, dass nur Leben und Mensch war und sie sich im eigentlichen immer wieder abgelenkt hatten, indem sie das Leben nicht als das betrachteten, was es eigentlich war und zwar eine reine Prüfung!

Viele widersprechen dem und sind der Meinung, dass das Leben zu kurz ist um sich mit dem Gedanken zu beschäftigen, weshalb sie wohl auf dieser Erde sind und genießen es lieber in vollen Zügen. Sie vertreten oft folgende Leitsprüche:

Leben und leben lassen!

Lebe und denke nicht an morgen!

Du lebst nur einmal!

Doch was sie leider so gut wie immer übersehen, ist die Zeit des Todes.

Ist diese nicht länger?

Wir stehen zwischen der Grenze der Begrenztheit und dem Unendlichem. Ist die Unendlichkeit nicht eine viel längere Zeit als beispielsweise 20, 30, 50 oder auch 100 Jahre?

Ist es nicht eigentlich wichtiger, sich um die Zeit nach seinem Tod zu kümmern, als sie dermaßen auf dieser Welt zu verschwenden und das auch noch für etwas, dass uns im eigentlichen nichts zu bieten hat:

das Leben

Was haben wir denn bloß davon, zu wissen, dass wir leben?

Egal wo, egal wie und egal wann, das Leben hat uns nichts zu bieten, wenn wir uns nicht selbst eins aufbauen und hart dafür arbeiten, dass es so bleibt.

Und danach?

Was dann?

Der Tod kommt wann immer er will, die meisten rechnen
überhaupt nicht damit, was dann?

Schauen was auf uns zukommt? Ohne sich mit den Hindernissen
eines Weges vertraut zu machen, sollten wir erst garnicht an
Spontanität oder Improvisation denken. Sonst stolpern wir zu
oft...

Viele werden sich jetzt vielleicht fragen, wieso man sich für
etwas vorbereiten sollte oder wie man sich überhaupt auf etwas
vorbereiten kann, wenn man nicht einmal in der Lage ist zu
wissen, auf was man sich denn überhaupt vorbereiten soll?

Doch ist es mit dem Leben nicht genauso?

Ist es nicht sogar noch schlimmer, weil man nicht einmal weiß,
ob sich das harte arbeiten und das gesamte Streben überhaupt
lohnt?

Man arbeitet auf dieser Welt für ein noch im weiten nicht so
mächtiges Wesen: Mensch

als für das, welches uns den Ursprung und das Ende verleitet.

Das Leben konfrontiert uns jeden einzelnen Tag mit neuen
Aufgaben und Hindernissen. In diesem Fall seid ihr in der Lage
euch zu entscheiden, ob ihr euch diesen stellt, oder sie lieber
umgeht, doch dem Tod kannst du nicht entgehen!

Es bleibt uns keine andere Wahl, als uns diesem zu stellen.

Was also betrachtet ihr als sinnvoller:

Seinen Fleiß und das harte arbeiten dem Leben zu überlassen,
welches euch immer wieder in den Rücken fallen könnte und
begrenzt auf etwas zuläuft, wobei ihr bestimmen könnt, ob ihr
euch diesen Hürden stellt oder sie einfach so lässt wie sie sind,
sie einfach ignoriert, einfach nicht beachtet und sie somit
umgeht.

Oder aber ihr entscheidet euch, euch auf das Unendliche zu konzentrieren, euch auf das vorzubereiten, das wir nicht umgehen oder einfach ignorieren können. Etwas das euch nie im Stich lassen kann, weil es garnicht erst die Möglichkeit hat, euch in den Rücken zu fallen. Etwas das für uns unkontrollierbar scheint, was aber für sich selbst, also dem Tode persönlich immer die volle Kontrolle über uns auszeichnet.

Wird euch denn langsam nicht klar, dass wir alle kontrolliert werden und somit nicht kontrollieren können?

Ich begriff nun auf was ich mich einließ, tut ihr das auch? Ich habe bis jetzt keine Regel des Spiels gebrochen und ihr?

Nun, nachdem ihr euch genug Bedenkzeit gelassen habt, habe auch ich mich entschieden hineinzugehen...

Auf den ersten Blick schien alles sehr dunkel und finster, so war es die nächsten zwei bis fünf Minuten auch. Bis ich bemerkte, dass die Schrift auf dem Augenband einen gewissen Neoneffekt ausstrahlte. Ich hielt es schon die ganze Zeit über in meiner Hand und hatte mich gewundert, weshalb immer wieder an unterschiedlichen Stellen ein kleiner Funken des Lichts zu sehen war. Ich rief immer wieder:,, Haaalloooo? ist noch irgendjemand hier? Bitte antworte.........", aber keiner antwortete.
Ich hatte das Gefühl jeden Moment zu kollabieren, aber die Tatsache, dass ich alleine war, war für mich nichts neues, daran hatte ich mich ja schon gewöhnt.

Ehrlich gesagt hatte ich mehr Angst davor, dass sich noch
jemand außer mir hier drin befindet. Jemand der mich bereits
die ganze Zeit über beobachtete und mich einfach nicht allein
ließ.
Davor hatte ich wirklich Angst, davor, nicht alleine zu sein.
Wisst ihr auch weshalb?
Wir fürchten uns immer vor dem, dass uns nicht gewohnt ist,
dass neu für uns ist und außerdem anders erscheint.
Nun ja mir blieb nichts anderes übrig, als mich
schnellstmöglich dran zu gewöhnen um weiterhin überleben zu
können. Ich müsste also weiterhin mit dem Strom schwimmen...
Mithilfe der Augenbinde konnte ich wenigstens eine grobe Sicht
über das erlangen, was die nächsten drei Meter vor mir war,
doch ich hatte Angst, Angst davor nicht zu wissen, was als
nächstes passiert. Ich meine es kann alles mögliche geschehen,
aber ich bewegte mich immer langsamer vorwärts um keine
auffallenden Geräusche zu erzeugen. Doch das war auf dem
knirschenden Boden, etwas schwierig und mit der Zeit
bemerkte ich immer und immer wieder, wie müde, durstig und
hungrig ich war.
Plötzlich wurde mir echt schwindelig und ich hatte das Gefühl
alles dreifach und vierfach zu sehen. Ich bemerkte, dass ich es
nicht weiter schaffen würde, dafür war ich einfach zu schwach
und spürte wie ich langsam umkippte. Das einzige was ich noch
erkennen konnte, war das eine weibliche ältere Person vor mir
stand und sehr dunkel gekleidet war, aber diesen komischen
Dutt mit den vier Strähnen kannte ich doch?!
Frau Professorin Klein, war das letzte das ich sah......

Runde 3

Als ich wieder bei Bewusstsein war, befand ich mich ganz frei an einem Ort, der aussah wie der schönste Palast der Welt. Der Raum in dem ich mich befand schien unendlich groß zu sein und der Tisch ging über 21 Plätze und war reichlich mit Essen belegt. Alles wo nach man sich nur sehnen konnte, die besten Speisen mit den besten Getränken. Ich stand auf und ging langsam auf ihn zu, er war so farbenfroh und wunderschön. Außerdem bestand alles hier aus reinem Glas, wie der Tisch, die Stühle, die Wände, welche in diesem Sinne ja ihre Bedeutung verloren hatten, da sie transparent waren und alles andere, vom kleinsten Löffel bis hin zur größten Wand. Ich setzte mich und fing an zu essen, denn das konnte ich jetzt nun wirklich gebrauchen. Dennoch hatte ich ein grimmiges Gefühl bei der Sache.. Selbstverständlich, das Hühnchen, der Salat, die Bratkartoffeln, der Nachtisch mit den Früchten, der herrliche Saft und auch sonst alles andere, dessen Namen ich nicht kannte und auch nach all dem anderen keinen Platz mehr im Bauch hatte, sahen köstlich und unvergesslich aus. Doch weshalb sollte mir jemand den ganzen Platz einfach so mit der besten Nahrung, den besten Getränken und allem anderen fertig stellen? Schließlich war das letzte, dass ich sah, Frau Professorin Klein. Was hat sie wohl mit all dem zutun? Und weshalb sollte sie sich so viel Mühe geben, nachdem sie mich anscheinend halb in der Wüste ersticken und kollabieren lassen hat????

Alles das ergab im großen und ganzen keinen wirklichen Sinn. Es fehlt immer wieder der Strang von A nach B und von B nach C, doch ich verstand einfach kein Muster in allem. Ich war verzweifelt, nun war ich satt und mir ging es bestens, aber ich war dennoch nicht zufrieden.

Eigenartig oder?

Ich hatte in diesem Moment doch schließlich alles worauf ich zuvor nur hoffen konnte, aber dennoch war ich nicht in dem Sinne zufrieden, dass ich mich wohl fühlte. Wie oft passiert uns das schon im Leben, dass wir uns etwas so sehr von ganzem Herzen gewünscht hatten, aber die Freude davor viel größer war, als der Moment an dem dieser große Wunsch in Erfüllung ging? Es ist doch im eigentlichen immer der Fall, dass wir uns aus irgendeinem Grund eher auf die Vorfreude konzentrieren und wir so, viel Zeit damit verschwenden um unsere individuellen Wünsche wahr werden zu lassen. Dabei ist das alles doch nur Zeitvertreib und wir verlieren die Freude auf den eigentlichen Moment, da wir so sehr damit beschäftigt waren unseren Traum zu verwirklichen, so das wir nach einer gewissen Zeit, ohne es überhaupt zu bemerken, automatisch dazu gezwungen werden diese Dinge zu verwirklichen.

Wie sollte man sich denn auch auf etwas freuen, wozu man gezwungen wird?

Bevor ich nun endgültig vom Tisch aufstand erblickte ich einen kleinen Stein aus Glas, auf dem Stuhl rechts von mir. Dieser hatte diesmal keine Aufschrift im Sinne von Buchstaben, aber es waren mehrere Fotos angeklebt...

Das erste Foto zeigte mich vor meiner Haustür den weißen Handschuh aufheben. Das zweite stellte meine Tat in der

Bibliothek mit der Bombe dar. Daraufhin entdeckte ich ein weiteres, aber diesmal von mir im Wagen, auf dem Weg zum Flugzeug und das vierte zeigte mich in der Wüste und in das Loch durch den Holzboden fallend. Abschließend war ein Foto von mir genau hier an diesem Platz, am essen zu sehen...

Was auch immer diese Fotos aussagen sollten, sie bestätigten mir zwei Dinge:

1. Frau Professorin Klein kann nicht die Hauptverdächtige, beziehungsweise die Person, welche es mit all dem hier auf mich abgesehen hatte, sein. Schließlich war sie bei den meisten dieser Taten persönlich dabei, wie in der Bibliothek oder in der Wüste und wer weiß, vielleicht war sie es auch welche mich in den Wagen zerrte.

2. Wer auch immer diese Fotos gemacht hatte, ist hier oder ganz in der Nähe, da das Foto, wo ich am Tisch sitze und esse erst vor kurzem aufgenommen sein konnte. Außerdem sind alle Fotos aus der gleichen Perspektive, nämlich alle von oben rechts aus aufgenommen.

Aber wieso genau kriege ich diese Fotos? Ich meine, dass mir jemand die ganze Zeit über irgendwie auf die Schliche kam, konnte ich mir wohl denken. Sollten diese Fotos nochmal eine Bestätigung für die ständige Überwachung sein? Für die ständige Kontrolle? Vielleicht auch ein Zeichen dafür, dass ich bloß nicht auf die Idee kommen sollte irgendetwas dummes und unbedachtes zu tun.

Da ich anscheinend die ganze Zeit über in den Augen anderer gesehen und „festgehalten" werde.

Und was nun?

Ich befand mich am schönsten, mir bislang begegneten Platz
dieser Welt, aber ich war gefangen.
Ich hatte alles was das Herz begehrte, aber ich war gefangen.
Umgeben war ich von den besten Genüssen, aber ich war
gefangen.
Ich war umgeben von allem, aber doch von nichts.
Ich hatte alles, aber doch nichts.
Alles, aber nichts.
Nichts.
In diesem Augenblick fragte ich mich, ob das Nichts überhaupt
existierte. Ich meine auch wenn es existieren würde, wir wären
nicht in der Lage das Nichts zu sehen oder zu erfassen.
Woher sollten wir dann wissen ob es wirklich da ist?
Man kann doch nicht in der Lage sein nichts zu fassen, oder?

Nichts war etwas, das uns jeden einzelnen Atemzug unseres
Lebens umgeben hatte. Etwas das wir nicht erfassen konnten,
aber dennoch immer bei uns war und das, ohne das wir es auch
nur bemerkten. Wie könnten wir auch? Das war schließlich
nicht möglich. Das zeigte mir, dass uns viele Dinge im Leben
auf den ersten Blick vielleicht unglaubliche Gefühle von
Freiheit, Erleuchtung, Seelenfrieden und Zufriedenheit geben,
doch wenn man das ganze aus einer anderen Perspektive,
nämlich aus der wahren und nicht verschönerten Sichtweise
betrachtet, so ist zu erkennen, dass wir nichts haben. Alle diese
Dinge, welche uns ein Zufriedenheitsgefühl vermitteln, sind im
eigentlichen nur ein Zwang der auf uns ausgeübt wird um uns
zu manipulieren und wir entwickeln sofort, so sensibel das
Menschenwesen ist, eine Schwäche für diese Dinge. Diese können
wir nun wirklich nicht gebrauchen, denn Gefühle der

Einflusslosigkeit hatten wir reichlich zu bieten. Wir sollten versuchen unser Menschenbild im positiven Sinne zu vermitteln und versuchen jegliche mögliche Einflussfaktoren einzuschränken oder gar einzustellen. Ich meine schaut mich an, auch ich war zuvor von all dem begeistert, dass ich zu sehen bekam. Nun wünschte ich mir lieber dieses Spiel hätte ein Ende und ich wäre frei, in diesem Fall, zu Hause. Nun ja manchmal hat das Schicksal eben andere Pläne...

Aber jetzt musste ich mir wirklich Gedanken darüber machen, was die Fotos mit dem ganzen zu tun hatten und das war nicht all zu leicht. Ich versuchte Gemeinsamkeiten herauszupicken um zu verstehen wohin diese Fotos führen sollten. Ehrlich gesagt viel mir in diesem Moment aber nur eine einzige Gemeinsamkeit ein und das war Ich. Auf jedem dieser Fotos waren unterschiedliche Phasen des Spiels gekennzeichnet, doch ich war überall dabei. Naja, wie sollte mir das jetzt aber helfen? Zu wissen, dass ich auf jedem dieser Fotos bin, war nun wirklich keine besonders erstaunliche Erkenntnis.

Aber vielleicht ja doch?

Vielleicht ist das normale oder auffällig übliche ja etwas, worüber sich der Mensch im ersten Moment nicht große Gedanken macht, aber gleichzeitig auch etwas, dass als Erkenntnis und vielleicht sogar auch als erstaunliche Erkenntnis angesehen werden kann, dass es zwar jeder sah und bemerkte, aber sich niemand wirkliche Fragen dazu stellte. Es könnte doch sein, dass mir diese Fotos zeigen sollten, dass die Dinge manchmal sehr leicht und offensichtlich sind, der Mensch sie jedoch verkompliziert und sie nicht richtig wahrnimmt. Möglicherweise war der nächste Schritt nicht ganz so schwer und ich müsste nur anfangen zu suchen.

Das tat ich auch, ich stand auf und nutzte den gesamten Raum, um zu versuchen auch nur einen kleinen Hinweis zu finden, welcher mich weiterbringen würde. Ich ging die ganze Zeit über von Ecke zu Ecke, von Wand zu Wand, von Fläche zu Fläche, aber es ist mir einfach nichts in dem Sinne aufgefallen, das mir helfen konnte, hier raus zu kommen oder den nächsten Schritt des Spiels zu durchschauen. Ich fühlte mich verirrt und orientierungslos, außerdem ohne Hoffnung, ohne Vertrauen oder Glauben an mich selbst. Als hätte man mir erst alles, wonach man sich sehnte gegeben und mir dann das doppelte wieder genommen, so dass sich keine Aussicht auf Optimismus oder Hoffnung auf ein besseres Wohlergehen ergab. So setzte ich mich wieder an die Wand, welche relativ gut als Sitzstütze diente. Ich bemerkte jedoch, dass sich plötzlich alles ein wenig nach rechts verschoben hatte und dabei öffnete sich ein kleiner Schlitz zwischen zwei Wänden. Doch wenn ein Schlitz zu sehen war, also ein Teil der Wand theoretisch verschwand, so fehlte ein Teil und die Wand muss auf irgendeine Weise kleiner geworden sein. Das passierte mit Sicherheit nicht aus Zufall und ich lehnte mich wieder an die Wand um herzufinden in wiefern eine Verbindung zum Spiel und dem was gerade passierte, bestehen könnte. Der Schlitz wurde größer und je öfter ich mich an die Wand lehnte und immer weiter mit ihr nach rechts wanderte, desto größer wurde die Lücke zwischen beiden Wänden. Nach ca. 16 mal des Anlehnen hatte sich die Öffnung nicht mehr weiter vergrößert und sie blieb so wie sie nach dem sechzehnten Mal war. Naja ich hätte nun entweder weiter in diesem Raum voller Essen und Trinken und all den schönen Gütern bleiben können, oder aber ich gehe durch die Öffnung und lasse mich auf etwas ein, das ich nicht kenne und auch nicht weiß ob ich je wieder zurück kommen könnte, wenn ich hindurch gehe.

Aber schließlich war das gesamte Spiel etwas, dass ich nicht kontrollieren konnte, auch konnte ich nicht jeden einzelnen Handlungsschritt vorhersehen, naja eigentlich konnte ich überhaupt keinen Schritt in diesem Spiel vorhersehen. Also ging ich auf die Öffnung zu, doch passte ich nur seitlich mit meinem Körper hinein, als wäre er perfekt für mich ausgemessen worden. Ich ging hindurch und fiel...

Runde 4

Ich fiel und fiel, als hätte dieses Loch kein Ende mehr gehabt, dabei schrie ich immer und immer wieder auf:,, Aaaaaaaaaa!".
Als hätte dieser Abgrund kein Ende.........
Als ich nun nach gefühlten Stunden am Boden angekommen war, landete ich auf einem weißen riesigen Bett und in diesem Moment schwirrten Milliarden von Gedanken in meinem Kopf herum, doch der schwerwiegendste war, dass irgendjemand, der mir tatsächlich nicht aufgefallen ist, all das schon seit Jahren, wenn nicht Jahrzehnten vorbereitet haben musste. Alle diese Spielzüge, die ich anscheinend genauso tätigte, wie es von mir erwartet wurde, mussten bis aufs kleinste Detail überaus durchdacht werden, ich meine, wie sollte man jemanden so kennen, dass man jeden seiner Züge vorhersehen konnte????
Das verstehe ich einfach nicht! Ich wurde von niemandem betrachtet, ich glich immer einer durchlässigen Wand und die einzigen, welche sogar meinen Namen kannten, waren die Professoren. Naja nachdem wie sich das Bild von Frau Professorin Klein in meinen Gedanken entwickelte, war wahrscheinlich schon der Name zu viel Information. Doch wisst ihr, was mir außerdem noch genau in diesem Moment einfiel, war der Spruch an meinem Geburtstag von Professor Khan. Ich fühlte mich exakt wie eine Marionette, welche nicht wusste, wann, wie und von wem sie geleitet wird.
Der Marionettenspieler war unbekannt...
War es vielleicht zu meinem besten so?
Wollte diese Person mir die Augen für etwas öffnen?

Hatte sie ein bestimmtes Ziel oder waren die Züge des Marionettenspielers genauso unbekannt, wie die von der Marionette selbst?

Oder wollte die Person mir auch einfach zeigen, dass ich anfangen sollte etwas zu sehen, wovor ich bislang noch immer die Augen schloss?

Sollte ich lernen einen neuen Teil meines Lebens zu schätzen?

Ihn zu erkennen?

Ihn zu bändigen?

Ihn zu verändern?????

Oder vielleicht sogar etwas komplett neues daraus zu entwickeln?

War ich der Test? Das Versuchskaninchen??

Vielleicht sollte ich versuchen den Menschen zu zeigen, dass wir uns oft auf dem falschen Pfad unseres Lebens befinden und lernen müssen ihn wieder in die richtige Richtung zu lenken. Die Richtung, welche uns sagt, es gibt ein Geradeaus, ein Rückwärts, ein Rechts, ein Links, ein Oben oder sogar ein Unten und nicht nur ein Vorwärts oder ein Links oder ein Oben, dass wir eben verschiedene Möglichkeiten haben. Doch je mehr wir falsch machen, desto mehr Hindernisse stellen wir uns dafür in den Weg. Diese schränken uns ein und wir haben nicht mehr die Möglichkeit uns für eine Richtung zu entscheiden, also wird uns eine bestimmte Richtung zugeordnet. So einfach es auch sein mag auf den falschen Pfad zu geraten, so schwer ist es jedoch wieder in die richtige Richtung zu gelangen.

Ich hatte das Gefühl einen riesigen Fehler begannen zu haben, für welchen ich nun bestraft werde um eine wahre Lenkung in meinem Leben zu finden und demnach zu steuern.

Da war ich nun, wieder und wieder und wieder irgendwo im

nirgendwo, ein Ort der mir wieder unbekannt war, bei welchem ich mir ebenfalls nicht sicher sein konnte, was nun auf mich zukommen würde und wie ich das Hindernis, welches mir wahrscheinlich wieder in den Weg gestellt wird, überwinden kann. Doch irgendwie war in diesem Moment gerade die Tatsache, dass eben zum ersten Mal kein Hindernis zu spüren oder zu sehen war, das eigenartige am Ganzen. Ich lag nun auf dem weißen schönen großen Bett und wusste einfach nicht was ich damit anfangen sollte und in diesem Moment begann ich an mir selbst und an meiner Existenz zu zweifeln. Das waren wahrscheinlich die Nebeneffekte des Wahnsinns, der mich bislang in jedem weiteren Schritt dieses Spiels begleitete...

Ich bezeichnete es einfach als Spiel, da für mich nicht klar war, was als nächstes passiert oder auf was ich mich nun wieder einlassen würde. Ich wusste aber auch nicht ob ich gewinne oder verliere oder ob es in diesem Spiel um etwas anderes als das Verlieren oder Gewinnen ging. Das war doch auch ein Spiel oder? Ich weiß nicht was mein Gegner gleich als nächstes vor hat oder wer vielleicht gewinnen oder verlieren wird, vielleicht wird es auch ein Unentschieden geben und das waren meiner Meinung nach die Elemente, welche ein Spiel ausmachen. Dieses war jedoch das erste, das mich Irre machte und mich bis auf den Abgrund hin zum verzweifeln brachte.

In dieser Phase der Überlegung ist mir aufgefallen: Ich hatte keine Lust mehr gesteuert oder kontrolliert zu werden und mir kam tatsächlich eine Idee in den Kopf. Es könnte ja sein, dass der Marionettenspieler vor hatte, mich auf dem Bett einschlafen zu lassen, da ihm wahrscheinlich bewusst war, dass ich in Stress, Verwirrung und Verzweiflung geraten würde. Demnach würde ich einschlafen und es wäre wieder einmal der perfekte Moment mich an einen anderen Ort, vielleicht zum nächsten Teil des Spiels zu bringen. Denn es war wirklich nichts weiteres mehr in diesem Raum, einfach ein Raum mit vier grauen Wänden und einem riesigen weißen Bett mitten drin. Außerdem war ich mir darüber im klaren, dass der Marionettenspieler mich auch hier wieder beobachtete um jeden einzelnen meiner Schritte zu identifizieren. Sie oder Er würde also auch hier wieder alles mitbekommen. Nun fiel mir auch ein, ich bräuchte einen Namen für diese unbekannte Person welche als Marionettenspieler agierte. Ich dachte an: Anti O'. Ich weiß dieser Name hört sich nicht ganz so vielfältig und kreativ an, aber schließlich war diese Person nicht wirklich begeistert von mir und auf irgendeine Art und Weise muss sie mich ja gehasst oder verabscheut oder aber auch vielleicht einfach nur nicht gemocht haben. Außerdem denke ich nicht, dass irgendjemand in meiner Situation noch genügend Zeit hätte um den perfekten Namen für die eigenartigste Person in meinem Leben zu finden. Auf jeden Fall wusste ich eins: Diese Person kann jeden meiner Schritte nachvollziehen und mich vielleicht sogar steuern, da sie mich bis aufs kleinste Detail auswendig gelernt hatte und mich anscheinend besser als jeder andere kannte, aber es gibt schon seit unserer Geburt eine Sache die uns noch nie jemand nehmen konnte, etwas das wir jede einzelne Sekunde, nein jeden einzelnen Atemzug unseres Lebens betätigen: UNSERE GEDANKEN. Niemand ist in der Lage in unsere Seele oder in unsere Gedanken hineinzuschauen. Der Mensch war also immer in einer Art Kommunikation verwickelt, ob nun durch Mimik, Gestik, verbal oder aber in Gedanken, kommuniziert haben wir schon immer. Ob mit anderen Menschen unserer Umgebung oder aber auch aus der ferne oder sogar mit uns selbst, wir waren Kommunikationswesen. Doch die gedankliche Kommunikation war meine Lieblings Art der Kommunikation, da keiner sie nachweisen oder mithören konnte. Sie waren bloß für das Menschenwesen alleine und für niemanden sonst außer uns selbst, denn auch wenn wir sie weitererzählen wollten, wir könnten niemals in der Lage sein genau das wiederzugeben, was wir in diesem Moment dachten, da wir unsere Umgebung damit beeinflussen, wenn nicht sogar negativ beeinflussen würden. Manchmal habe ich das Gefühl, wir begegnen immer wieder unterschiedlichen Teilen und Hürden in unserem Leben, welche wir nur gedanklich bestehen können. Schließlich sind sie einzigartig, auf eine Art die sie besonders macht. Sie sind Gedanken, sie sind wir und das einzige, das unser wahres eigenes Erscheinungsbild widerspiegeln könnte, weil wir sie nicht zu bestimmen haben. Sie treten auf, das auch noch unkontrollierbar und alles, das spontan und unkontrollierbar auf uns zukommt wird mit einer automatischen Reaktion miteinander verbunden. Sie treten also einfach auf, ohne dass wir wissen wann oder wie.

So fing ich also an zu denken und dachte darüber nach, den Schlaf auf dem Bett nach gewisser Zeit möglichst glaubwürdig vorzutäuschen. Ich tat so, als würde mir plötzlich etwas übel werden und schien ein Schwindelgefühl zu bekommen. So legte ich meine rechte Hand immer wieder auf meine Stirn und stieg nach einer bestimmten Zeitspanne von 20 bis 30 Minuten sehr erschöpft auf den Rand des Bettes. Ich schloß meine Augen natürlich nicht sofort als ich auf dem Bett lag, sondern nach etwa fünf Minuten. Meine Atemzüge mussten gleichmäßig sein und ich musste mich bereits mental darauf einstellen, dass jemand kommt um mich zu holen oder irgendetwas anderes geschieht. So durften mein Herzschlag oder meine Atemzüge nicht schneller werden und selbstverständlich war es absolut tabu zu blinzeln oder mal kurz die Augen zu öffnen um die Personen in meiner Umgebung wahrzunehmen. Ich durfte mein Verhalten also unter gar keinen Umständen verändern, sobald ich etwas höre oder fühle. Denn ich denke schon, dass Anti O' irgendeine Methode entwickelt hat um zu testen ob ich noch immer in der Lage bin meine Umwelt wahrzunehmen und das alles nur vortäusche oder tatsächlich nicht mehr bei Bewusstsein oder im Tiefschlaf bin. Es war in der Tat anstrengend nicht auf diesem tollen weichen Bett einzuschlafen, aber ich musste mich zusammenreißen und an meinen eigentlichen Plan denken, so schwer es mir auch viel und so leicht die Versuchung auch sein mag. Ich durfte nicht auffliegen...

Nach ca. 2 Stunden hörte ich ein Seil von der Decke des Raumes abschleifen. Jemand musste von oben aus mit einem Seil nach unten gekommen sein, doch man hörte niemanden auftreten, so befand sich die Person also immer noch in der Luft. Nach einer gewissen Zeitspanne von ungefähr drei Minuten spürte ich einen Atem gegen mein Gesicht anhauchen. Wer auch immer in diesem Moment dort war, war wahrscheinlich nicht einmal fünf cm von meinem Gesicht entfernt. Dennoch wurde ich nicht berührt und es war verdammt schwierig in diesem Fall gegen den Strom zu schwimmen und meinen eigenen Plan zu inszenieren. Nach weiteren fünf bis zehn Minuten wurde mir das Kissen auf dem sich mein Kopf befand, ganz spontan runtergezogen, doch ich schaffte es tatsächlich meiner Figur treu zu bleiben und bewegte mich ganz natürlich wieder zurück auf das Bett. Es sah anscheinend wirklich so aus, als wäre ich

im Tiefschlaf, denn daraufhin hörte ich wie die Person gegen mein Gesicht sprach, dass ich wohl fest am schlafen sei und mich nicht einmal die lauteste Trompete aufwecken könne. Innerlich war ich in diesem Moment sehr stolz auf meine Inszenierung, welche trotz innerlichen Komplikationen ein Erfolg zu sein schien. Anschließend sprach eine weibliche Stimme, dass mir nun die Augenbinde umgelegt werden darf und genau jetzt bemerkte ich, dass der Marionettenspieler eine sie ist. Schließlich muss man eine ranghöhere Person immer um Erlaubnis für seine folgende Tat bitten, damit die Befehlshabende Person mit dürfen antworten kann, muss diese also über ihm stehen. Zu 100 Prozent war ich mir nicht sicher, doch zu viele durfte Anti O' ja auch nicht mit in das Spiel bringen, denn ich denke, dass auch sie weiß, dass Vertrauen etwas ist, dass man sich über Jahre hin aufbaut, damit es dann ausgenutzt also für seine eigenen Zwecke genutzt werden kann. Nach all dem was ich erlebt hatte, denke ich eher nicht daran, Anti O' als derartig blöd zu charakterisieren, aber dennoch habe ich das Gefühl, sie ist irgendwie orientierungslos. Vielleicht kommt mir das aber auch nur so vor, schließlich war ich bloß Teil des Spiels. Demzufolge konnte ich nicht in der Lage sein die komplette Übersicht eines Ganzen zu haben. Vielleicht ist ein Teil immer orientierungslos, da es dem Ganzen folgt, welcher voraus liegt und das Steuer übernimmt. Selbstverständlich ist der Teil, seinem Namen entsprechend, nur Teil des Ganzen und nimmt bloß teil, doch wie, wo und wann, das wird vom Ganzen bestimmt.
Nun wurde mir die Augenbinde umgelegt und ich bemühte mich darum meiner Figur entsprechend zu handeln, so dass ich bloß nicht auffalle. Auch hier wieder wurde ich von der Person, wer

auch immer mich immer wieder trug, nur mit Handschuhen berührt. Ich wurde langsam vom Rücken aus mit beiden Händen hochgetragen. Daraufhin hörte ich wieder, wie die weibliche Person sprach und der Meinung war, dass ich diesmal anfangen sollte zu lernen, dass man im Laufe seines Lebens nicht immer älter sondern ganz im Gegenteil immer jünger wird. Ich war in meinen Gedanken mehr als nur erstaunt, denn selbstverständlich klang es beim ersten Hören sehr eigenartig. Dennoch durfte ich trotz allem bloß nicht aus der Rolle fallen, denn auch nur der minimalste Fehler könnte alles genau hier und jetzt zerstören. Ich dachte darüber nach, wie man einem Menschen zeigen könnte, dass er jünger und nicht älter wird und ob dies überhaupt auf irgendeine Weise möglich war. Natürlich fiel mir zunächst nichts ein, denn wir alle wurden im Leben doch immer älter oder nicht? Ist das nicht allein schon an der Reife und dem Äußeren zu erkennen? Reicht es denn nicht das der eine sagt, ich bin 17 und der andere sagt er sei 58? Langsam schien mir das Spiel wirklich sehr kompliziert zu werden… Als diese Person mich nun in den Armen hielt, bewegte sie sich, sie machte Schritte und ich hörte wie sich eine Tür öffnete und ein starker Wind gegen uns wehte. Ehrlich gesagt fühlte sich dieser Wind durch die gleichzeitige Hitze, welche mit ihm kam, genauso an wie der von der Wüste. Ich spürte durch den immer stärker werdenden Gegenwind, dass wir uns dementsprechend weiter nach vorne bewegten. Daraufhin, bewegte sich das rechte Bein nach oben wobei das Linke noch starr auf dem Boden blieb. Daraufhin geschah genau das gleiche, bloß mit dem linken Bein. Wir stiegen also irgendeine Treppe hoch, zumal ich dazu sagen muss, dass diese Treppe nach meinen Fähigkeiten des Zählen, weitaus über 270 Stufen hatte. Mit jeder Treppenstufe, die wir uns nach oben bewegten, wurde der Wind immer leichter und irgendwann sogar so leicht, dass er nicht mehr wirklich zu spüren war. Als wir nun endlich stehen blieben, spürte ich weder etwas, noch hörte oder sah ich etwas. Ich wurde nur wieder auf einen sehr weichen Platz gelegt und hörte abschließend wie wieder die gleiche weibliche Stimme sprach und der Ansicht war, dass ich nun bald lernen würde, wie es sich anfühlt wenn der Tod vor deinen Augen steht und du weißt, dass du ihm nicht entkommen kannst, weil du nicht einmal die Möglichkeit hättest wegzulaufen oder dich zu verstecken, da man dem Tode nicht entgehen kann! Er wird sowieso eines Tages kommen und ich würde zu gerne wissen, wie sich O' in diesem Moment verhalten würde und was sie sagen würde, wenn sie das Gefühl hat, das es jeden Moment soweit sein wird, dass dein letzter Herzschlag geschlagen hat und du deinen letzten Atemzug getätigt hast.

Würde sie dann immer noch in mir stehen?

Würde sie mir dennoch alles nehmen, dass ich besitze?

Würde sie immer noch nicht fühlen können, wie es sich anfühlt wenn einem alles genommen wird?

Würde sie dann immer noch nicht begreifen, wie schwer es ist damit zu leben, sein ganzes Leben im Schatten eines anderen zu sein und sich alles so anfühlt, als würde es nicht dir sondern jemand anderes gehören?

Würde es dann immer noch ein ich und sie in mir geben?

Würde sie das verstehen?!?

Ihr könnt euch sicherlich vorstellen, dass sich die Stimme immer wieder heulender und verzweifelter anhörte, doch zu begreifen was damit gemeint war, war für mich in diesem

Moment echt mehr als nur schwierig. Mein Herzschlag wurde mit jedem Mal wo sie sprach immer schneller und ich hatte das Gefühl gleich das schlimmste und wohl abscheulichste und gleichzeitig beängstigte in meinem Leben zu erblicken, doch ebenso hatte ich das Gefühl, dieses Spiel könne nun schon sehr bald ein Ende haben...

Vielleicht hatte ich mir das auch nur eingebildet, mit der Hoffnung, dass es schon bald ein Ende haben würde. Doch gleichzeitig bemerkte ich, wie sie die Treppe wieder hinunterstiegen und sie nun nicht mehr in meiner Nähe waren.

Da begann ich meine Augen zu öffnen, doch hatte ich mir im gleichen Moment erhofft, sie geschlossen zu halten...

Ich begriff ebenfalls, was mit der Aussage, dass wir immer jünger und nicht älter werden gemeint war.. Wir kommen mit jedem Jahr das vergeht dem Tod näher und entfernen uns immer weiter vom Leben, deshalb werden wir dem Tod gegenüber immer jünger und dem Leben gegenüber immer älter...

Was für ein geniales Spiel das doch ist!

Ich schaute mich unauffällig etwas rum und da sie mal einer an. Ich wurde die ganze Zeit über zwar in unterschiedliche Umgebungen, die Räumen glichen, untergebracht, aber ich befand mich noch immer am selben Ort.

Die Wüste, das Flugzeug, der traumvolle Saal aus Spiegelähnlichen Wände und der Raum mit dem wunderschönsten Bett der Welt! Alles das schienen für mich immer wieder Orte zu sein, die Meilen voneinander entfernt waren, aber sie waren mir so nah, wie noch nie.

Wer hätte das gedacht?

Was für ein unglaubliches Spiel!

Die Person, welche mir all den Schmerz hinzugefügt hat, ich beneide sie um ihre Intelligenz, mich etwas anderes glauben zu lassen, als es eigentlich ist!

Leider verstehe ich jedoch immer noch nicht, weshalb mir jemand so etwas antun sollte und wer überhaupt dahinter stecken würde, denn all diese Überlegungen sind einfach unglaublich durchdacht.

Naja vielleicht ist es manchmal besser, die Dinge nicht zu verstehen...

Aber jetzt müsste ich erstmal einen Weg hier raus finden...

<u>16 Monate vorher:</u>

Ich war nun schon seit ein paar Monaten an der Universität und bemühte mich trotz meiner, auf den ersten Blick sehr schüchternen Art und Weise, schon immer die beste zu sein. Ob es im Kindergarten, in der Schule oder in der Uni war, mein Ziel war es immer schon, nach der erfolgreichen Zielstrebigkeit des Wissens und des Erlernen zu streben. Für mich war es schon von Klein auf von großer Wichtigkeit meine eigenen Grenzen zu überschreiten. Dabei ist es keines Wegs irgendwie meine Absicht gewesen, den Neid und das Erstaunen oder Bewundern der Menschen zu erhalten. Ich wollte einfach ich sein. Das sollte mein Markenzeichen werden sobald die Menschen über mich nachdenken, sollten die ersten beiden Begriffe Zielstrebigkeit und Grenzüberschreitung in ihren Gedanken hin und her schwirren.

Bevor ich mir jedoch weitere Gedanken darüber machte, dachte ich kurz darüber nach, was wohl von einem Menschen übrig bleibt,

wenn er seine Zielstrebigkeit verliert,

wenn er verliert, was er über alles liebt,

wenn ein Mensch sich alleine und zurückgelassen fühlt, weil er unter der Verzweiflung des Unwissens leidet,

wenn er es nie versucht hat, weil die Hoffnung bereits davor gestorben ist,

wenn der Mensch sich nicht mehr wieder erkennt und er merkt, er ist nicht mehr der, der er einmal war,

wenn der Mensch sich selbst verliert und damit nicht umgehen kann, da er Veränderungen als negativ konnotiert, wenn er nicht mehr weiß und auch nicht mehr in der Lage ist zu wissen oder zu erlernen,

wenn wir verstecken wer wir eigentlich sind und alles doch so viel einfacher wäre, wenn wir einfach wir selbst wären und zugeben, was wir schon unser ganzes Leben über im Herzen tragen aber nicht ausdrücken können,

wenn wir, wir sind und nicht die, wir oder wir, die...

Gab es tatsächlich Menschen, welchen man derartiges nehmen kann??

Gab es tatsächlich Menschen, die wirklich Unwissenheit, Unterdrückung, Verzweiflung, Ratlosigkeit und Seelenschmerz auf einen Schlag empfunden???

Erst dann wenn der Mensch verzweifelt, lernt er sein eigenes Ich kennen.

Erst dann wenn ihm alles genommen wird, lernt er sein eigenes Ich kennen.

Erst dann wenn du alles verloren hast, lernst du dein eigenes Ich kennen.

Erst dann wenn du dich kennst und dich siehst ohne einen Spiegel oder einen besten Freund zu brauchen, lernst du dein eigenes Ich kennen.

Wenn wir denn überhaupt ein eigenes Ich haben...

Wenn wir denn überhaupt etwas haben...

Doch wie kann das sein? Wie könnte man jemandem etwas derartiges genommen haben?

Wie, ohne das man es vielleicht auch nur bemerkte?

Das brachte mich dazu, darüber nachzudenken, wer wir überhaupt sind, beziehungsweise wer wir überhaupt sind, dass wir uns die Erlaubnis nehmen dürfen, jemanden zu verändern, obwohl wir doch im eigentlichen verändert werden?

Rein logisch gesehen sind wir, einfach wir, aber das reicht uns in diesem Fall nicht. Ich muss herausfinden, wer wir sind wenn wir verändert werden, doch nicht durch den Menschen, sondern durch...

unsere Umgebung
Verzweiflung
Gier
Sucht
Materiellem
Ansehen
Hindernisse
Blicke
Gerede
Taten
und noch vielem mehr......
Nun werden die meisten von euch wahrscheinlich sagen: Alle diese Dinge sind doch im eigentlichen der Mensch selbst oder???
Nicht wir sind es, sondern unser/e...

Umgebung
Verzweiflung
Gier
Sucht
Materiellen Dinge
Ansehen
Hindernisse
Blicke
Gerede

Taten

und noch vieles mehr......

Versteht ihr nun was ich meine?

Zu wissen das nicht wir diejenigen sind, die verändern,

sondern die Taten, Gefühle und Denkweisen.

Zu wissen, dass das was wir dachten, nicht das ist, was wir

dachten zu wissen.

Zu wissen wir haben Unrecht.

Wenn wir bloß damit leben könnten...

Hier ist die Unterscheidung zwischen Beeinflussung und

Veränderung sehr schwerwiegend. Selbstverständlich

beeinflussen wir tagtäglich die Menschen die wir kennen,

welche sich immer wieder in unserer Umgebung befinden, doch

die Veränderung eines einzelnen Menschen oder einer

Personengruppe ist das, was möglicherweise daraus folgen

könnte.

Versteht ihr nun was ich euch sagen will??

In der Tat kann es mal vorkommen, dass wir einen Menschen

beeinflussen und somit sein Verhalten zu anderen verändern,

doch wie gesagt trägt beeinflussen nicht die gleiche Bedeutung,

welche der Veränderung zugeordnet wird. Wir beeinflussen den

Menschen immer und immer wieder an unterschiedlichen

Stellen und oft tuen wir das, ohne es zu bemerken. Das ist

leider eine große Schwäche unserer Spezies, sich ständig

beeinflussen zu lassen, immer wieder auf das zu schauen was

andere von uns halten und wie andere möglicherweise von uns

reden oder denken. Manchmal ist die Beeinflussung so

schwerwiegend, dass wir uns unser ganzes Leben von ihr verleiten lassen und am Ende bereuen.

Bereuen, weshalb wir doch nicht dies oder das gesagt haben.

Bereuen, weshalb wir doch nicht dies oder das getan haben.

Bereuen, dass wir uns beeinflussen haben lassen und uns verändert haben...

Ja wir verändern uns, weil wir eben beeinflusst werden. Wir sind ständig von ihr umgeben, davon umgeben zu sehen, dass wir doch nicht die Person sind, welche wir glauben zu sein.

Wieso verändern wir uns?

Warum bleiben wir nicht einfach so wie wir sind?

Weshalb sagen wir den Menschen, die wir gern haben nicht auch, dass wir sie eben gern haben bevor es zu spät ist.

Warum geben wir unsere Fehler nur ungern zu? Jeder macht doch Fehler oder?

Wieso also wollen wir immer versuchen besser zu sein, die anderen zu übertreffen, ihnen immer einen Schritt voraus zu sein??

In diesem Augenblick habe ich begriffen, der Mensch kann kein Genießer sein. Er ist nicht in der Lage genau diesen einen Moment zu genießen, da er immer und immer wieder nur daran denken muss, was passieren könnte, wenn....

Wir können auch den schönsten Moment unseres Lebens nicht genießen, denn wir müssen unbedingt immer alles überblicken und durchschauen, bevor uns jemand zuvor kommt.

Der Erste zu sein.

Der Beste zu sein.

Der Erfolgreichste zu sein.

Der Schlauste zu sein.

Der Schönste zu sein.

Der am weitesten Entwickelte zu sein.
Der Einzigartigste zu sein.
Doch ein Element vergessen wir oft dabei:

WIR KÖNNEN NICHT EINZIGARTIG SEIN, WENN WIR ALLE
MENSCHEN SIND, WELCHE IN DER LAGE SIND DIE GLEICHEN
FÄHIGKEITEN UND EIGENSCHAFTEN AUSZUSTRAHLEN, DA WIR
ALLE AUF DIE GLEICHE ART AUF DIE WELT GEKOMMEN SIND.
WIE GROß UNSER VERLANGEN DANACH IST, IST ETWAS ANDERES!

Damit möchte ich keines Wegs sagen, dass wir aufhören sollten
unsere eigenen Ziele zu verwirklichen. Beispielsweise, der
Intelligenteste zu sein, aber wir sollten versuchen, die
Menschen um uns herum möglichst gering dabei zu
beeinflussen. Jeder sollte in der Lage sein, seiner eigenen
Identität mit all seinen Stärken und Schwächen, stand zu
halten. Wir sollten uns auf dieser Welt nicht verlieren, egal wer
wir wirklich sind. Niemand muss sich komplett verändern um
sich dem Umfeld anzupassen. Niemand muss sich komplett
verändern um jemand besseres zu sein oder um das zu
erreichen, wovon er schon immer träumte. Wir können wir
bleiben, wenn wir stark genug sind gegen den Strom zu
schwimmen. Wenn wir stark genug sind unsere eigene Meinung
zu äußern. Wenn wir stark genug sind, uns nicht mehr von den
anderen beeinflussen zu lassen. Ich sage nicht, dass das leicht
ist, aber unmöglich ist es genauso wenig.
Die meisten von euch wissen garnicht, wie stark ein wir sein
kann...

Genau jetzt, viel mir alles wie Schuppen vor den Augen:
Wir hatten einem Menschen nichts genommen, aber wir hatten
sie so stark beeinflusst, das sie automatisch das Gefühl
entwickelten, wir hätten ihnen alles genommen das sie hatten.
War die Veränderung tatsächlich das Produkt der dauernden
Beeinflussung?
Ich denke ja...

Plötzlich muss ich an Angelika denken. Wir waren uns von der
Art und Weise her, relativ ähnlich. Sie kam mir auch sehr
sympathisch vor, doch hatte sie die eigenartige Eigenschaft
immer zu nervös zu werden und zu zittern. Besonders wenn
man mit ihr über sich selbst sprach oder ihre Fähigkeiten sowie
Eigenschaften erfragen wollte. Sie hatte immer wieder gesagt,
dass das Leben bloß ein schlechter Witz sei und stellte jegliche
Elemente in Frage.
Sie war nicht in der Lage zu bejahen. Was auch immer man
sagte, worüber man auch immer sprach, sie sagte immer wieder,
dass alles auf dieser Welt einen Gegensatz besaß. Sie
hinterfragte einfach alles, selbst ihre eigene Existenz und ganz
besonders war: Sie hatte nie eine Frage beantwortet, denn was
auch immer man sie fragte, sie antwortete immer gleich: Wer
bin ich, dass ich mir die Erlaubnis nehmen kann dir eine
Antwort auf deine Frage zu geben? Ich bin unwissend. In
meinen Augen war sie etwas ganz besonderes, denn sie war
jemand, der sich andauernd mit Fragen, wie:
Wer bin ich?
Existiere ich überhaupt?
Lebe ich in der Welt eines anderen?

Bin ich, ich, wenn ich mit anderen Menschen in meiner
Umgebung in Kontakt trete?
Wer gibt mir das Recht zu leben?
Oder bin ich eigentlich Tod?
Ich meine, keiner ist in der Lage mir zu bewiesen, dass ich lebe
und in diesem Moment nicht doch Tod bin. Vielleicht leben wir
ja alle schon im Jenseits und stellen uns ständig die Frage,
was wohl nach dem Tod passieren würde obwohl wir die ganze
Zeit über Tod sind und uns Fragen stellen sollten, was nach
dem Leben passieren könnte? Oder was vielleicht schon davor
geschah. Befinden wir uns vielleicht nur in einem Kreislauf
zwischen Leben und Tod, wobei beide im eigentlichen identisch
sind? Schließlich bieten uns beide, die Möglichkeit für eine
neue Chance, eine neue Möglichkeit, ein neues Ereignis oder?
Selbstverständlich erleben wir persönlich immer wieder wie
unsere Zellen aussterben, doch woher sollen wir wissen, dass
wir nicht schon einmal ausgestorben sind und wir doch noch
leben?

Wie ihr sehen könnt hatte sie alle möglichen Fragen, welche
vielleicht auch euch konfrontierten. Doch eins hatte sie leider
immer zu vergessen: Egal was oder wie, alles braucht einen
Ursprung und somit eine Basis. Ihre Fragen waren durchaus
berechtigt, doch sie gingen einfach zu weit hinaus. Man konnte
sie einfach nicht beantworten, da ihr wie bereits gesagt der
Grundstein für jegliche Antworten fehlte. Daran verzweifelte
sie selbst und begann eigenartige Forschungen durchzuführen.
Eins davon war beispielsweise, dass sie zwischendurch eine
Kamera in ihr eigenes Zimmer aufbaute, welche sie jede Minute
beobachten sollte, besonders bei Nacht. Sie wollte wissen wie wir

uns im Schlaf verhalten, ob es vielleicht bestimmte Gründe gibt, weshalb wir zum Beispiel Schlafwandeln oder anfangen Selbstgespräche zu führen oder im allgemeinen im Schlaf anfangen zu reden. Selbstverständlich war sie sich darüber bewusst, dass sie allein nicht jede dieser Eigenschaft erfüllen konnte und baute aus diesem Grund noch in vielen anderen Zimmern eine versteckte Kamera auf. Das sie den jeweiligen Personen dabei ihre Privatsphäre nehmen würde, war ihr klar, doch sie unterstützte ihre Ansicht immer mit dem gleichen Argument: Es sei nur zu eurem besten. Versucht doch zu begreifen, dass wenn ich endlich herausgefunden habe, wer wir sind und wie wir uns im Tiefschlaf verhalten, so viele Fragen eine Antwort hätten.

Der Tiefschlaf gleicht dem Tod, da wir für gewisse Zeit „abgeschaltet" sind. Wir empfinden nichts mehr und begeben uns in eine neue Welt, in eine Welt die mit unseren Erinnerungen, unseren Erfahrungen und unseren Gefühlen stark verbunden ist. Wir wissen in diesem Moment im eigentlichen nicht genau was wir gerade tun und können unsere Träume nicht beeinflussen oder kontrollieren. Sie sind wie ein Film, welcher andauernd abgespielt wird und wir keine andere Wahl haben, als ihn zu sehen. Jeder dem sie das erzählte war sich darüber im Klaren, dass sie total durchgedreht ist und war selbstverständlich nicht für die Kamera in seinem eigenen Zimmer. Doch so blöd sich das nun anhören mag, keiner hatte je ein Argument gegen ihrs gefunden, deshalb konnte ihr auch nie jemand wirklich klar machen, dass sie unrecht hat oder der absolute Psycho ist.

Auf der einen Seite kam sie mir irgendwie sympathisch vor, doch andererseits war sie auch in meinen Augen der totale Psycho.

Ihr sieht also, dass sie sich wirklich stark von anderen Menschen differenzierte, aber fangt lieber nicht an so zu denken wie sie, denn sie hatte sich selbst letztendlich verloren. Ein Mensch der nicht glaubt und nur hinterfragt und hinterfragt, wird auf ewig im Schatten des Wissens leben und den Genuss des Wissen niemals spüren können. Wie gesagt ihre Fragen sind berechtigt, aber was auch immer gesehen mag, wir dürfen nicht vergessen, dass wir bloß Menschen sind und nicht mehr! Also kurz gesagt: Unser Horizont, egal unter welchem Aspekt ist begrenzt und eingeschränkt. Versucht nicht mehr zu sein, als ihr sein könnt, denn dann werdet ihr, genau wie sie auch daran zu Grunde gehen, dass plötzlich nichts mehr einen Sinn hat.

Hinterfragt nicht wieso ihr doch nur die braunen und nicht die schwarzen Schuhe bekommen habt, sondern seid einfach glücklich darüber, dass ihr welche habt.

Hinterfragt nicht wieso ihr in eine arme Familie hineingeboren seid, sondern seid froh darüber, teil dieses Lebens zu sein und, dass es euch gesundheitlich gut geht.

Hinterfragt nicht wieso ihr die Schule besuchen müsst, sondern seid froh darüber, dass ihr die Möglichkeit habt euer Wissen zu erweitern.

Hinterfragt nicht, was außerhalb unseres Denkvermögens liegt, sondern seid einfach froh darüber, dass es da ist und ihr sie habt.

Oft müssen auch wir mit unseren Partnern in der Uni gemeinsam arbeiten und selbstverständlich war sie mein jeweiliger Partner. Ich muss jedoch ehrlich zugeben, dass sie durchaus intelligent war. Schließlich kam sie oft auf Ideen, welche wir immer vernachlässigten. Sie dachte über die Dinge nach, welche wir nie in Betracht ziehen würden, da sie für uns selbstverständlich zu sein schienen, doch für sie war das keineswegs der Fall. Sie war noch nie mit irgendetwas selbstverständlich einverstanden. Immer wieder sagte sie: „aber....". Versteht ihr was ich meine? Sie war eben ein Mensch für sich und zeigt das auch gerne. Doch ich wusste schon immer, dass sie niemals in ihrem Leben auf irgendeine Art und Weise Zufriedenheit erlangen könnte, denn dafür war sie einfach zu kritisch und uneinsichtig. Nach gewisser Zeit gab sie sogar ihre „Experimente" mit den Studenten oder sich selbst auf. Sie fand eben keine Zufriedenheit, was auch immer sie tat, sie war bloß beunruhigt und fühlte sich immer zu unerfüllt, als würde ihr andauernd etwas fehlen und sie nicht mehr sie selbst sei. Als würde ein Teil von ihr nicht mehr zu ihr gehören und dieser sie nie erwidern würde. Begreift ihr nun? Ihr Streben ohne Zufriedenheit brachte sie ins Verderben und sie verlor sich selbst und hatte automatisch das Gefühl, sie sei nichts mehr...

Naja mehr bekam ich nicht mehr mit, doch ehrlich gesagt waren das meinerseits schon zu viele Informationen über eine einzelne Person und ich bemerkte gleichzeitig wie gut ich doch in der Lage bin, andere in meiner Umgebung zu identifizieren. Zudem muss ich auch sagen, dass das nicht ihre erste Universität war, welche sie besuchte, sondern sie auch hier nach einigen Monaten gegangen war. Ich konnte mich nicht von ihr verabschieden, denn sie ist genauso gegangen wie sie gekommen ist: So dezent, dass es keiner bemerkte.

Nun ja, selbstverständlich brauchte ich für diese Zeit auch einen neuen Partner, deshalb wurde mir ein gewisser Fau zugeordnet. Dieser war irgendwie einfach er. Ich denke niemand könnte ihn besser definieren, als er selbst. Ich hatte ihn leider nie verstanden. Es war so, als hätte er zwei Seiten, als würde er aus zwei Teilen bestehen. Ihm fiel es andauernd schwer zu lachen und ob ihr es nun glaubt oder nicht, aber ich war trotz all meinen trotzigen Eigenschaften, ein Mensch welcher oft anfangen musste einfach so drauflos zu lachen, besonders in Situationen, in welchen es eher unangebracht war.

Ein Beispiel zum Verständnis:

Im gesamten Hörsaal herrscht Stille und ganz plötzlich fange ich einfach so mittendrin an zu lachen.

Also einfach so ohne Grund, doch ich muss ehrlich sagen, einer der Hauptgründe war er. Er war einfach viel zu oft so ernst und wollte immer versuchen alles perfekt zu machen. Dabei hatte ich ständig das Gefühl, er vergisst den Spaß und die Leidenschaft an allem. Schließlich studiert man eine Fakultät nicht einfach so. Man muss auf irgendeine Art und Weise zu ihr stehen und eine gewisse Leidenschaft entwickeln. Doch die Leidenschaft war bei ihm leider nicht zu erkennen.

Kennt ihr diese Art von Mensch, welche mit euch zusammen ganz anders ist als wenn ihr mit anderen Gruppen zusammen seid?

Diese Menschen, welche dich immer wieder zum lachen bringen, ohne Grund.

Sie müssen einfach da sein und ihr fühlt euch schon besser.

Plötzlich fangen sie an euch zu vertrauen und ihr bemerkt,
auch ihr seid nicht ganz so bedeutungslos wie ihr vielleicht
dachtet.

Es sind oft diejenigen, welche ihre Gefühle nur schwer
ausdrücken, weil sie einfach nicht wollen, dass die Personen
ihrer Umgebung einen Schwachpunkt an dieser Stelle entdecken.
Das heißt doch aber nicht, dass man sein ganzes Leben vor
seinen eigenen Gefühlen weglaufen muss. Wir alle haben
Schwächen und oft sind es die Menschen, welche wir am
meisten lieben, die ihre Schwächen nicht zeigen wollen. Doch
das möchte doch niemand. Niemand will seine Schwächen Preis
geben und möchte auf Dauer stark wirken.
Leider ist das einer der vielen Gründe, weshalb viele
Beziehungen erst garnicht entstehen oder zerbrechen.
Aber naja so viel dazu..
Fau war wirklich nett und freundlich, aber irgendwie hatte er
aus irgendeinem Grund ständig Abstand zu mir gehalten. Man
merkte ihm an, dass er sich unbedingt auf ein perfektes
Studium vorbereitete und tat so, als hätte er für nichts anderes
Zeit, doch sein Hobby und seine Heimat vergaß er nie. Egal wie,
egal wo und egal wann, das war etwas ganz besonderes für
ihn. Sein Hobby lag ihm so am Herzen, dass sogar sein Studium
für eine gewisse Zeit darunter litt. Aus diesem Grund musste
er einige andere Hobbys, welche er ebenfalls nebenbei betrieb,
von seinen Eltern aus, aufgeben. Er entschied sich und liebte,
wie bereits erwähnt, nichts mehr, als sein Hobby und seine
Heimat. Dafür bewunderte ich ihn sehr, denn Personen jener Art
habe ich nicht oft kennenlernen können. Um ehrlich zu sein
war er der erste und letzte, dem ich begegnete und fand es
einfach verwunderlich und erstaunlich wie sehr jemand seine

Heimat und das dazugehörige Hobby so sehr lieben konnte. Ich meine jeder hat irgendeine Heimat und seinen eigenen Ursprung, doch habe ich das Gefühl, dass sowohl Kultur als auch Tradition nach gewisser Zeit für viele Menschen an Wert verloren hatten. Er war nicht so, doch ich will auch nicht sagen, dass er etwas besonderes war, obwohl er das für mich tatsächlich war, weil ich immer Angst hatte, dass jemand eine besondere Fähigkeit verliert sobald er dafür gelobt und bewundert wird. Ich hatte das Gefühl, man würde daraufhin anfangen damit zu prahlen, obwohl ich dieses Gefühl bei ihm eher abstreiten würde, doch zu 100% kann man sich schließlich nie sicher sein. Jeder von uns hat irgendeine versteckte dunkle Seite, die er nicht zum Vorschein bringen will.

Auch hier ist mir wieder aufgefallen: Wer weiß wie viele Menschen uns innerlich bewundern und wir wissen nicht einmal einen Hauch darüber Bescheid. Ich bewunderte ihn, doch gesagt habe ich es ihm noch nie. Ganz im Gegenteil ich behandelte ihn relativ hart, da ich diese angeborene Art in mir trage, niemanden der Menschen, welche mir etwas bedeuten, zu zeigen, dass sie mir tatsächlich etwas bedeuten. Ich dachte mir schon, dass das irgendwie nicht richtig sein konnte, aber wirklich sicher war ich mir nie. Naja wer ist das schon? Besonders, wenn es um unsere eigenen Fähigkeiten und Eigenschaften oder Gefühle geht, sind wir uns nicht sicher. Wir schwanken ständig zwischen dem, was sein könnte und zwischen dem, was wirklich ist. War das vielleicht ein weiterer Fehler der Gesellschaft? Diese Wankelmütigkeit? Diese Unentschlossenheit in all dem, was wir tun? Und die Angst davor, zu sagen, was wir wirklich im Herzen tragen…

Er hatte das irgendwie nicht, denn er schien sich in allem was er tut auch sicher zu sein. Ich empfand das als relativ eigenartig, aber gleichzeitig auch als beeindruckend. Denn das war er für mich auch: Beeindruckend und eigenartig zu Gleich. Zumal ich auch sagen muss, dass er wirklich gut aussah und es so einige Interessentinnen gab. Zudem fragte ich mich manchmal, wie wir überhaupt lieben können und ob wir das überhaupt können. Jedesmal hört man hier und da auch mal, dass die eine Freundin von dem und der andere Kumpel von der schwärmte, aber konnte man das wirklich Liebe nennen? Ich kannte dieses Gefühl nicht oder besser gesagt, ich wollte es nie kennenlernen. Es war für mich keine Frage der Existenz, sondern vielmehr der Transzendenz.

Ich hatte vielmehr das Gefühl, dass wir Liebe nicht empfinden können, da es etwas ist, dass uns voraus ist. Etwas das wir nicht ganz und genau wahrnehmen können, da wir zu schwach sind um ihren Anforderungen zu entsprechen.

Was ist Liebe?

Sein ganzes Leben mit nur einer Person zu verbringen.

Das beste für den anderen zu wollen, auch wenn dabei die eigenen Bedürfnisse vernachlässigt werden.

Von sich zu nehmen um dem anderen zu geben.

Sich nicht von anderen verführen zu lassen und dabei nur den einen zu sehen.

Sich selbst dabei in den Schatten zu stellen um dem anderen, den Vordergrund zu schenken.

Bis ans Lebensende für den anderen da zu sein.

Die Vergangenheit ruhen zu lassen.

Das ist Liebe, aber das können wir alles leider nicht.

Wenn wir Momente im Leben empfinden, wo wir uns einbilden, alles für diese eine Person zu tun oder das wir sogar für diese Person sterben würden, so ist das eine reine Illusion. Liebe ist Imagination, doch gleichzeitig einer der größten Schwächen des Menschen. Daher kann man sie gut dafür benutzen den Menschen auf eine falsche Seite oder auf einen falschen Weg zu verleiten. Das Problem ist auch hier wieder, dass wir nicht stark genug sind, uns davon abzuwenden und dieser Verführung nachgehen. Als ich einige Male auf die Mädchen zusprechen kam und sie fragte, was sie so toll an Fau fanden, so antworteten viele immer wieder wie folgt: „Ich liebe ihn einfach so sehr. Er hat mir gezeigt wie es sich anfühlt zu lieben und wie schwer Liebe manchmal sein kann. Er sieht außerdem einfach so gut aus, dass man sich immer und immer wieder aufs neue in ihn verlieben könnte." Als ich die Mädchen anschließend fragte, was Liebe für sie ist oder ob sie sich jemals gefragt haben, ob diese Emotionen tatsächlich wahr sind oder ob sie sich das alles bloß eingebildet hatten, so sagten sie:„Ich fühle immer etwas ganz besonderes, wenn er in meiner Nähe ist und wenn wir miteinander reden." Diese Antwort konnte keiner wirklich schnell liefern. Jede von ihnen war zunächst schockiert darüber, dass ich fragte, was Liebe für sie überhaupt sei und tatsächlich waren ihre Antworten bloß Scheinargumente. Ich meine, zu sagen, dass jemand so gut aussieht, dass man sich immer wieder aufs neue in ihn verlieben könnte oder, dass sich immer zu unglaubliche Gefühle entwickelten, soll Liebe sein? Nein, sie hatten sich bloß in sein Aussehen verliebt und nicht in das was ihn ausmachte. Hatten sie Interesse daran, was er in seiner Freizeit unternimmt?

Haben sie nur einmal erwähnt, dass sie wissen wo seine Schwächen und Stärken liegen?

Wussten sie für welche Art von Mädchen, er Interesse zeigen würde?

Wussten sie, wie er sich fühlt, wenn er alleine ist?

Wussten sie, was er tut wenn es ihm schlecht geht?

Oder vielleicht wie sie ihn dann wieder aufheitern könnten?

War ihnen bewusst, dass er vielleicht niemals so weitgehend denken könnte? Dass er Liebe vielleicht ganz anders wahrnimmt als sie es tun? Dass er vielleicht niemals so viel riskieren würde, wie sie? Dass sie zu weit gehen könnten? Zu viel riskieren könnten? Er vielleicht niemals so weit gehen würde, wie sie es tun?

Sie würden alles für ihn tun, er würde jedoch nur das nötigste unternehmen.

Das war die wahre Liebe.

Die Liebe, welche sie nicht wahrhaben wollten, aber die Realität widerspiegelte.

Die Liebe wovor sie Angst hatten, weil sie nicht wussten, wie sie mit der unerwiderten Seite des anderen umgehen sollten.

Die wahre Liebe welche nicht harmoniert, da der eine sich einbildet unsterblich verliebt zu sein und es für den anderen nur eine von vielen ist.

Aus diesem Grund halte ich mich mein ganzes Leben schon von der Liebe fern. Jetzt sagen viele bestimmt, dass Liebe ein Gefühl ist, dass man nicht kontrollieren kann oder etwas das einfach unvorhersehbar hervortritt, doch das ist es nicht. Ihr müsst den Abstand zu ihr nur wollen. Genauso, wie ihr den Abstand zu den Leuten haltet, welche ihr nicht gern habt, könnt ihr auch eure Gefühle in den Griff kriegen und euch von der

Liebe fern halten. Die Gefühle in den Griff zu kriegen, war für mich wirklich sehr wichtig, denn wenn sie nicht unter meiner Kontrolle sind, so kann alles mögliche geschehen und das auch noch oft, ohne das wir es überhaupt merken. Unsere Gefühle und Erfahrungen begleiten uns immer wieder im Leben. Wir sind es, welche sie in den Griff kriegen müssen um sie in den jeweiligen Situationen einzusetzen.

Könnt ihr das, was ich sage nachvollziehen?

Ich sage nicht, dass wir aufhören sollen den Menschen, welche uns gefallen die entsprechenden Gefühle zuzuordnen, das würde gegen unsere natürliche Art sprechen, doch bezeichnet es nicht als Liebe. Bezeichnet es eher als vorübergehende Schwärmerei oder Anziehung, welche nach gewisser Zeit ihre Wirkung verliert, da sie zur Routine wird. So fassen wir zusammen: Liebe existiert nicht für uns, da sie zur Transzendenz gehört und ihre Existenz für uns somit, als unmöglich definiert wird.

Vielleicht hatte ich auch einfach Angst vor ihr.

Vielleicht ist sie mir auch einfach nie begegnet.

Vielleicht wollte ich sie auch einfach nie kennenlernen..

Aber vergisst nicht, für wen auch immer ihr in einer gewissen Zeit das Gefühl der für euch definierten „Liebe" zugeordnet hattet, dieses Gefühl wird schon bald vergehen und ihr werdet merken, dass es für jeden Menschen vorteilhafter wäre, sich bloß auf sich zu konzentrieren!

Diesen Mädchen, welche angeblich starke und unendliche Emotionen für Fau empfinden, war überhaupt nicht klar, was sie im eigentlichen für ihn empfunden hatten. Sie hatten eine Anziehung in seinem Erscheinungsbild gefunden, aber nicht in seinem Charakter oder ähnlichem. Ihre Liebe, welche demnach ja keine Liebe war, war auf rein materiellem Grundstein aufgebaut, welcher sie blind gemacht hatte. Sie verschwenden so viele Gedanken nur an diese eine Person, ohne zu wissen, wer diese Person wirklich war, wer sich hinter der Fassade versteckte und wie weit diese Person für sie gehen würde. In Unwissenheit zu schwärmen kann erst Recht nicht als Liebe bezeichnet werden und kann sehr gefährlich sein. Jemanden zu lieben, ohne zu wissen wer diese Person im eigentlichen ist, kann schwere Konsequenzen mit sich tragen. Ihr fangt an zu verzweifeln und denkt ständig darüber nach, weshalb die andere Person vielleicht kein Interesse zeigt. Ihr seid euch nicht einmal darüber im Klaren, wer diese Person wirklich ist und was sie am liebsten unternimmt. Ihr wisst es aus dem einfachen Grund nicht: Ihr liebt nicht! Versteht, wer ihr seid und lernt euch selbst zu lieben anstatt eure Zeit damit zu verschwenden jemand anderes anzuhimmeln! Einige fragten mich oft, ob die Ehe nicht schon Beweis genug für die Existenz der Liebe sei, da man sein ganzes Leben nur noch einer Person widmet. Daraufhin gab ich immer dieselbe Antwort: Könnt ihr mir vielleicht Liebe beweisen? Ihre Existenz nachweisen? Nein! Da jeder unter unterschiedlichen Bedingungen eine unterschiedliche Gefühlswahrnehmung annimmt, um welches Gefühl es sich auch immer handelt. In Bezug auf die Ehe, habe ich ihnen ganz eindeutig erklärt, dass ihre Gefühle zur einfachen Routine werden, wie ich es bereits erklärte und das wir irgendwann automatisch so blind werden, dass wir uns sogar einreden, ohne diese Person nicht mehr Leben zu können, aber was gibt ihnen diese Person? Etwa Atmung? Seele? Leib? Verstand? Gehirn? Nein! Sie gibt dir reine Schwäche, eine Schwäche die du nicht mehr bemerken wirst eine Schwäche die unmittelbar ist

eine Schwäche die dich verändert

eine Schwäche die dich noch schwächer macht als du es schon bist.

Zu meinem Glück war ich nicht von ihr betroffen oder redete es mir wenigstens ein...

Naja wie denn auch? Ich ließ niemanden an mich ran und die anderen ließen mich genauso wenig auch an sie ran. So war es besser, glaubt mir...

So nähert euch der Versuchung nicht.

Ich sage, dass ihr nicht in Versuchung geraten sollt, vielmehr, dass ihr euch ihr nicht einmal nähern solltet, denn alles hat seinen ersten Schritt und ehe du dich versiehst, wird aus Schritt eins plötzlich zwei und aus zwei plötzlich drei und so weiter und so fort...

Bis du dann auf einmal genau da stehst, wo du nie stehen wolltest und das alles wieso? Einfach weil du dachtest, einmal sei keinmal oder einmal wird doch keine starken Auswirkungen auf mich haben, aber vergiss nicht, dass auch alles andere irgendwie beginnen muss und somit auch irgendwo wieder sein Ende findet. Wo das Ende liegt, dass liegt noch in deiner Hand, doch der Anfang wartet nicht auf dich, denn sobald es los geht, kommst du nicht wieder zurück, aller höchstens kannst du es beenden...

Doch alles was man beendet muss man auch irgendwie angefangen haben, so fangt nicht an und schließt auch nicht ab, denn schließen folgert aus beginnen und beginnen verleitet uns leider auf einen Weg, welcher auf den ersten Blick vielleicht verlockend wirkt, doch sobald du die Augen öffnest, wirst du sehen, dass gerade die auf den ersten Blick erscheinenden schönen Dinge im Leben, tiefe Geheimnisse mit sich tragen, welche man lieber doch nicht aufdeckt... Doch was du einmal gesehen hast, kannst du nicht mehr verstecken. Es wird dich bis zu deinem Tode mitverfolgen.

Jaja der Tod..

Habt ihr euch jemals die Frage gestellt, warum wir denn überhaupt sterben müssen? Warum kann unser Leben nicht einfach immer und immer wieder von vorne beginnen?

Weil alles ein Ende hat.

Die Unendlichkeit, welcher keiner nachweisen kann und auch niemals jemand nachweisen wird, da wir endliche Lebewesen sind, welche niemals in der Lage sein können, Unendlichkeit wahrzunehmen oder zu denken, wird für immer das tiefste Geheimnis der Menschheit sein.

Also müssen auch wir sterben, denn alles was wir wahrnehmen können, muss irgendwie angefangen haben und wird dementsprechend auch sein Ende nehmen. Denn für uns hält nichts für die Ewigkeit, was auch immer wir denken, wissen und fühlen ist nur begrenzt und wird auch immer begrenzt bleiben, solange unsere Spezies lebt, denn auch wir sind nur begrenzte Lebewesen. Aber reicht die Erkenntnis allein schon als Beweis dafür, dass wir sterben müssen?

Gesetze und Regeln sind der Grund dafür, weshalb wir sterben müssen.

Die Prüfung auf dieser Welt ist der Grund dafür, dass wir sterben müssen.

Die Evolution ist der Grund dafür, weshalb wir sterben müssen, schließlich ist die Welt nur begrenzt groß und wird mit Sicherheit nicht mehr in der Lage sein können uns alle zu halten und was dann? Was wäre wenn wir nicht sterben würden?

Wir würden uns bloß noch danach sehnen. Irgendwann wird jeder von uns das Leben satt haben, allein schon aus dem Grund, dass wir altern und wir uns mit jedem Stückchen, dass wir älter werden wünschen wieder jünger zu sein. Das funktioniert jedoch nicht.

Ganz einfach: Der Mensch muss sterben, da er altert.

Ob wir nun wollen oder nicht, doch wir altern jede einzelne Sekunde unseres Lebens immer wieder und wieder. Wir haben an dieser Stelle nicht mehr das Recht mit zu entscheiden. Es ist ein Prozess, der von unserem Körper ausgeht. Wir spielen auch hier wieder, nur mit. Mehr sind wir nicht. Wir sind nur Wesen die altern und dem Tod gegenüber nur noch näher kommen. Unsere Zellen halten ebenfalls nicht ewig an und wir fangen an sie zu verlieren. Was ist ein Lebewesen denn bitte ohne seine Zellen? Kein Lebewesen mehr! Haben wir denn außerdem nicht auch Feinde? Jeder der einen Feind hat, wird durch diesen automatisch irgendwann eliminiert. Wir sind endliche Wesen genauso wie unsere Feinde auch. Wir können uns das alles wie eine Wurzel mit ihrer entsprechende Quadratzahl vorstellen, welche sich gegenseitig aufheben. Doch existiert die Besonderheit der Entwicklung unserer Nachkommen. Wir werden geboren und sterben, doch uns fehlt einfach die Ausrüstung und die immer weiterlaufende Anpassung an unsere Umwelt. Wir sind nach gewisser Zeit nicht mehr in der Lage uns dieser anzupassen.

Deshalb müssen wir sterben: Wir haben keine andere Wahl, wir sind wie an vielen anderen Stellen auch, wieder einmal nur Mitspieler und können nicht entscheiden in welche Richtung wir im weiteren gehen, da wir entschieden werden. Ist euch das immer noch nicht Beweis genug, weshalb wir sterben müssen? So nennt mir nur einen Grund, weshalb wir nicht sterben sollten, beziehungsweise, wie unser Leben, denn dann seinen Lauf nehmen sollte. Denkt ihr, dass es schön wäre unendlich lange zu leben?

Pizza ist sehr lecker und ein wunderbarer Genuss, doch wenn ihr jeden Tag nur noch von Pizza gefüttert werdet, so habt ihr nach gewisser Zeit, den unwiderstehlichen Geschmack zum Produkt verloren und werdet es wahrscheinlich nie wieder essen, deshalb wird es nicht mehr ein Genuss sondern ein abwertender Geschmack für uns sein.

Genauso ist es mit dem Leben, es wird zu einer abwertenden Gewohnheit, deshalb müssen wir sterben und können nicht auf ewig leben. Was sollt ihr denn über die unendlich lange Zeit zu tun haben?

Irgendwann wird es keine Geheimnisse mehr der Natur oder der Wissenschaft geben, da ihr alles erforscht und erlernt habt und ihr verliert die Lust danach.

Irgendwann werdet ihr alles haben, wovon ihr bloß träumen könnt und ihr fängt an die Lust danach zu verlieren.

Irgendwann wird euch der Reichtum zum Kopf steigen und ihr verliert die Lust.

Irgendwann werden euch alle Genüsse und Lieblichkeit dieser Welt bekannt sein und ihr verliert die Lust.

Was dann? Ihr sollt unendlich lang leben können? Was habt ihr davon? Nennt mir bloß einen Grund weshalb wir nicht sterben sollten und ich werde euch anhand dessen erklären, weshalb wir sterben müssen. Vielleicht werden einige von euch denken, dass ich eventuell nicht wirklich dargestellt habe, weshalb wir denn jetzt sterben müssen, denn Pessimisten gibt es immer und es wird auch immer jemanden geben, der mit dem was ihr sagt,

nicht einverstanden sein wird. Doch ihr werdet es spätestens
dann zugeben müssen, wenn ihr bemerkt, dass ich alles andere
ausgeschlossen habe. Denn was bleibt denn dann noch übrig?
Bloß die Tatsache, dass wir sterben müssen.

Nach einigen Monaten, ging ich genau wie jeden anderen Tag
an der Uni auch, in die Mensa um mir mein Essen für den
heutigen Tag abzuholen. Dieses eine Mal jedoch, war ich
komplett alleine, nicht nur an meinem Tisch, also so wie es
üblicher Weise war, sondern in der gesamten Mensa, war kein
einziger außer mir vorzufinden, aber auch in der Uni bin ich
kaum einer Menschenseele begegnet. Hatte ich irgendetwas
verpasst?

Da ich mir nun kein Essen mehr holen konnte, ging ich wieder
hinunter ins Gebäude und traf auf den Hausmeister. Ich fragte
diesen, ob er wohl wüsste, weshalb kein einziger Student oder
Professor in Sicht war. Daraufhin antwortete er ganz schön
grimmig und in einer tiefen Tonlage: „Die Jugend wird wohl
immer schlimmer, jeder einzelne hatte vereinbart, sich heute zu
versammeln um ihr zu gedenken, doch tatsächlich gibt es noch
weiterhin Ausnahmen, welche so abseits der von ihnen
gewählten Gesellschaft leben, dass sie anscheinend einfach
nichts mehr mitbekommen". Daraufhin schaute ich sehr verblüfft
und gleichzeitig schockiert, nicht nur wegen seiner
eigenartigen Tonart, sondern auch durch die Tatsache, dass er
daraufhin einfach gegangen ist. Wem sollten wir denn schon
gedenken? Hatte sich jemand das Leben genommen oder wurde
gar ermordet? Was war wohl passiert? Ich musste dem
Hausmeister nochmals einige Schritte hinterherlaufen und ihn
dann fragen, um wen es hier denn im eigentlichen geht und wo
sich genau alle versammelt hatten um dieser Person zu

gedenken. Auch auf diese Frage antwortete er nicht gerade freundlich und begeistert und berichtete mir von Tonia Frag, welche sich angeblich das Leben genommen haben soll. Da ihre Leiche jedoch schon seit Wochen nicht mehr aufzufinden war, gedenken sie ihr bloß im Versammlungsraum und hoffen schon bald fündig zu werden. Ehrlich gesagt war ich an diesem Punkt doch schon sehr verblüfft. Sie soll sich das Leben genommen haben, doch ohne jeglichen richtigen Hinweis oder Beweis dafür? Wie kann das denn überhaupt sein? Ich meine wie kommt man denn auf die Idee, dass sie sich das Leben genommen hatte, ohne ihre Leiche oder ähnliche Beweise zu finden?? Demnach ging auch ich in den Versammlungsraum, welcher über tausende von Studenten einnehmen konnte. Als ich jedoch den Türhenkel griff und versuchte, die Tür zu öffnen war diese verriegelt. Daraufhin schaute ich durch die Fenster, welche im eigentlichen einen klaren Überblick vom Inneren des Saals schafften. Doch ich sah bloß eine Menge von Menschen, welche überaus glücklich waren. Sie lächelten und waren fröhlich, alle sehr gut gelaunt, doch hatte das ganze etwas eigenartiges an sich. Die Gesichter und Kleidungen der Personen, wiederholten sich nach einigen Reihen und ich erkannte, dass alles bloß ein Hologramm war..., was ich im eigentlichen auch schon an dem Gelächter erkennen sollte, denn wieso lacht man beim Bedenken einer verstorbenen Person???

Auf dem ersten Blick erscheinen alle Menschen real und lebendig.. Da anscheinend diverse und viele Animationen mit rein gebracht wurden, ist es fast unmöglich die Menschen als reine Animationen wahrzunehmen. Nun war es eindeutig, dass an der ganzen Sache definitiv etwas faul war. Mir fiel ein, dass ich einen speziellen Hintereingang kenne, welcher mich alleine ließ, falls ich mal wieder für mich allein sein wollte. Als ich hindurch ging, erkannte ich auf dem ersten Blick nicht wirklich etwas. Nach genauerem Hinsehen jedoch, waren bloß Menschen und Menschen und Menschen zu sehen

und ehrlich gesagt war das auch der erste Moment in meinem Leben, weshalb ich mir wünschte, doch lieber kein Mensch zu sein. Sie hatten aber eine Gemeinsamkeit und das war Tonia Frag. Sie alle hatten ihren Namen auf dem Rücken kleben und man hörte immer wieder bloß Geschrei und Geschrei. Man konnte ihnen die Depressivität von der Stirn lesen, doch schaute ich genauso schnell wieder weg um mich nicht entdecken zu lassen.

Jeder Einzelne von ihnen war bis zum Abgrund innerlich zerstört. Es schien als wären sie alle hoffnungslos in sich gefangen. Schwache Persönlichkeiten und Leute, die so aussahen als hätten sie keine Kraft mehr in sich. Als würde der Tod vor ihren Augen sein. Einige von ihnen waren verheult und zerstört, wobei andere saßen und zuschauten. Immer und immer wieder hörte man Stimmen, welche sagten: „Sehe die Wahrheit und du fürchtest dich vor gar nichts mehr! Siehe in die Realität und ignoriere sie nicht und du fürchtest dich vor gar nichts mehr! SIEHE SIE UND DU FÜRCHTEST DICH VOR GAR NICHTS MEHR!! Nur so wirst du dein eigenes Ich kennenlernen und erweitern können!". Ich muss schon sagen, dass ich in diesem Moment einfach schockiert mit großen Augen und offenem Mund wie eingefroren davor stehe. Was hatte es mit Tonia Frag auf sich und wieso müssten alle sie sehen um sich vor nichts mehr zu fürchten?? Um sein eigenes Ich kennenzulernen? Um sich selbst zu erweitern? Wieso????

Man hört immer wieder wie einige von ihnen rufen und dabei weinen:,,Bitte lasst uns gehen, wir versprechen niemandem etwas zu sagen. Wir sind doch bloß Menschen, die den üblichen Alltag in einer Universität führen. Was habt ihr von all dem Leiden, dass ihr uns anfügen wollt?". Ich stellte mir die gleiche Frage, weshalb fügen sie den Menschen ein so großes Leid zu? Beziehungsweise, was hatten sie ihnen überhaupt angetan? Man sieht weder Blut fließen, noch körperlich verletzte. Es ist als hätten sie alle einen psychischen Schock erlebt, als hätte man sie auf mentale Weise zerstört oder erniedrigt. Jeder von ihnen der schrie oder weinte, war an einem Stuhl mit dicken Seilen gefesselt. Doch was hatten sie ihnen angetan, wenn sie nicht auch nur einen Kratzer abbekommen hatten? Sie schreien und schreien, als würde der Tod vor ihnen sein, aber verletzt waren sie nicht?! Ich riskierte es, mich dem Geschehen noch ein kleines Stück zu nähern und sehe lauter maskierte Personen, welche alle weiß gekleidet sind. Mit der selben Kleidung und den selben Masken. Sie alle haben Handschuhe an und die gleichen Schuhe. Jeder von ihnen trägt exakt das gleiche wie der andere. Das einzige was sie unterscheidet, sind bestimmte Nummern, die ihnen wahrscheinlich zugeordnet wurden. Jeder von ihnen hält außerdem eine Spritze mit einem blauen Sirup innen drin. Einer von ihnen ist nun gerade dabei es einem Mädchen einzuspritzen, sie weigert sich und tretet überall um her, doch wirklich verändern konnte sie die Tatsache, dass sie in jedem Augenblick die Spritze bekommt, nicht. Es wurde in der Mitte ihrer Innenseite des Armes eingespritzt. Daraufhin dreht sie ihren Kopf noch einige mal und ist plötzlich nicht mehr bei Bewusstsein. Es scheint wie eine Droge gewirkt zu haben, die sie in Trance versetzte. Anschließend haben sie genau das gleiche auch mit den anderen getan. Es wurde jedem von den gefesselten genau die Nummer zugeordnet, welcher auch derjenige besaß, der ihnen die Spritzte gab. Aber was hat das alles nun mit Tonia Frag zu tun?

In diesem Augenblick noch erkannte ich, dass ich gehen muss und zwar so schnell wie möglich, solange mir die Chance noch bleibt. So verschwand ich wieder aus dem Gebäude und das auch noch ohne dass mich einer bemerkte, obwohl ich an einigen Stellen starkes Herzklopfen hatte und es verdammt knapp war. Ich lief einfach geradeaus weiter und weiter bis zum Bahnhof und nahm den schnellstmöglichen Zug nach Hause. Selbstverständlich kamen mir Millionen Gedanken gleichzeitig in den Sinn. War mein feiges Weglaufen die richtige Entscheidung? Was wäre passiert wenn sie mich ebenfalls erblickt hätten? Hätte ich einigen von ihnen das Leben retten können? Hätte ich etwas verändern können? Sollte ich die Polizei alarmieren? Schließlich sind tausende von Menschen gerade in Gefahr und die einzige Person, welche gerade wahrscheinlich überhaupt davon weiß, bin ich oder?

Als mein Zug nun endlich kam war ich noch immer in Gedanken sehr zerstreut und habe auf dem Weg zu meinem Sitzplatz gefühlt 20 Leute angerempelt. Ich setzte mich also so schnell wie möglich hin und schaute ständig in unterschiedliche Richtungen. Manchmal nach oben oder nach unten. Manchmal nach rechts oder links und manchmal schaute ich auch einfach nach draußen durch das Fenster des Zuges, welches mein Spiegelbild darstellte. Ich hatte ein unglaublich schlechtes Gewissen. Wer weiß womit die armen Studenten,

Professoren oder vielleicht auch einfach normalen Menschen unserer Gesellschaft gerade konfrontiert werden?

Hatte ich einen Fehler gemacht???

Vielleicht den größten meines Lebens?

Habe ich bloß aus Angst so reagiert wie ich reagiert habe?

Nach einigen Minuten konnte ich aussteigen und blickte auf dem Weg zu meiner Wohnung andauernd nach hinten und machte riesige Schritte nach vorne um so schnell wie möglich zu Hause zu sein. Mein Herzschlag wurde auch in diesem Moment immer schneller und ich bemerkte wie auch meine Lunge so langsam nicht mehr mithalten konnte. Ich atmete ständig aus und ein und hoffte einfach gleich zu Hause zu sein. Als ich nun endlich angekommen war, suchte ich nur noch wie verrückt nach meinem Schlüssel und griff in alle Ecken meiner Hosentaschen und meiner eigentlichen Aktentasche, doch ich fand einfach nichts!!

Habe ich ihn bei der ganzen Aufregung etwa verloren?! Ist er mir irgendwie auf dem Weg aus der Hand gerutscht?! Ich ging den ganzen Weg bis zum Bahnhof wieder zurück und schaute in alle Ecken und Kanten mit der Hoffnung auf meinen Schlüssel zu treffen, doch er war nirgendwo aufzufinden. Nun musste ich die ungewollte Möglichkeit in Betracht ziehen, den Schlüssel in der Uni im Versammlungsraum liegen gelassen zu haben..

Sollte ich wirklich zurück gehen?

Was wäre wenn mein Leben genau in diesem Moment ein Ende nehmen würde?

Wurde er mir vielleicht absichtlich geklaut?

War es geplant mich wieder in die Universität zu locken?

Hatte mich doch jemand gesehen?

Wollten sie bloß, dass ich dachte unbemerkt verschwunden zu sein?

Aber wieso? Weshalb sollten sie gewollt haben, dass ich wieder zurück komme? Wieso haben sie mich nicht genau im selben Moment mitgenommen wo sie mich gegebenenfalls gesehen haben? Was hatte ich in diesem Moment wohl für eine Wahl?

Ich musste wieder zurück...

Zurück zu einem Ort an den ich nie sein wollte, aber dennoch war.

Zurück...

Wie oft wünschen wir uns im Leben zurück zu gehen? Das geschehene ungeschehen zu machen und einfach wieder von vorne anzufangen?

Zu oft..

Ständig muss ich darüber nachdenken, wieso wir uns manchmal so schuldig fühlen und dabei doch im eigentlichen unschuldig sind? Wieso wir diejenigen vermissen, wo wir geschworen haben sie zu vergessen? Wieso unterdrücken wir so oft unsere eigenen Gefühle? Wäre es nicht einfacher sie einfach zu offenbaren? Wieso müssen wir andauernd an unsere Schwächen denken?

Ich hasse sie, ja ich hasse unsere Schwächen, da sie es sind, die uns tagtäglich beweisen, dass wir uns selbst nicht unter Kontrolle haben und dazu auch niemals in der Lage sein werden. Ich hasse sie, weil sie mir zeigen, dass ich wohl doch nicht der bin, den ich mein ganzes Leben lang vorgegeben habe zu sein, dass ich nicht das bin, was ich und andere denken zu sein. Ich habe Angst, doch wusste ich nicht, ob ich mich vor der Zukunft, der Gegenwart, der Vergangenheit, welche alles beeinträchtigte oder doch nur vor mir selbst fürchtete.

Vielleicht ist es das tatsächlich, vielleicht habe ich einfach eine so große Angst vor mir selbst. Angst davor meine Schwächen freizugeben, Angst davor die Wahrheit zu sagen, Angst davor mich selbst zu sein.

Wieso?

Weil ich die einzige Person bin, vor der ich nicht weglaufen kann.

Weil ich die einzige Person bin, die mir auf meinen eigenen Wegen Steine legen könnte, ohne in der Lage zu sein diese wegräumen zu können.

Weil ich die einzige Person bin, die mich kennt.

Weil ich die einzige Person bin, vor der ich weder meine Taten noch Gedanken verstecken kann.

Weil ich die einzige Person bin, welche einen Fehler macht ohne zu wissen ob ich ihn mir jemals verzeihen könnte.

Selbstverständlich, wenn ich irgendjemandem Leid zugefügt oder einem Menschen auf welche Art auch immer wehgetan habe, so kann ich diese Person um Vergebung bitten mit der Hoffnung, dass sie diese annehmen wird.

Doch mich selbst?

Von welchem Grad soll ich ausgehen, wann also sollte ich mir etwas verzeihen und wann, es einfach den anderen überlassen?

Das kann wohl keiner wissen, weil wir uns automatisch vergeben, weil wir garnicht erst darüber nachdenken, welches Leid wir uns selbst angefügt haben und ob wir uns das verzeihen können.

Wieso?

Weil wir nicht einmal annäherungsweise in der Lage sind zu spüren ob wir uns selbst in dem Moment verletzt haben.

Wie ein Konflikt zwischen Körper und Seele, der zwar irgendwie da ist, aber nicht wirklich wahrgenommen wird.

Ich machte mich nun auf den Weg zurück in die Universität
und versuchte ausnahmsweise nicht an meine Schwächen und
Fehler zu denken.
Tja und da war ich auch schon wieder...
Ich schlich mich mit großer Vorsicht an den Versammlungsraum
der Uni heran und hoffte darauf meinen Schlüssel schon bald
zu finden, doch stattdessen begann ich einen weiteren Fehler..
Auf einmal sehe ich wie ein Mädchen, wahrscheinlich so
ungefähr in meinem Alter zwischen 20 und 24 aus dem
Gebäude rannte. Sie rannte und rannte nur, ohne sich auch nur
ein einziges mal umzudrehen, in Richtung des Waldes und um
endlich herauszufinden was hier los war, lief ich ebenfalls
hinterher. Naja und wie bereits erwähnt war das wohl ein
weiterer Fehler in meinem Leben.
Ich hatte das Gefühl ich würde ihr schon seit Stunden
hinterherlaufen, bis sie dann endlich stehen blieb, doch
versteckte ich mich zunächst einmal hinter einem der Bäume,
denn sie sah sehr verstört und verwirrt aus und ich wollte sie
nicht noch mehr verwirren. Nach einigen Minuten kam ich
langsam aus meinem Versteck heraus, denn schließlich wollte
ich herausfinden was hier vorgeht und das kann ich wohl
schlecht, wenn ich mich die ganze Zeit nur hinter einem Baum
verstecke. Ich machte jeden einzelnen Schritt mit großer
Vorsicht und wollte ihr auch nicht zu nahe treten. Sie sah
bereits so aus als hätte sie den Schock ihres Lebens erlebt, die
große Angst erkannte man ihr an. Als ich dann nah genug an
ihr dran war, sagte ich bloß: „Entschuldigung?" und sie trat
gefühlt zehn Schritte zurück und flüsterte vor sich hin:„Ich
komme nicht wieder zurück! Ich komme nicht wieder zurück!
Ich komme nicht wieder zurück!" und wurde mit jedem mal

leiser. Doch ich sprach nur:,,Es tut mir sehr leid, aber ich kann leider nicht komplett nachvollziehen wovon du gerade sprichst.. Ich muss unbedingt herausfinden was im Versammlungsraum vor sich geht!! Bitte!! Ich weiß, dass es nicht einfach für dich ist über so etwas zu sprechen, ich hörte bloß das Geschrei und erkannte die gleichzeitig darin liegende Angst jedes einzelnen in diesem Raum.. Doch du musst mir bitte sagen, was passiert ist, wenn wir es stoppen sollen!!!" Ich glaube, dass sie anfing mir zu glauben, denn sie setzte sich langsam auf den Boden und fing an zu erzählen......

Sie fing an und berichtete von der Spritze, die auch ich erkannte, doch erzählte sie mir auch von den Auswirkungen.. Sie bereitete ihr Halluzinationen von Tonia Frag, welche in einem Kerker gefangen gehalten wurde und nur ein Schlitz zu sehen war aus dem das Sonnenlicht herein strahlen konnte. Jeden Tag wird Tonia Frag wohl so eine Art Kurzfilm vorgeführt. Diese waren immer unterschiedlich, doch beinhalteten sie andauernd das gleiche Hauptthema beziehungsweise Ziel: DU BIST NICHTS!! REIN GAR NICHTS!!

Die Kurzfilme zeigten ihr, dass sie wertlos sei!

Kein Stolz

Keine Ehre

Keine Familie

Keine Freunde

Keine Zufriedenheit

Kein Glück

Keine Freude

NICHTS

Jeder Kurzfilm brachte wohl die gleiche Nachricht: Du bist hier, weil du dir selbst nicht vertraust und glaubst! Weil du selbst nicht weißt was du bist und weshalb du einen Platz auf dieser Welt erhalten hast!

Langsam entwickelte sich ein eigenartiger Gedanke in meinem Kopf: Die wussten, dass ich an mich glaubte. Die wussten, dass ich weiß, wer ich bin. Ich prahlte nie, war nie wirklich auffällig, aber dennoch habe ich nie vergessen wer ich wirklich bin und weshalb ich auf dieser Welt bin. Das ist alles eine Prüfung, die uns gestellt wird und ich versuche bloß möglichst gut dabei abzuschneiden.

Aus diesem Grund habe ich wohl als einzige nichts von der Versammlung erfahren und ich erkannte gleichzeitig, dass ich auch ihr zeigen muss, wer sie wirklich ist und das auch sie etwas besonderes ist, bevor sie dem Wahnsinn verfällt!

Nun stellt sich bloß noch die Frage, wie ich das wohl anstellen kann. Daraufhin zeigte ich ihr zunächst einmal anhand von grundlegenden Dingen, dass sie es Wert ist zu leben, einfach Wert zu leben.

Ich sprach: „Wer bist du? Ein Mensch richtig? Ja du bist ein Mensch und du hast Rechte! Leider werden dir viele deiner Rechte in der heutigen Zeit nicht einfach so gegeben oder gar genommen. Du bist nicht irgendjemand! Du bist du und du bist diejenige, welche es wahrscheinlich als einzige geschafft hat denen zu entfliehen! Ich habe den ganzen Prozess ebenfalls aus der ferne betrachtet und würde es persönlich als unmöglich ansehen von dort zu fliehen!

Du wachst jeden Tag mit dem Gefühl auf, dass es jemanden gibt für den es sich lohnt zu leben und aufzustehen und das ist niemand anderes als du selbst!! Wieso sonst bist du gerade hier und nicht dort? Du bist dir selbst zu schade um zu sterben, um dich von denen manipulieren und schikanieren zu lassen!

Doch über diesen Wert musst du dir selbst klar werden, das ist nicht einfach etwas, was man dir einreden kann oder etwas, das jemand anderes für dich übernehmen kann! Also sei dir darüber im Klaren, dass du etwas besonderes bist und das auch nur für dich.

Lerne nur dich selbst zu lieben!

Lerne bloß dich selbst zu ehren!

Lerne nur für dich und für niemand andern da zusein.

Nur so kannst du gewinnen und erkennen dich selbst zu sein!"

In meinen Gedanken war mir selbstverständlich darüber bewusst, dass sich das einfacher anhörte als es letztendlich war, aber irgendwie muss ich ja den ersten Schritt machen. Mir war auch klar, dass wir uns zwar an unsere eigene Nase packen müssen und bloß für uns selbst handeln, aber die Prüfung des Lebens darf dennoch nicht vergessen werden.

Ein großartiges Spiel nicht war?

Man kann nichts vorhersehen und doch sind wir in der Lage so vieles zu sehen.

Viele Dinge liegen nicht in unserer Hand, dennoch handeln wir.

Es gibt so vieles auf dieser Welt über das wir noch kein Wissen verfügen beziehungsweise mehr oder weniger kein Wissen verfügen wollen, aber dennoch denken wir und versuchen zu verstehen. Doch haben wir diese eine Sache nun endlich verstanden, so wollen wir wieder verstehen: Wieso?

Warum eigentlich so und nicht anders?

Ihr erinnert euch bestimmt noch an Angelika, welche ja fast genauso dachte....

Wir Menschen müssen verstehen, dass es Dinge auf dieser Welt gibt, welche nicht zu erklären oder zu definieren sind.

In diesem Fall sind sie einfach hinzunehmen, doch leider fällt uns das nicht gerade leicht.

Meint ihr wirklich, wir der Mensch, die Pflanzen, die Tiere, die Umwelt, der Himmel, die Sonne, der Mond, die Erde, das Meer und vieles mehr, seien durch eine explodierende Energie erschaffen worden?

Ich bitte euch, der Mensch kann sich wirklich alles mögliche ausdenken, wenn er gerade nicht damit einverstanden ist, was der Rest der Menschheit von sich gibt.

Es lässt sich nicht alles in Zahlen und Formeln definieren.

Alles hat einen Ursprung, aber verschwendet eure wertvolle Zeit nich damit für jede einzelne Sache auf dieser Welt einen Ursprung zu finden!

Seid euch darüber im Klaren wer ihr seid und weshalb ihr hier seid, glaubt nicht das, was die Leute euch gerne glauben lassen wollen. So drehen sie sich die Dinge nämlich genauso wie sie es möchten und ihr seid bloß ein Teil des großen Ganzen.

Überzeugt euch selbst von all dem, liest und liest und liest, eignet euch wissen an, seid nicht dumm und wenn ihr nicht gerade zu den Menschen gehört, welche sich bestimmte Passagen aus einem Buch picken uM bloß das zu lesen, was ihnen gefällt, so werdet auch ihr die Ehre haben zu verstehen. Aber vergisst nicht: NUR DAS WAS DAS EIGENE AUGE SIEHT UND DER EIGENE MUND LIEST UND DIE EIGENEN OHREN HÖREN, IST DIE WAHRHEIT!

Nichts anderes, also lasst euch nicht von anderem verleiten, nur weil ihr zu faul seid, um euch selbst zu erkundigen.

Macht diesen Fehler nicht, denn er wird wahrscheinlich ein großer sein.

Ich glaube so langsam hatte sie angefangen über das, was ich ihr sagte, nachzudenken und sie sprach: „Sind unsere Gedanken frei, so stürmt die Umwelt um uns herum und ist es um uns herum still, so sind unsere Gedanken an jedem einzelnen Ort, nur nicht dort wo sie sein sollten..".

Sie schien verwirrt und ängstlich zusein, aber gleichzeitig merkte man ihr auch an, dass sie anfängt zu begreifen und zu verstehen, was ich versuche ihr mitzuteilen. „Du willst also versuchen mir zu helfen? Dann bring mich an einen Ort an dem ich mich nicht alle zwei Sekunden umdrehen muss um zu schauen, ob ich gerade beobachtet werde!

Bring mich an einen Ort, wo sie mich nie wieder finden werden!

Bring mich an einen Ort, an dem ich mich wohl fühlen werde! Bring mich an einen Ort in dem die Angst keinen Platz mehr hat und ich weiß, dass ich sicher bin! Mehr will ich doch garnicht! NUR DAS WAS MIR NORMALERWEISE ZUSTEHT!!" schrie sie in alle Richtungen herum. Ich versuchte ihr daraufhin immer wieder deutlich zu machen, dass wenn sie mir bloß beschreiben könnte, wie ich in den Versammlungsraum herein käme ohne gesehen zu werden, sie ihre Sicherheit haben kann und sie müsste nicht einmal mitkommen. Naja selbstverständlich war ich mir dessen Bewusst, dass ich ihr keine Garantie darüber geben kann, aber irgendwie musste ich nun langsam voran kommen.

Ob ihr es nun glaubt oder nicht, aber sie willigte ohne auch nur mit der Wimper zu zucken ein, mir zu helfen.

„1. Du musst so aussehen wie die

2. Du musst so handeln wie sie

3. Du musst Emotionen ausblenden

4. Du musst so denken wie eine Maschine, die bloß ihren Vorteil ziehen will

5. Du musst so sein wie die"

Im eigentlichen müsste ich diese Punkte mit dem Gedanken daran, dass es danach wieder allen besser gehen wird, umsetzen können, doch über ihre Kleidung verfüge ich nicht. Sie müsste mit mir zum Schneider in der nächsten Straße gehen, um eine exakte Beschreibung über das Aussehen, der Personen zu liefern, nur so kann vielleicht etwas unternommen werden. Ja ihr habt Recht, die Wahrscheinlichkeit dafür, dass ich all das heil überstehe und die richtige Kleidung anfertigen lasse, ist sehr gering, doch sie besteht und zudem ist sie auch noch meine einzige Möglichkeit!

Also machten wir uns auf dem Weg zum Schneider mit der Hoffnung, dass er uns weiterhelfen könnte. Der Schneider starrte uns bereits bei einer kurzen Beschreibung an, als würden wir von einem anderen Planeten kommen. Er war der Ansicht, dass er uns ohne ein Foto keine richtige Anfertigung des Kleidungsstückes versprechen kann. Wir schauten uns beide gegenseitig an und fragten uns, wie wir denn wohl an ein Foto kommen könnten, doch das wäre unmöglich. Denn wenn ich es schon so weit geschafft habe ohne das Kleidungsstück hereinzukommen und ein Foto zu schießen, dann brauche ich auch kein Kleidungsstück mehr anfertigen lassen. Also wollten wir das Risiko eingehen und haben es versucht möglichst identisch nachzumalen.

Daran saßen wir nun gefühlt drei Stunden, das Endergebnis war garnicht mal so schlecht und ich brauchte ja auch nur einmal etwas um nicht sofort erkannt zu werden. Als wir ihm die Zeichnung gaben, hat er seine Stirn zusammengezogen und sprach mit verstörter Stimme „Ihr hattet doch versprochen nach dem letzten Exemplar nie wieder hier in meinen Laden zu stürmen!!! Ich wollte von Anfang an nichts damit zu tun haben, wenn ihr mir nicht das wertvollste, das ich hatte, weggenommen hättet! Bitte lasst mich doch in Ruhe und ein einfaches Leben eines Schneiders leben, nachdem ihr nicht einmal euren Teil der Abmachung gehalten habt und meine Tochter noch immer bei euch ist!!!!"

Ich schaute ihn an und versuchte ihm klar zu machen, dass wir nicht von ihnen und wer auch immer „ihnen" sein sollte, wir nicht von ihnen geschickt worden sind. Wir wollten sie im Gegenteil aufhalten, bevor sie den Leuten ihrer Umgebung noch mehr Schaden zufügen! Doch ich merkte, dass er mir auch dann nicht glaubte, also musste ich mir auf die schnelle etwas anderes einfallen lassen und da fiel mir leider nichts anderes ein, als seine vorher genannte Tochter ins Spiel zu bringen.

Da sprach ich „Du hast den Test bestanden ‹und tritt dem Mädchen auf den Schuh um ihr zu zeigen, dass sie den Rest nun mir überlassen sollte› Du hast Recht, wir sollten nie wieder kommen, doch wir wollten schauen, ob du auch wirklich niemandem etwas von uns erzählen würdest, bevor wir dir deine Tochter zurückbringen ‹Selbstverständlich wusste ich weder den Name noch war mir das Aussehen seiner Tochter Bewusst, doch es war der einzige Weg…› Nun fertige uns das letzte Exemplar an und deine Tochter wird wieder bei dir sein."
Auch ohne mit der Wimper zu zucken, hielt er seine Nähmaschine in die Hand und fing an zu arbeiten. Dementsprechend verließen wir die Schneiderei und atmeten tief ein und aus.

„Was zum Henker war das?! Was bitte wolltest du damit beweisen? Jemanden für seine eigenen Pläne um die Sorgen seiner Tochter auszunutzen!! Das kann es doch wohl nicht sein!" sprach sie. Doch ich wusste, dass das was ich tat nicht richtig war.. Zudem konnte ich ihm ja nicht einmal garantieren, dass er seine Tochter wirklich eines Tages wieder sehen wird! Selbstverständlich hatte ich ein schlechtes Gewissen, aber daraus würde in meinen Augen ein länger resultierendes Glück entstehen und außerdem hatte ich keine andere Wahl!!!

In diesem Moment jedoch wurde mir klar: Wir haben doch irgendwie immer eine Wahl und die Ausrede von wegen, ich habe keine andere Wahl würde uns nur helfen ein besseres Gewissen für diese Schuld zu tragen, aber so war es nicht! Stehst du vor einer Klippe und hörst ein kleines Kind schreien, so würdest du im Nachhinein sagen, dass du keine andere Wahl hattest als dich selbst zu retten und das Kind verunglücken zu lassen. Wir haben also immer nur dann keine andere Wahl, wenn für uns in diesem Moment keine andere Wahl um unser eigenes Wohl in Frage kommt.

Hatte ich in diesem Augenblick auch eine andere Wahl? Natürlich! Aber das hätte uns in dieser Situation nicht weiter geholfen...

War das eine berechtigte Ausrede?!

Das werden wir sehen..

Als ich meinen Schlüssel nun weder in der Schule noch irgendwo anders fand, blieb mir wohl nichts anderes übrig, als den Hausmeister zu kontaktieren. Diese Lösung wäre wohl von vorne rein die bessere gewesen..

Ich wäre weder dem verrückten Mädchen, dass ja im eigentlichen nichts dafür konnte verrückt zu sein, begegnet, noch hätte ich mit einer schweren Lüge leben müssen!

Doch es war nunmal dasselbe Gewissen, das mich noch einmal hierherbrachte und mich lügen ließ..

Dieser Moment sollte aber wirklich nicht der Augenblick sein um über die Vergangenheit nachzudenken, sondern wohl eher über die Zukunft.

Was wäre, wenn ich sofort auffliegen würde?

Was wäre, wenn ich doch mehr Schaden als Hilfe verursache?

Was wäre, wenn ich weder seine Tochter noch die anderen retten könnte?

Ich wusste nicht einmal die Antwort auf eine dieser Fragen und wollte mich mit der Zukunft befassen?!

Dann belassen wir es wohl doch lieber bei der Gegenwart...

Kaum hatte ich den Hausmeister darüber informiert, dass ich einen Ersatzschlüssel bräuchte, war noch am selben Abend ein neuer Schlüssel angefertigt worden. Nun ja ich konnte sie nun schlecht alleine hier draußen lassen und bot ihr an mit mir nach Hause zu kommen, bis der Schneider mit der Anfertigung der perfekten Tarnung fertig war. Sie willigte überraschenderweise sofort mit ein und lächelte sogar zum ersten mal. Ich war ebenfalls froh, denn ihr Lächeln zeigte mir, dass ich wenigstens eine Sache richtig gemacht habe, ihr zu helfen. Der Hausmeister gab mir den Schlüssel und ich führte sie in meine bescheidene Wohnung ein. Zudem fiel mir auf, dass sie wohl die erste Person sei, welche meine Wohnung, abgesehen von mir, betreten würde. Bevor ich mich noch umdrehen konnte und ihr zeigen konnte, wo sie nach all der Erschöpfung einen Ort zum niederlassen findet, nickte sie bereits auf dem Sofa ein und ich deckte sie mit meiner Decke zu.

Man merkt ihr an, dass sie sich wohl fühlte und schlief einfach so fest als wäre sie selbst zu Hause und ich bemerkte, dass auch ich jetzt eine Pause gebrauchen könnte. Sie war zwar verzweifelt, doch merkte ich, dass sie den Sinn des Lebens noch immer nicht verloren hatte. Weshalb würde sie mir sonst helfen?

Sie wusste sie könnte etwas damit verhindern.

Sie wusste sie war nicht allein.

Sie hatte sich selbst niemals verloren, die wollten sie bloß in dem Glauben leben lassen verloren zu sein.

Wahrscheinlich ging es dort jedem so.

Es war vielleicht gar nicht einmal ihr Ziel die Menschen so zu verändern und zudem zu machen was sie aus ihnen haben wollten, es würde bereits reichen, wenn sie in dem Glauben leben würden nicht mehr sich selbst zu sein.

Wir wissen bereits, ein Mensch kann beeinflusst, erniedrigt, manipuliert und innerlich zerstört werden, doch könnte man niemals verändern was in ihnen ist.

Ja wir Menschen sind schwach, aber nicht so schwach, dass wir nicht mehr wissen wer wir sind. Es gibt einen Grund dafür, dass wir die Spitzenreiter der Evolution sind. Würden wir uns so schnell verändern lassen, so würden wir uns von den Tieren nicht mehr unterscheiden.

Wir wären leichtsinnig, was wir auch sind.

Wir wären schwach, was wir auch sind.

Wir wären dumm, was wir auch sind.

Wir wären so veranlagt nicht mehr Teil dieses Lebens zu sein, aber das sind wir nicht!!!

Wir sind Teil eines Ganzen und wir können auch stolz darauf sein, aber verlernt die Liebe zu euch selbst nicht, sonst schreibt ihr euch selbst einen niedrigen Wert zu.

Ihr müsst euch mit besonderen Augen sehen.

Ihr müsst euch besonders fühlen.

Ihr müsst euch darüber im Klaren sein, dass ihr etwas besonderes seid.

Nur so lernt ihr euch in dieser Prüfung auf euch selbst zu konzentrieren.

Und auch nur so könnt ihr sie bestehen!

Trotz all dem Mut, der in mir war, hatte ich Angst ich könnte den Leuten nicht helfen.

Den Leuten, welche sich lieber wünschten tot zu sein.

Den Leuten, welche gequält und zerstört werden.

Den Leuten, den alles vor ihren eigenen Augen weggenommen wird.

Wie sollte man sie je wieder aufbauen können?

Doch die Freude daran, sie genauso sehen zu können wie sie früher waren, war das schönste Geschenk auf dieser Welt. Was gibt es denn schon schöneres als einem Menschen eine neue Chance zu geben?

Ich war glücklich sie auf meinem Sofa schlafen zu sehen, denn das gab mir ein Gefühl von Zufriedenheit. Ein Gefühl das ich schon lange nicht mehr spürte, dass mir jedoch sehr fehlte…

Nach einigen Minuten machte ich mich nun ebenfalls auf dem Weg zum Bett.

Ja das schlafen war schon etwas schönes, für einen gewissen
Zeitraum von dem Rest der Welt getrennt zu sein und in eine
neue hinein zusteigen. Die Träume erlaubten es uns eine eigene
Welt zu erfinden, in der sich jeder nach seinen eigenen
Wünschen wohl fühlte. Denn so eine Welt wird es in der Realität
niemals geben können und wir Menschen sind froh sie haben
zu dürfen.

Runde 6

<u>Am nächsten Morgen.</u>

Wo bin ich?!

Wieso und seit wann bin ich auf einem Stuhl gefesselt?!

Die Dunkelheit um mich herum lies mich nicht einmal meinen eigenen Schatten erkennen.

Ich fühlte mich nicht wohl und fragte mich was passiert sei, bis sie dann vor mir stand...

Ach O', ich hätte dich wirklich klüger eingeschätzt!

Du kennst weder meinen Namen noch sonst irgendetwas über mich, aber du lässt mich einfach so in dein eigenes Heim hinein spazieren. Wie leichtsinnig du doch bist! Ich dachte wirklich du wärst im Vergleich zu den anderen eine Herausforderung! Aber wie man sieht habe ich mich auch da getäuscht.

Du hattest nie jemandem vertraut und du warst immer für dich! Schon immer außerhalb der Gesellschaft in deiner eigenen Welt verwickelt! Nun schau dich an, du sitzt gefesselt an einen Stuhl und dass durch das Mädchen dem du das erste mal etwas geschenkt hattest das du niemals vorher vergeben hattest!

Vertrauen!

Du hast mich zu schnell als unschuldig wahrgenommen und das ist jetzt deine Strafe dafür! Schau dich an, wie machtlos du doch da sitzt und wie vollkommen hilflos deine Gesichtszüge sich verschieben. Wir dachten tatsächlich du wärst etwas besonderes und wollten das durch einen Test genau herausfinden. Den hast du nebenbei gesagt, vollkommen verhauen!

Du kannst mich einsperren.

Du kannst mich verhungern und verdursten lassen.

Du kannst mich foltern.

Du kannst mich manipulieren.

Du kannst mich sogar zerstören.

Doch es gibt eine Sache im Leben, die so wertvoll ist, dass ich sie niemals verlieren werde und du auch niemals in der Lage sein wirst, sie mir wegzunehmen. Aber leider wirst du niemals erfahren was das ist. Du wirst weiterhin hier vor mir stehen und glauben, ich wäre machtlos und hätte verloren.

Ich erkläre dir nun meine Perspektive: Vor mir sehe ich eine verzweifelte Frau, die ihre Macht nicht anders zu zeigen weiß als zu versuchen andere zu unterdrücken um sie klein wirken zu lassen. Jemand der Macht hat und Verstand, der hat es nicht nötig, all das zu erwähnen was du gerade versucht hast mir zu schildern. Jemand der über diese starken aber doch gefährlichen Fähigkeiten verfügt, der ist sich zwar dessen bewusst, aber würde sie niemals erwähnen oder versuchen anderen zu schildern. Du hast mir soeben bewiesen dass du nicht mehr bist als ich in deinen Augen bin.

Ich bin zwar gefesselt, aber das heißt nicht dass ich machtlos bin.

Ich bin zwar eingesperrt, aber das heißt nicht, dass ich nicht frei bin.

Ich habe vielleicht seit den letzten 24 Stunden nichts gegessen, aber das heißt nicht, dass ich nicht überleben werde.

Ihr werdet zwar versuchen mich zu manipulieren und zu zerstören, aber ihr habt keine Garantie dafür, dass euch das wirklich gelingen wird.

Wer sollte nun verzweifelt sein?

Dir scheint nicht gefallen zu haben was ich dir gerade versucht habe zu erklären, aber das ist nunmal immer so, wenn einem Menschen klar wird, dass das, was er gesagt hat, doch nicht so ist, wie man vorher immer dachte.

Ihr Kopf glühte bloß und sie schüttelte mir 2 l kaltes Wasser über den Kopf, was ohne, dass sie es vielleicht bemerkte, meine Theorien bestätigte. Sie wusste in diesem Augenblick einfach nicht was sie tun sollte und wie üblich es von uns Menschen ist, strahlen wir Machtlosigkeit und Nutzlosigkeit durch Gewalt aus, weil wir in diesem Moment einfach nicht zugeben können, dass die andere Person Recht hat. Auch ihr ging es so...

Nachdem ich nach einigen Minuten wieder aufatmen konnte, schaute ich sie bloß an, ohne auch nur ein Wort zu sagen, aber meine Augen schienen sie mehr verletzt zu haben als es meine Worte vorher taten. Mein Geburtsmahl war durch das zugeschüttete Wasser zu erkennen und ich musste sofort wieder an meine Eltern denken. Es war die einzige Erinnerung an sie, die mir niemals jemand nehmen könnte. Gleichzeitig musste ich daran denken, dass mir dieses Merkmal schon so lange nicht mehr aufgefallen ist, was mich ebenfalls daran erinnerte, einen Teil von mir bereits vergessen zu haben. Das Wasser ließ mein T-Shirt durchsichtig werden und das einzige, was noch zu sehen war, war mein BH und mein Geburtsmahl, das über meinem Bauchnabel zu erkennen war.

Dieses sogenannte Geburtsmahl war das einzige, dass mir zeigte, dass ich noch immer ich bin, ansonsten fühlte ich mich bereits wie ausgewechselt. Ich wusste nicht wieso, aber ich war froh, dass sie es nicht gesehen hatte. Ich hatte das Gefühl, dass sie sowieso schon alles wusste und wenn es dann mal etwas gibt, dass sie nicht weiß, wäre das auch nicht so schlecht. Es hatte kein großartiges Geheimnis, aber es zeichnete mich aus, es war einfach ich. Dabei glich es einer Wolke, die an der Seite ihre Flügel ausbreiten ließ, das war zwar meine Interpretation, weil ein Geburtsmahl schließlich nicht perfekt war, aber andere würden es wohl eher als eigenartigen Punkt mit zwei Strichen an der Seite sehen. Naja wie auch immer, sie verließ mittlerweile such schon mit einem rasch das Zimmer und ich merkte ihr an, dass sie am liebsten nie wieder kommen wollte. Sie verließ vielleicht das Zimmer, aber ihr Zeichen für ihre Wut und Ihre Machtlosigkeit hatte sie noch immer im Raum gelassen: Mich.

In diesem Moment musste ich an den Schneider denken, welchem ich versprach seine Tochter wieder zurückzubekommen. Ich war nun leider noch machtloser als ich es vorher war, denn jetzt werde ich es vielleicht nicht einmal schaffen das Versprechen gegenüber ihm zu halten. Dass ich nicht mehr in der Lage sein werde alle anderen zu retten war bereits klar, doch ich musste wenigstens seine Tochter retten können. Nun ja, so einfach das auch zu sagen scheint, kommt es mir unmöglich vor..

Ich weiß einfach nichts, nichts und wieder nichts über sie!!!

Wie bitte sollte ich sie denn dann auch finden können?!?!?

Ich war verzweifelt und das nicht einmal weil ich gerade gefesselt an einem Stuhl sitze, sondern wohl eher, weil es mir so scheint, als könnte ich nicht in der Lage sein ein Versprechen zu halten..

Einige Minuten später kamen zwei Männer mit diesen
eigenartigen Anzügen, welche jeder trug, in den Raum.
Sie hatten weder gesprochen noch irgendwelche Zeichen mit
ihrer Gestik oder Mimik veranschaulicht. Sie banden mich bloß
los und verließen den Raum wieder, doch wieso taten sie das??
Als sie den Raum verlassen hatten drehte ich mich einmal
komplett um, um irgendetwas zu finden, das mir helfen könnte
zu verstehen, was gerade hier vor sich geht. So langsam traute
ich mich auch aufzustehen, doch auch dadurch änderte sich
nichts. In diesem Raum gab es im Moment nur mich, das Seil,
die vier Wände, den Stuhl und eine Tür. Es schien also, als
wollten sie, dass ich diese öffne, aber ich konnte auch genauso
wenig wissen was dahinter steckt, als dass ich wüsste, was ich
als nächstes tun sollte. Ich öffnete sie also, aber genau wie
viele andere Dinge in meinem Leben auch, wünschte ich mir, ich
hätte es nicht getan. Ich sah einen riesigen breiten weißen Weg
vor mir, welcher den Anschein eines Saales zum Vorschein
brachte, der sich immer weiter in die Länge zu ziehen schien
und nie ein Ende haben würde. Was würde das bloß werden?
Ich bemerkte, dass ich mein ganzes Leben lang Stärke zeigte
und immer versuchte die Beste zu sein.
Ich wollte die einzige sein, welche es schafft ihre Schwächen
nicht zum Vorschein zubringen..
Ich wollte die einzige sein, die niemandem vertrauen würde.
Ich wollte die einzige sein, die immer alleine bleiben würde.
Ich fühlte mich wie eine Schachfigur, welche nicht weiß wohin
sie der Weg nun führen würde. Unwissenheit und noch mehr
Unwissenheit plagten mich in diesem Moment. Ich ging daran
zu Grunde die einzige von allen sein zu wollen und DIE,
welche auch immer DIE sein sollten, haben es geschafft mir zu

zeigen dass kein anderer außer ich selbst dafür verantwortlich
war. Ich fiel mit den Knien auf den Boden und spürte wie
Tränen anfingen von meinen Augen zufließen. Jeder einzelne
Tropfen schien meine Verzweiflung zu repräsentieren und mir
zu zeigen wie wertlos ich sei. In diesem Augenblick jedoch,
fing die Glühbirne an in meinen Kopf aufzuleuchten.
Genau das war es doch, was sie versuchten mir weiß zu
machen!
WERTLOSIGKEIT
MACHTLOSIGKEIT
NUTZLOSIGKEIT
Alle drei Faktoren umzingelten mich gleichzeitig in diesem
Moment und wollten mich glauben lassen, an dem Ende meiner
Hoffnung zu sein. Genauso hatte sie es mir schließlich auch
mit den anderen geschildert und ich war mir ziemlich sicher,
dass sie bezüglich dieses Punktes nicht gelogen hatte. Denn Sie
hatte anscheinend nicht damit gerechnet, dass ich zum
Schneider gehen würde. Als sie dann merkte dass dieser mir zu
viele Informationen gab, spielte sie mir vor, müde und
erschöpft zu sein. Das gelang ihr leider auch sehr gut, denn ich
war so dumm und zeigte Mitleid..
Ich hätte mich auch irgendwie schon wundern müssen, weshalb
mein Schlüssel plötzlich so schnell zu besorgen war, denn
davor hatte ich wirklich alles versucht und ihn nicht gefunden,
doch plötzlich, genau dann wenn sie erschöpft wird, ist er wie
vom Himmel gefallen, einfach da.
Ich begriff jedoch eine Sache, nämlich ihre Vorgehensweise und
das war nun wirklich mehr als nur vorteilhaft.
Ich lernte schnell mit diesen drei Faktoren umzugehen, denn
es war genau das, was sie von mir sehen wollten.

Sie wollten sehen, wie ich zu Grunde gehe.

Sie wollten sehen, wie ich verliere.

Sie wollten sehen, wie ich aufgebe.

Sehen können sie das jetzt auch, aber was auch immer ich in diesem Moment wirklich fühlte, ich war so stark in der Lage zu sein meine Gefühle jederzeit zu kontrollieren und sie so umzustellen, dass sie ihnen gefallen würden.

Meine Art zu denken.

Ab hier musste ich das Spiel von allein in die Hände nehmen und versuchen sie von alldem was ich tue zu überzeugen.

Ich werde dieses Spiel leiten, denn meine Kraft und mein Ehrgeiz hatte sich durch ihre Dreistigkeit bloß vergrößert!

Ich wollte nur noch mehr!

Ich wollte sie zudem machen, was sie glaubten aus mir machen zu können!

Sie waren nicht stark, dass zeigte sie mir bereits, aber sie waren auch nicht schwach, dass zeigte sie mir ebenfalls. Der Unterschied zu ihnen ist nur, dass auch ich nun meine Stärken zum Vorschein bringen werde.

Sie dachten die Tatsache, dass ich immer alleine war

, dass ich nie irgendjemandem vertraut hatte

, dass ich immer zielstrebig und genau war

, dass ich in ihren Augen perfekt war, weil sie meine Fehler nicht sehen konnten, würde reichen um zu wissen, dass ich anders bin. Sie dachten, dass ich diese Dinge immer absichtlich getan hatte und mir bereits immer klar war, was für besondere Fähigkeiten das waren, aber das war es nie! Alles das wird mir erst jetzt klar!

Nun werden sie wirklich das zu sehen bekommen, was ich mit kompletter Absicht ausführen kann. Denn alle die anderen Dinge, wie zum Beispiel die Tatsache, niemandem mein Vertrauen zu schenken, waren bereits mein ganzes Leben über, in mir veranlagt. Sie gehörten zu meiner persönlichen Art und waren einfach da, aber sie dachten tatsächlich, dass es besondere Fähigkeiten waren, die ich mir selbst schon immer zuschreiben wollte.

Unglaublich, dann ist es doch auch kein Wunder, dass sie glauben, dass ich etwas besonderes bin! Ich war noch nie etwas einzigartiges, wobei wir Menschen das nicht einmal sein könnten, aber sie dachten das ich genau das wäre, also stellte ich eine Gefahr für sie da.

Eine Gefahr vor der sie Angst hatten, sie als einzige nicht vernichten zu können.

Na gut, von mir aus kann das Spiel jetzt beginnen.

Ich lag weiterhin mit meinen Knien am Boden und versuchte weiterhin so zerstört zu wirken, dass sie meine eigentliche Absicht nicht erkennen würden. Dabei blickte ich in alle Richtungen, dies sollte klarmachen wie verloren und zerstreut ich mich in diesem Moment doch fühlte. Anschließend nahm ich meine Hände vors Gesicht und heulte und schrie in alle möglichen Richtungen:„Ihr habt gewonnen und ich verloren. Ihr habt gewonnen und ich verloren. Ihr habt gewonnen und ich verloren. Ich kann nicht mehr! Ich kann nicht mehr! Ich kann nicht mehr!". Damit wollte ich zunächst einmal ihre Aufmerksamkeit auf mich ziehen und tatsächlich öffnete sich auch in diesem Moment eine Wand, welche sich nach oben verschob. Ich kam langsam wieder auf die Beine und ging allmählich auf die Wand zu. Das einzige was dort jedoch zu sehen war, war ein Bild. „Der Schrei" war dort aufgezeichnet und ich verstand, das er im eigentlichen die richtige Situation widerspiegelte, aber wirklich weitergedacht hatte ich in diesem Moment noch nicht. Man sagt ja, dass Bilder oft mehr als Worte darstellen können, aber dieses Gemälde hätte man in alle möglichen Richtungen interpretieren können. Wie bereits bekannt war, konnte man in dem Schrei einfach alles mögliche sehen.

Plötzlich sprachen sie durch ein Mikrofon mit einer wohlgemerkt verzerrten Stimme:„Jedesmal, wenn du es schaffen solltest, zu verstehen, was wir dir mit dem jeweiligen Element, sei es ein Bild, Möbel oder andere Elemente, sagen wollen, werden wir 20 der Gefangenen, welchen wir eigentlich nur die Augen öffnen wollten, frei lassen, beziehungsweise, das

heißt in deine Obhut legen. Es hängt also von dir ab, ob du es hier raus schaffst, doch dabei musst du alle anderen, der dir freigestellten Gefangenen mit in dein Spiel einbeziehen! Wenn du also hier raus kommen willst, dann nur mit all den anderen auch, doch du musst dir darüber im Klaren sein, dass sie sehr verstört und verwirrt wirken werden. Andererseits bieten wir dir auch die Möglichkeit, allein hier raus zu kommen, doch dann wirst du auch wirklich alleine sein und in keinem Fall jemanden retten können. Du wirst dieses Spiel verlassen, ohne auch nur einen gerettet zu haben!".
Es war ihnen anscheinend egal, ob ich wirklich zerstört und machtlos wirkte, oder es stand wohl eher an zweiter Stelle. Viel mehr wollten sie wissen, ob ich das Risiko eingehe um am Ende als Heldin dazustehen. Mir ging es dabei viel mehr um den Schneider.
Seine Hoffnung
Sein Vertrauen
Sein Ehrgeiz
Sein Glaube an mich
Seine Erwartungen
Seine Zuversicht
Sein Wunsch..
Es ging nun also um alles und jeden oder um nichts und niemandem außer mir..
Ich muss dem Schneider aber seine Tochter um jeden Preis zurückbringen, auch alle anderen konnte ich doch jetzt nicht einfach so hier lassen. Ich entschied mich also für das alles und jeden und wer weiß, vielleicht hätte es auch doch lieber bei dem nichts und niemandem außer mir bleiben sollen...

In diesem Augenblick musste ich mal wieder eine Entscheidung treffen, bei der ich wohl jeden Ausgang, ob ich mich nun für Möglichkeit eins oder zwei entscheide, bereuen würde. Ich sagte ihnen:,,Ich werde mit jedem hier rauskommen!!" mit einer so überzeugenden Stimme, wie ich es wohl noch nie in meinem Leben tat. Anschließend erwiderten sie:,,Du weißt, dass du deine Entscheidung nicht wieder rückgängig machen kannst und die Personen vielleicht nicht mehr normalen Menschen ähneln werden. Sie könnten dich bei der Weiterführung dieses Spiels nur belästigen und dir Steine in den Weg stellen, aber so wie wir dich kennen, war es schon relativ offensichtlich, dass du nicht ohne all die in deinen Augen unschuldigen Menschen, hier rauskommen willst!".

Sie kannten mich sehr gut, aber das hat in dem Moment keine Rolle für mich gespielt, denn ich hatte in diesem Augenblick, nicht vor die Heldin zu spielen, sondern einfach ein Versprechen zu halten. Aus diesem Grund antwortete ich auch nicht mehr auf ihre letzte Aussage und konzentrierte mich lieber darauf, was es mit dem Schrei auf sich hat.

Die Farben, welche sich im Hintergrund der Brücke befinden, sind in einzelnen Streifen auch auf der Brücke selbst zu erkennen. Der Schrei weist auf eine Furcht hin, obwohl der Rest des Bildes eine idyllische Stimmung zum Vorschein bringt. Alles ist schön, ruhig und unbeschwert und dann plötzlich der Schrei?!

Um mich herum war ja auch irgendwie alles schön und ruhig, aber die einzelnen Menschen darin, waren wie Schreie in ihrer eigenen Seele. War ich in diesem Fall der Schrei und das Spiel die Idylle? fragte ich vor mich hin und ehe ich mich versah schloss sich die Wand und es öffnete sich plötzlich eine andere. Mein Herz hat nicht mehr aufgehört zu pochen, schließlich wurde mir die Wand direkt vor der Nase zugeschlagen und direkt danach eine neue geöffnet. „Wir hoffen, dass dir das Aufwärmespiel gefallen hat und natürlich erhälst du auch die ersten 20 Personen. Du hattest recht, du als der Schrei, dass was all die schöne Stimmung um einen herum zerstört in dem wunderschönen, von uns ausgedachten Spiel", sprachen sie wieder durch irgendein Mikrofon, obwohl keins zu sehen war. Daraufhin antwortete ich: „Das nennt ihr Spiel?! Es geht um Menschenleben, um Menschen die nicht mehr als ein normales Leben wollten und ihr habt nichts besseres zu tun als mit ihnen zu spielen?? Schaut euch doch mal selbst an, ihr habt nicht einmal die Kraft mir eure Gesichter oder wahren Stimmen zu offenbaren. Im eigentlichen seid ihr nicht mehr, als die, die ihr gefangen haltet". Die zweite Wand hatte die ersten 20 Menschen in sich und ich trat ihnen mit kleinen Schritten immer näher und näher. Ich konnte ihre genauen Gesichter nicht erkennen und man merkte ihnen an, dass sie lieber hinter dieser Wand bleiben wollten als mit mir mitzukommen. Sie sprachen immer wieder zitternd in einer Ecke:„Bitte lass uns hier drin und wir versprechen keine Probleme zu bereiten. Dieser Ort ist für uns ein Traum, wir wollen nicht wieder zurück! Wir wollen nicht wieder zurück!!" Sie waren hinter einer Wand gefangen, ihre Kleidung war an unterschiedlichen Stellen angerissen und sie rochen so als hätten sie seit vier Wochen nicht mehr geduscht. Ein Traum sollte für sie ein Gefängnis hinter einer Wand ohne Farben, ohne Nahrung oder jeglichen anderen Dingen, die ein einigermaßen normales Leben darstellten, sein? Sie waren gefangen und fühlten sich dennoch frei. Ich fragte sie als aller erstes, ob einer der Mädchen die Tochter eines Schneiders neben der Universität sei, doch alle verneinten dies. Ehrlich gesagt war ich froh, dass sie überhaupt auf meine Frage antworteten und mit mir redeten, denn ihr Zustand war wirklich alles andere als normal...

„Ach ja und O' dir ist sicherlich auch bewusst, dass du nur eine begrenzte Zeit haben wirst um alle inklusive dir hier rauszuholen. Wie süß es auch von dir ist, dein Leben für einen kurz kennengelernten Schneider, nein nicht einmal dass, sondern für seine dir noch nie begegnete Tochter, zu riskieren. Dir bleiben 30 Stunden um das Spiel zu beenden, ansonsten...", sprachen sie mal wieder durch eine der Mikrofone und brachten meine Wut nur noch weiter zum kochen, doch mir war trotzdem bewusst, dass ich die Kontrolle über meine Gefühle nicht verlieren durfte und machte den Gefangenen klar, dass wir weiter müssten um auch den Rest zu befreien. „Wir können froh darüber sein, dass wir es überhaupt so weit geschafft haben und noch am Leben sind. Wir sollten so schnell wie möglich hier verschwinden, solange uns diese Möglichkeit noch bleibt." Selbstverständlich musste ich weiter machen, denn zum einen habe ich die Tochter des Schneiders noch nicht gefunden und zum anderen haben sie mir deutlich gemacht, dass ich entweder mit allen oder niemandem hier raus komme, also mussten wir gemeinsam weiter, wobei es garnicht mal so einfach war sie davon zu überreden, dass sie am Ende dieses irren Spiels wirklich frei sein könnten. Dennoch gingen sie mit mir, weil ihnen klar war, dass sie ohne mich, nicht einmal hinter dieser Wand stehen würden. Sie hatten das Gefühl, sie seien mir etwas schuldig und genau dieses Gefühl brachte uns auch zum nächsten Schritt des Spiels...

Zum nächsten Teil des Spiels öffnete sich keine Wand, sondern eine Treppe, welche uns in einem Weg nach unten führte. Alle schauten mich mit großen Augen an und wollten in diesem Moment alles andere als diese Treppe hinunter zu gehen..
Sie verschaffte genauso wie der Rest des Spiels mal wieder keinen Überblick über die Situation. Das einzige was zu erkennen war, waren die Treppen und wie immer die Dunkelheit. Ich sagte ihnen, dass uns im weiteren Verlauf des Spiels noch weitere solche Dinge passieren werden, doch wir dürfen dabei keine Zeit verlieren und müssen alle Wege gehen. Ich weiß nicht wieso und auch nicht seit wann, aber ich hatte das Gefühl, dass mir jeder einzelne von ihnen bis aufs kleinste vertraute. Sie hatten in mir eine neue Tür in ihrem Leben gesehen, die sich endlich geöffnet hatte. Als wäre ich ihr Schlüssel zu einer neuen Welt, vor der sie ihr ganzes Leben lang weggesperrt wurden. Ja sie hatten Angst und sie waren sich auch dessen bewusst, dass wir es vielleicht nicht alle herausschaffen werden, aber sie glaubten an ihre Hoffnung und an mich. Das erste Mal in meinem Leben hatte ich verstanden, welche große Bedeutung, Respekt und Verantwortung für einen Menschen haben. Wissen Dinge die man sich nicht kaufen kann, man kann sie sich nicht selbst geben oder dazu denken. Entweder sind sie da oder sie sind es nicht, doch sie werden dir von Menschen gegeben und zwar durch das, was sie in dir sehen. Wir gingen also alle gemeinsam die Treppen herunter und selbstverständlich musste ich vorgehen. Als auch der letzte unten angekommen war, schloss sich die Tür am Boden automatisch. Auf einmal erschien auch ein Licht, dass das

gesamte Zimmer erleuchtete. An jeder einzelnen Stelle des Raumes Waren besondere Schätze und wertvolle Dinge zu finden. Man sah Kronleuchter, Schmuck aus reinem Gold, antike Vasen und alle anderen Dinge, die sich ein Mensch nur wünschen kann. Zudem war der Raum auch noch ausgefallen geschmückt. Aber alles das spielte in diesem Moment einfach keine Rolle, denn wir wollten bloß wissen was all diese Dinge mit dem Spiel zu tun haben.

„Reichtum ist eines der größten Schwächen des Menschen, dass einige von ihnen sogar ihren Körper dafür verkaufen. Sie gehen zu leichtsinnig mit sich selbst um, doch das eigene Ich muss der Mensch zunächst einmal selbst kennenlernen" sprach ein Junge leise vor sich hin. Ich kam ihm etwas näher und bat ihn um eine genauere Erklärung zu dem, was er soeben versucht hatte zu erklären, doch das einzige, dass er sagte, war: „Mein Name ist M..." und in gleichem Moment öffnete sich ein Schacht im Boden. Er fiel hindurch und man hörte nur noch sein Geschrei, dass die Tiefe dieses Abgrundes verdeutlichte.

„Tut mir Leid 0', aber durch dieses Spiel musst du alleine! Jeder einzelne von euch, der versuchen sollte ihr auf irgendeiner Art und Weise zu helfen wird mit dem gleichen Übel bestraft. Sicher hast du Recht, denn wir haben dich nicht vorher gewarnt, was mit denjenigen passieren würde, welche versuchen würden dir zu helfen, doch ehrlich gesagt haben wir das auch nicht kommen sehen. Er wird am Ende des Spiels auf euch warten, wenn ihr es überhaupt hier raus schaffen solltet, doch sobald die 30 Stunden um sind, wird er mit dem gleichen Schicksal konfrontiert, dass auch euch nach eurer Niederlage widerfahren wird. Denn wie bereits gesagt, konntest du nicht wissen, dass dir keiner zur Hilfe kommen darf und deshalb

bieten wir ihm die gleiche Möglichkeit, wie all den anderen auch. Schließlich wollen wir ein faires Spiel spielen……".
Jeder schaute mich in diesem Moment noch viel besorgter und beängstigter an, denn man merkte ihnen auf jeden Fall an, dass sie auf gar keinen Fall mit dem gleichen Übel bestraft werden wollten. Keiner sagte mehr etwas und ich war mal wieder auf mich alleine gestellt und wiederholte das Zitat des Jungen immer und immer wieder in meinem Kopf. Er schien sehr intelligent zu sein, sonst hätten sie ihn nicht für das, was er getan hatte bestraft.
Ich dachte über das Wort „Reichtum" nach und was es alles verkörperte:
Wir wissen nach seinem Besitz nicht mehr, wer wir einmal waren.
Wir wissen nach seinem Besitz nicht mehr, weshalb wir überhaupt hier sind.
Wir wissen nach seinem Besitz nicht mehr, wieso wir es überhaupt wollten.
Wir wissen nach seinem Besitz nicht einmal mehr, wieso wir es überhaupt zu einem der besondersten Güter dieser Welt zählten. Es ist nichts und hat uns zu nichts gemacht! Er hatte Recht, der Mensch verkauft sogar sich selbst um seinen Status zu verbessern. Die Gier des Menschen war in meinen Augen immer so groß, dass wir selbst nicht in der Lage sein könnten, sie zu fassen. Ich müsste nun nur noch versuchen, das auch auf das Spiel zu übertragen und tatsächlich fiel mir auch etwas ein, aber dann würde ich wahrscheinlich den Hass aller auf mich ziehen. In diesem Augenblick musste ich jedoch auch an meine Zeit denken, die mir keiner geben konnte und somit sprach ich:„Sie alle dachten, dass der Reichtum das schönste und wohl

vollkommenste auf dieser Welt sei, da es die meisten ihrer Träume erfüllen würde, aber da sie nun alles vor ihren Augen hatten, nur nicht das, was zu Anfang für sie als selbstverständlich galt, haben sie gelernt, dass es rein gar nichts bedeuten kann". Niemand antwortete mir doch, weder DIE aus dem Mikrofon, noch alle anderen Gefangenen.

„Ich bitte dich O', also etwas komplexer solltest du schon denken können. Wie gesagt, die erste Runde war das Aufwärmespielchen und auch dieser Teil ist nicht all zu schwierig! Aber so einfach und offensichtlich ist es auch wieder nicht! Schließlich ist das, was du gerade gesagt hast, bloß die Wiedergabe dessen, was wir ihnen weiß machen wollten zu glauben." Ihr sagt es also selbst: ...ihnen weiß machen wollten zu glauben, ihr wisst also auch, dass ihr keine Garantie darüber habt, ob sie wirklich all das was ihr sie glauben lassen wolltet, auch wirklich glaubten. Ich musste diesmal wohl etwas mehr tun, als die Situation wie auf dem Bild einfach so zu betrachten. Ich bewegte mich in dem gesamten Raum von Ecke zu Ecke und beobachtete jeden einzelnen Gegenstand detailliert. Einen wirklichen Grund für all die Zusammenhänge von den Gegenständen zu dem Spiel konnte ich zunächst einmal nicht finden.

Dann hörte man:„1 Stunde ist vorbei"

„Jedesmal, wenn du eine weitere Stunde verlierst, werden wir dir Bescheid geben und ich kann dir sagen, dass du wirklich nicht gut in der Zeit liegst, aber nun ja wir sind schließlich noch am Anfang und da kann ja wirklich noch alles geschehen."

Eine Stunde ist tatsächlich schon vorbeigegangen und ich habe nicht einmal die zweite Runde überwinden können...

Wer weiß, wie viele Runden noch auf mich warten...

Wer weiß, wie viele Hürden ich noch überwinden muss...

Wer weiß, wie viel Schmerz ich noch in mir tragen muss...

Wer weiß, wie viele noch wegen mir leiden müssen...

Wer weiß, wie all das hier wohl enden wird..

Niemand kann das im Augenblick wirklich wissen, auch wenn ich mir wünschte, dass es jemand könnte.

REICHTUM – DAS SPIEL – ICH

Wie stehen diese drei Dinge zueinander?

Habt ihr vielleicht eine Idee?

Ist euch das auch schon einmal passiert, dass ihr in einer Situation wart, bei der ihr den Sinn hinter allem nicht gleich überblickt? Aber letztendlich passen diese Dinge wie ein perfektes Puzzle zusammen... Mir fehlte dieses Puzzle leider noch..

Auf einmal schrie ich:,,Die Ehre des Menschen baut er sich im eigentlichen durch seinen Reichtum auf! Ich bin der größte Schatz der Welt! Jeder Mensch ist für sich selbst der größte Schatz der Welt, das dachte auch ich bis jetzt..! Es gab so viele Dinge auf dieser Welt die mich hätten aufhalten können genau hier zu landen. Von meiner ewigen Einsamkeit bis hin zu dem einzigen Menschen, dem ich mein Vertrauen schenkte, wobei es danach missbraucht wurde! Der Reichtum liegt in diesem Fall nicht in den hier vorliegenden Dingen, sondern in jedem einzelnen von uns! Hier ist so viel von all diesen wertvollen Gütern, aber in diesem Moment brachten sie uns nicht weiter. Es hält uns wohl eher davon ab, weiter zukommen. Das war Reichtum! Ein Hindernis, dass kein Mensch dieser Welt überwältigen kann und ein Spiel um zu zeigen, dass auch ich dabei schwach werde und nur verlieren kann! Denn wie könnte man versuchen etwas zu bändigen von dem man selbst gebändigt wird?" Alle fingen an, Tränen in ihrem Gesicht zu sammeln und bestürmten mich mit Umarmungen. Was hatte ich getan, dass sie so glücklich und stolz auf mich waren und ehe ich mich versah wurden weitere der 20 Gefangenen freigegeben. Diese erschienen diesmal wie von einem Fahrstuhl von oben nach unten herab. Auch hier stellte ich als aller erstes die Frage, ob irgendjemand der hier anwesenden weiblichen Personen die Tochter eines Schneiders sei, aber keiner Nickte bzw. keiner tat oder sagte überhaupt irgendetwas. Es schien, als würden die Personen von Runde zu Runde verkrampfter und eingeschüchterter sein, aber auch sie musste ich davon überzeugen, dass es jetzt so schnell wie möglich weitergehen müsste, da uns nicht mehr viel Zeit bleibt, bis uns alle der gleiche Schmerz widerfährt.

Der gleiche Schmerz.

Die gleiche Unzufriedenheit.

Die gleiche zerstreute Seele.

Die gleiche Enge.

Sie waren leider nicht so leicht davon zu überzeugen, aber als einer der Jungen seinen kleinen Bruder unter den neuen Gefangenen erkannte, rannten sie sofort zueinander. Er war bereits überzeugt, aber die anderen musste ich wieder irgendwie überreden nun schnell mitzukommen.

„Hört mir bitte alle in Ruhe zu und versucht jetzt bitte genau zu verstehen, was ich euch jetzt sage. Uns bleiben wahrscheinlich noch ca. 28 Stunden um all das hier zu beenden. Entweder wir kommen hier alle gemeinsam raus oder keiner! Die Spielregeln sind klar:

Keiner von euch darf mir helfen!!

Niemand darf auf irgendeine Art und Weise auffällig werden!
Ihr müsst euch unbedingt an diese Regeln halten, ansonsten
wird das Spiel sofort beendet!! Ich werde jetzt mit den ersten
20 weiterhin in die nächste Runde gehen bitte folgt uns!!"
Sie hatten alle Angst um sich selbst und fingen aus diesem
Grund auch an, erste Schritte nach vorne zu machen.
Nun waren wir schon bei 40...

Eine weitere Tür öffnete sich in den Wänden, doch diesmal führte sie in einen Abgrund...

„So, O', da du jetzt auch schon die nächste Runde erreicht hast wollen wir dir dieses mal einen kleinen Tipp mit auf den Weg geben.

Du glaubst, du siehst nichts als Tiefe und Dunkelheit, aber vergiss nicht:„Jeder macht seinen ersten Schritt und denkt er könnte etwas damit verändern, doch dabei fallen viele leider nur hin. Am besten also sie tun gar nichts und überlassen das Denken uns!!" Nun musst du selbst wissen, wie es weiter geht!"
EIN ABGRUND - DAS SPIEL - DUNKELHEIT - ICH
Wo steckt denn diesmal der Zusammenhang?? fragte ich um mich herum. Dabei viel ich auf die Knie und ließ Tränen herabfließen. Das tat ich jedoch nur, damit sie glauben ich sei wirklich so verzweifelt. Im eigentlichen war mir bereits klar, was das zu bedeuten hat:

Ich lebte mein ganzes Leben alleine, also in der Dunkelheit und im Abgrund der Gesellschaft ohne das mich auch nur einer wirklich bemerkte. Das Spiel soll einfach zeigen, dass der einzige Weg, seine Einsamkeit hinter sich zu lassen, der Weg mitten durch ist! Oft denken wir viel zu oft darüber nach, was wir lassen sollten oder doch eher tun sollten. Entweder wir verursachen in diesem Moment ein längerfristiges Glück oder ziehen den Hass anderer Menschen auf uns, obwohl das nicht einmal unsere Absicht war.. Es war also klar: Wir müssten einfach runterspringen. Sterben würden wir auf gar keinen Fall, dafür ist ihnen die Mühe um ihr ganzes Spiel viel zu schade und ich tat so, als müssten wir einfach runterspringen um

herauszufinden, was sie uns damit sagen wollten.
Selbstverständlich willigten sie nicht sofort ein, aber ich nahm
in diesem Moment meinen kompletten Mut auf mich und sprang
einfach. Der Rest erübrigte sich von alleine, denn nach
einander sprang jeder einzelne von ihnen ebenfalls herunter.
Sie hatten zum Glück nun alle verstanden wie ernst die
Situation war. Als wir den Boden des Abgrunds erreichten,
fielen wir auf ein riesiges Trampolin und die Atmosphäre war
wie bisher erschütternd und verklemmt. Zu aller erst zählte ich
nach, ob auch wirklich alle unten waren. Dazu sollten sie sich
in Reihen aufstellen auch wenn mir in diesem Moment bewusst
war, dass ich viel Zeit dabei verlieren würde, aber so viel Zeit
muss sein, denn entweder kommen wir hier alle gemeinsam
oder gar nicht raus...
Leider fehlten tatsächlich zwei..
Ich schrie nach oben und hoffte, dass sie mir antworten
würden und mir dabei wenigstens eine Erklärung liefern
könnten, weshalb sie nicht auch gesprungen sind. „Ihr müsst
euch darüber im Klaren sein, dass keiner von uns hier
rauskommen wird, wenn auch nur ein einziger fehlt, also bitte
versteht doch und springt, denn die Zeit läuft uns davon". In
diesem Moment noch kam die Durchsage, welche klar machte,
dass nun zwei Stunden vergangen waren.
„Du weißt nicht, was sie uns angetan haben und wieder antun
werden, sobald wir unter ihrer Obhut stehen! Nach so langer
Zeit haben wir endlich wieder die Möglichkeit uns wieder zu
sehen. Mein Bruder war schon so lange von mir getrennt und
ich werde nicht wieder das Risiko eingehen ihn ein zweites Mal
zu verlieren!". In meinen Gedanken musste ich über ihre
Dummheit wirklich lachen. „Denkt ihr allen ernstes, dass ihr in

diesem Moment nicht unter deren Obhut steht?!?!?! Sie sehen jeden einzelnen Schritt, den wir machen und hören jedes einzelne Wort, dass wir sagen! Nur weil ihr euch alleine fühlt, heißt es nicht, dass alles andere um euch herum ebenfalls alleine ist! Ich verspreche euch, dass niemandem etwas passieren wird, wenn er sich an die Regeln hält und das Spiel schnellstmöglich beendet, doch andernfalls kann ich euch keine Garantie geben. Wir werden nun weitergehen, denn die zweite Stunde ist ebenfalls vorüber! Ihr müsst jetzt springen, wenn ihr wirklich wissen wollt, wie es sich anfühlt frei zu sein".
Ich persönlich glaubte kein einziges Wort von dem, was ich ihnen sagte. Sie sollten einfach in dem Glauben leben, dass es den Begriff der Freiheit außerhalb dieses Spiels gibt. Ich wusste aber, dass Freiheit nicht einmal außerhalb dieser Welt existieren könnte. Wie könnte er auch? Wo auch immer ich bin und was auch immer ich in diesem Moment tue kann durch die Technologie der heutigen Zeit eingesehen werden.
Sie wissen wo ich zur welcher Uhrzeit mit wem war und das werden sie auch immer herausfinden können!
Wie dann also frei sein?
Nur noch in unseren Gedanken und Träumen, weil es die einzigen Etappen in unserem Leben sind, welche direkt von uns ausgehen, von uns kontrolliert werden und nur für uns sind.
Es sind bislang die einzigen Grenzen, welche von niemandem außer dir selbst überschritten werden können.
Deine eigene Welt!
Nach gefühlten fünf Minuten sprangen zum Glück auch die beiden Brüder herunter und ich hoffe, dass sie selbst begriffen haben, dass ihr unnötiges hin und her eine reine Zeitverschwendung war. „Denn nun steht ihr genau da, wo ihr

vorher auch hättet sein können, also verschwendet beim nächsten Mal bitte, bitte, bitte nicht wieder so unsere Zeit! Danke!" Nun waren wir endlich vollzählig und ich konnte überlegen, wie ich meine im eigentlichen die ganze Zeit schon bewusste Idee zum Ausdruck bringen könnte, denn schließlich hatten wir auch nicht so viel Zeit, aber sie mussten einfach denken, dass ich in diesem Moment unwissend und verzweifelt schwach war. So viel Zeit musste sein.

Genau in diesem Moment jedoch, hörte man im Hintergrund ein Lied beziehungsweise eine Melodie spielen.

ich hielt mir die Ohren zu und versuchte diese Melodie zu überhören.

Ich habe die Musik gehasst!!

Sie hat sich in unser Herz und unsere Seele gedrungen!

Sie hat uns von innen heraus manipuliert!

Sie hat unsere Gefühle kontrolliert!

Sie war einfach schrecklich!

Wozu bitte Musik hören?

Um mich noch weiter von den Zielen meines Lebens abzubringen?

Um mir noch deutlicher zu machen, dass ich schwach bin?

Um mir zu zeigen, dass ich durch die Musik plötzlich ein anderer Mensch bin?

Welchen positiven Effekt hatte sie uns verleihen können? KEINEN!!!

Einige hören Musik, wenn es ihnen schlecht geht oder wenn sie gerade so überglücklich sind und noch glücklicher sein wollen!

Aber sie merken nicht, dass sie dabei nur noch weiter sinken.

Hat ihnen diese Musik, welche für fast jeden positiv konnotiert ist, geholfen das Problem zu lösen? Nein, du hast dich nur noch mehr in diese schreckliche Situation hineinversetzt! Du dachtest, die Musik würde dich aufheitern, dir ein besseres Gefühl und eine bessere Sichtweise deines Lebens geben, aber sie hat dich nur immer wieder daran erinnert, wie schlimm diese Zeit doch ist, welche du im eigentlichen vergessen wolltest. Musik ist ebenfalls eine sehr große Schwäche des Menschen, denn auch hier finden wir wieder:

MANIPULATION

KONTROLLLOSIGKEIT

GEFANGENHEIT

Das ist es, was Musik wirklich aus uns macht! Selbstverständlich sind viele von uns bereits so von der Musik überschüttet und abhängig sowie besessen, aber das heißt nicht, dass wir nicht mehr in der Lage sein können diese Gefühle wieder in den Griff zu kriegen und die Musik endgültig abzuschaffen!!

Aggressivität

Lautstärke

Falsche Vorbilder

Falsche Orientierung

Dummheit

Beleidigungen

Respektlosigkeit

So viele Faktoren werden durch Musik gestiftet!

Ihr sagt Musik sei etwas schönes?

Ihr sagt Musik hilft euch, euch besser zu fühlen?

Ihr sagt Musik erlaubt euch nur für euch zu sein?

Ihr sagt mit Musik könnt ihr mal alles andere um euch herum vergessen?

Wenn ihr als schön, Schwäche, Manipulation und Verleitung zu Dingen, die ihr euch niemals nähern wolltet, bezeichnet, so habt ihr Recht!

Wenn ihr unter einem besseren Gefühl, das tiefere Versinken in das Problem und das noch tiefere Hineinversetzen in diese Komplikation versteht, so habt ihr Recht, denn ihr beschäftigt euch nur noch mehr mit dem Problem anstatt eine sinnvolle Lösung zu suchen!

Wenn ihr unter der Begrifflichkeit ‚nur für euch zu sein' versteht, dass ihr umzingelt von Problemen, Erinnerungen und Verführungen seid, die ihr eigentlich schon immer vergessen wolltet, so habt ihr Recht!

Wenn ihr unter ‚alles um einem herum vergessen' versteht, dass ihr danach nicht mehr ihr selbst seid und in Trance versetzt werdet, also in eine Welt die jedem, aber nicht euch gehört, die also nur die Musik, aber nicht ihr kontrollieren könnt, weil ihr dazu verleitet werdet, so habt ihr Recht!

Die Melodie hörte nicht auf zu spielen, sie wussten wirklich, was ich wirklich hasste und ich begreife einfach noch immer nicht wie das passieren konnte. Auch ich war also unaufmerksam und an einigen Stellen in meinem Leben abgelenkt.

Doch auch wenn mir die Ohren fast taub wurden und sie mir durch die Musik weiß machen wollten, dass ich bloß von Dingen umzingelt bin, welche ich hasste und als große Schwächen für den Menschen bekannt waren, schrie ich meinen bereits zu Anfang dargestellten Gedanken aus mir heraus.

Plötzlich wurde es still, sogar die Musik hörte auf zu spielen und tatsächlich wurden die nächsten 20 befreit. Sie kamen genau wie die ersten auch aus eine Wand, welche sich nach oben verschoben hatte.

Auch hier war selbstverständlich meine erste Frage:„Ist irgendjemand von euch die Tochter eines Schneiders?!?!?"
Sie schauten mich alle mit großen Augen an, als hätten sie die letzten zehn Jahre keinen Menschen mehr gesehen.

„Tonia Frag! Tonia Frag! Tonia Frag!"riefen sie alle um sich herum und ich verstand natürlich kein Wort, bis ich mich daran erinnerte, dass das der Name war, welchen sie alle auf dem Rücken kleben hatten und nach Zahlen sortiert waren. Ich fragte, wer das sei und ob sie sie aufhalten würde, weiterhin mit uns zu kommen, denn auch hier wieder galt: Wir müssen so schnell wie möglich weiter!

Niemand merkte wie oder warum, aber plötzlich kam die nächste Durchsage, dass nun drei Stunden vergangen waren!
„Na O', wie gefällt dir unser schönes Spiel? Wir haben es schließlich extra für dich angefertigt! Ach ja wir haben uns übrigens so eben dazu entschieden die Zeit nach jeder Runde schneller ablaufen zulassen um das gesamte Spiel eben etwas interessanter zu machen. Du wirst nun merken, dass du nicht in der Lage sein kannst ei Zeitgefühl zu entwickeln, da wir diese nun auch unserem eigenen befinden ablaufen lassen werden!"
Das könnt ihr doch jetzt nicht wirklich machen?! dachte ich in meinem Kopf, aber dann war mir klar: Es war ihr Spiel und sie konnten die Regeln nach ihrem eigenen Befinden wieder umstellen und mir blieb nichts anderes übrig als mitzuspielen, schließlich hatte ich seine Tochter noch immer nicht gefunden und wer weiß, wann das der Fall sein wird? Vielleicht sehe ich sie auch schon in der nächsten Runde? Vielleicht auch erst in

der Letzten? Vielleicht auch gar nicht?? Was auch immer, ich musste es selbst herausfinden...

Das einzig gute am Ganzen war jetzt nur, dass die vorher noch gefangenen mir folgten, weil sie sahen, dass auch die anderen Gefangenen mir folgten. Es schien als seien sie sich alle wirklich sehr ähnlich, aber ich fand es irgendwie auch misstrauisch, dass sie mir alle aus irgendeinem Grund die ganze Zeit über folgten. Vielleicht habe ich in diesem Moment auch einfach zu viel hinterfragt, schließlich hatten sie mehr oder weniger keine andere Wahl.

Da waren wir also und das jetzt mit 60 Leuten und ich trage die komplette Verantwortung. Na super! Besser kann es wohl nicht mehr werden..

In den nächsten Sekunden wurde ein Seil heruntergeschickt. An diesem hing wohl bemerkt auch ein Kästchen, dass eigentlich noch etwas größer war als nur ein einfaches Kästchen. Ich ging sofort zum Seil und nahm die Kiste ab und im gleichen Moment wurde das Seil auch wieder nach oben gezogen.

Es war ein Hammer reingelegt worden..

Zudem noch ein kleiner Zettel mit: „Diesmal musst du dir den nächsten Schritt selbst erarbeiten und deine eigene Tür bauen, aber sei vorsichtig, erwischst du die falsche, werdet ihr keine zweite Chance mehr bekommen."

„Hört mir auch jetzt bitte alle genauestens zu, besonders diejenigen, welche erst dazu gekommen sind. Wir bzw. ich, denn ihr dürft mir leider nicht zur Hilfe kommen, muss jetzt gleich eine der Wände einschlagen, wenn ich jedoch die falsche erwische dann haben wir alle ein großes Problem.. Ich wollte nur, dass ihr das wisst und euch dessen Bewusst seid, denn jetzt hängt sowieso wieder alles von mir ab." In meinen

Gedanken dachte ich darüber nach, worin sich die Wände wohl unterschieden und woher ich nun wissen sollte, welche ich einschlagen kann.

Sie sahen jedoch alle exakt gleich aus..

Ich wusste, dass ich mir an dieser Stelle nicht so viel Zeit nehmen konnte und klopfte einmal gegen alle der vier Wände. Daran hätte ich wenigstens erkennen können, welche vielleicht etwas hohler ist und somit einen weiteren Weg in sich trägt. Ich ging von Wand zu Wand und fing an zu klopfen. Die erste schien relativ robust und fest zu sein, wobei die zweite sich schon etwas hohler anfühlte, als hätte man sogar ein Echo meines Klopfens hören können. Die dritte und vierte schien ebenfalls fest und robust zu sein. Heißt das, dass ich einfach die zweite einschlagen sollte?!

Naja also irgendwie musste ich mich ja entscheiden und da es sich hierbei um ein Spiel gegen die Zeit handelte, reagierte ich einfach und fing an in die zweite Wand hinein zu hämmern. Ehe wir uns versehen konnten hörte man auf einmal wieder: „Vier Stunden sind vergangen!"

Vielleicht war das ja ein gutes Zeichen dafür, dass ich auf der richtigen Fährte bin und sie mir aus diesem Grund die Zeit wegnehmen wollten.

Ich hämmerte also immer weiter und weiter vor mich hin, bis sich tatsächlich ein kleines Loch bildete. Dort schlug ich noch mehr hinein bis es sich so vergrößert hatte, dass eine Person hindurch kommen kann. Das hatte mir jedoch auch wieder sehr viel Zeit in Anspruch genommen.

Als ich kurz davor war fertig zu sein und ihnen Bescheid geben wollte, damit wir nun alle gemeinsam hier raus kommen können, sagten DIE wieder: „Bei jeder weiteren Runde wirst du nun jemanden zurücklassen müssen! Wähle diese Person mit Bedacht und Sorgfalt aus, denn sie wird dir bei diesem Spiel nicht mehr in die Quere kommen können!"

„Was soll das denn jetzt bitte?! Ihr habt gesagt, dass ich hier entweder mit jedem oder niemandem rauskommen würde und nun erwartet ihr, dass ich diejenigen, welche mich im weiteren Verlauf des Spiels nur belästigen würden, herauspicke und euch wieder zum Fraß vorwerfe?! Das könnt ihr sowas von vergessen ‹dabei schlug ich den Hammer auf den Boden› Dass ihr die Kontrolle habt ist mir bereits klar, dass habt ihr mir doch bereits durch die Zeit klar gemacht! Was wollt ihr also noch?"

„Genau O' du sagst es, wir haben die Kontrolle, wir sind es, die das Speil leiten und wir verändern das Spiel so oft und auf welche Art und Weise wir auch immer wollen! Ob es dir nun gefällt oder nicht, du wirst dich für jemanden entscheiden müssen, wenn du hier rauskommen willst!"

Ich schaute jeden einzelnen von ihnen an, aber wenn ich jetzt anfangen würde zwischen ihnen zu unterscheiden, würde ich ihr komplettes Vertrauen, dass ich mir in dieser Zeit aufgebaut habe, verlieren! Also sagte ich ihnen, dass ich da nicht mitspiele und setzte mich dabei auf den Boden. Wenn ich jetzt wirklich anfangen würde mir bestimmte Personen herauszupicken, dann würden sie mich verändert und gebändigt haben. Sie wussten, dass diese Leute momentan mit der Tochter des Schneiders zusammen, meine größte Schwäche waren. In diesem Moment könnte ich einfach nicht zwischen ihnen unterscheiden, dass wäre alles andere als richtig!

Für einen kurzen Augenblick hörte man nichts mehr, bis wir alle irgendwann Wasser, welches immer mehr wurde unter unseren Schuhen spürten.

Der Raum begann sich mit Wasser zu füllen...

Ich fragte zunächst, ob jeder von ihnen schwimmen kann, denn das werden wir bestimmt gleich tun müssen und sagte ihnen, dass jeder von ihnen, der nicht in der Lage ist zu schwimmen, sich mit jemandem zusammen tut, der es kann. „Das ist deren Spiel, darüber müssen wir uns im Klaren sein, aber wir sind auch Teil des Ganzen, denn was wäre ein Spiel ohne die Spielenden?!" Ich dachte zunächst darüber nach, ob wir nicht vielleicht aus dem Loch hier rauskommen könnten, aber das würden wir nicht alle gemeinsam schaffen. Außerdem wurde das Wasser auf sehr schnelle Weise immer mehr und mehr. Wir müssten also irgendwie anders hier rauskommen.

„Versuche nicht die Heldin zu spielen und tu einfach genau das, was wir von dir verlangen, sonst wirst du große Schwierigkeiten bekommen und all das bitter bereuen!" sprach sie wieder durch ein Mikrofon.

„Ist das euer Ernst? Denkt ihr allen ernstes, dass ich zwischen ihnen wählen könnte?! Wer weiß, vielleicht werdet ihr mir in der nächsten Runde sagen, dass ich nun zwei oder drei oder auch zehn herauspicken muss! Was dann? Ich bin keine Marionette, vergisst das nicht und wie auch immer ich mich entscheiden werde, glaubt mir, das Resultat wird euch nicht gefallen!!" schrie ich mit einer so überzeugten Stimme, dass ich das Gefühl hatte, sie würden jetzt nur noch mehr an mich glauben. Darauf folgte keine Antwort mehr, sondern nur noch Taten.. Das Wasser stieg uns mittlerweile bis zu den Knien hoch und wir hatten immer noch keine Lösung für unser Problem gefunden. Ich nahm etwas von dem Wasser in meinen Mund und stellte fest, dass es sich um Trinkwasser handelt und in diesem Moment noch kam mir eine Idee in den Sinn, ob diese

nun wirklich funktionieren würde, wäre eine andere Sache.
„Hört mal her! Das Wasser kann man trinken und wir sind
mittlerweile 60 Leute, die schon seit längerem keine Nahrung
oder etwas zu trinken erhalten haben! 50 von euch werden nun
so viel trinken wie sie nur können, trinkt, als wäre es das
letzte Mal! Die anderen 10, welche am besten gut gebaute
Männer sein sollten, werden mir helfen durch eine Art Leiter
an die Decke zu kommen. In diese werde ich versuchen mit
aller Kraft ein Loch einzuhämmern. Das ist momentan die
einzige Lösung, die mir in den Sinn kommt, also trinkt!"
Es dauerte nicht lange und da waren die zehn muskulösen
Männer bereits bei mir, solange die anderen versuchten so viel
wie möglich des Wassers zu trinken. Wir bildeten eine Art
Räuberleiter und stiegen so vorsichtig, aber auch so schnell wie
möglich aufeinander nach oben. Die ersten Male rutschten wir
zunächst ab, aber danach blieben wir relativ stabil. Als ich nun
endlich ganz oben angekommen war, fing ich an zu hämmern
und ich hämmerte wirklich so als könnte ich meine gesamte
Wut gegenüber den Erfindern dieses grotesken Spiels
rauslassen. Zumal ich sagen muss, dass mir diese Decke nicht
so einfach einzubrechen schien, wie die davor.
Selbstverständlich konnten sie das Wasser nicht komplett
aufhalten, aber es hatte uns in diesem Moment auf jeden Fall
Zeit geschenkt. Ich merkte, dass ich allein wahrscheinlich nicht
genug Kraft hätte diese Wand einzuschlagen, also überließ ich
sie einem der starken Männer und auch ich fing an zu trinken.
Der Mann, der immer weiter hämmerte und hämmerte war
unsere einzige Hoffnung, doch die Wand wollte einfach nicht
zusammenbrechen. Trotzdem hörte keiner auf und wir alle
tranken weiter und weiter, auch wenn uns das Wasser schon bis

zum Halse hochkam. Er schaute kurz zu mir rüber , wobei seine Augen in diesem Moment alles sagten... Es war unmöglich die Wand auf irgendeine Art und Weise einzuschlagen. Ich musste einsehen, dass es deren Spiel war und wir in diesem Moment keine andere Wahl hatten, als zu tun, was von uns verlangt wurde. Ich könnte niemals mit dem Gewissen leben, die Tochter des Schneiders hier zulassen und mittlerweile hörten wir sogar:,,Fünf Sunden sind vorbei".
Es gibt Momente im Leben, an denen wir an unsere Grenzen gebracht werden...
Es gibt Momente im Leben, an denen wir beweisen müssen, dass es niemals jemanden geben wird, der über uns herrschen kann...
Niemand hat das Recht mit uns zu spielen und sie hatten sich dieses Recht einfach genommen. Mit jedem, aber nicht mit mir!
,,Hört auf das Wasser weiterhin fließen zu lassen! Wie soll das denn hier enden? Wir alle sollen sterben? Wenn das eure Absicht war, dann bin ich wirklich enttäuscht, denn ich hätte mi schon etwas mehr als ein paar Tote erwartet! Ich habe mich mit jemandem abgesprochen und die Person hat eingewilligt, sich zu opfern! Sie möchte jedoch, dass ich sie bis hin kurz vor dem Ende dorthin begleite! Aber verspricht mir bitte, bitte, bitte, dass das letzte Mal wird, bei der ich zwischen den Leuten entscheiden muss. Ich meine wir alle haben begriffen, dass wir unter eurer Gewalt stehen..."
,,Ach O', dass musst du uns nicht erst sagen, aber nun gut, wir haben das Loch im Boden soeben geöffnet und die Person sollte nun schnellstmöglich hineinspringen, denn eure Zeit wird immer knapper!"

Ich ging immer näher an das Loch heran und rief dabei immer wieder: „Es tut mir leid, aber ich danke dir, dass du dich für uns aufopferst, denn bis hier hin, haben wir eine Menge gemeinsam durchgestanden!"
Anschließend war es so weit und ich rannte sofort in das Loch hinein, so dass ich noch bevor sie es gerade schließen konnten, hindurch kam.
Es war eine weiße Rohrrutsche...

Ich hatte nicht viele Schwächen in meinem Leben, aber wenn es eine gab, dann die der Menschen, die mir so schnell ans Herz gewachsen sind. Wenn ich so darüber nachdenke, ist die Liebe zu den Menschen, die ich so schnell in mein Herz schließe, auch genau der Grund, weshalb ich nun hier bin. Obwohl ich es nicht direkt als Liebe bezeichnen würde, aber mein Herz hatte in diesem Moment eine Schwäche für diese Leute empfunden und es machte mich aus irgendeinem Grund nicht traurig und hoffte einfach, dass sie wenigstens die 60 Leute freilassen werden und durch mich nun genau das haben, was sie haben wollten. Naja was habe ich denn auch schon erwartet..

Es war eine riesige Konstruktion, die nie in meiner Hand war, mein Wissen und meine Perspektive waren in diesem Fall begrenzt, so wie das menschliche Denken eigentlich schon immer war. Nur wollen wir es aus irgendeinem Grund nicht wahr haben und in diesem Moment fühlte ich mich einfach noch viel begrenzter. Wann werden wir verstehen, dass es Fragen gibt, die für uns nicht zu beantworten sind. Es sind Fragen, die wir uns nie stellen sollten, Fragen über die wir keinen Ansatz für jegliche Antworten finden werden. Trotzdem halten wir an ihnen fest, trotzdem wollen wir eine Antwort finden und versuchen am besten jeden einzelnen davon zu überzeugen, dass die Antwort die wahre ist. Aber es stimmt, es gibt auf diese Fragen nur eine Antwort, aber über diese muss sich jeder selbst im Klaren werden.

Ich rutschte immer weiter und weiter, bis sie am Ende der Rutsche vor mir stand..

Es war Tonia Frag, die vor mir war..

Man konnte sie nicht beschreiben.

Man konnte sie nicht vergleichen.

Man konnte ihr nichts zuordnen.

Sie war von allen Seiten angekettet worden. Sowohl von den Armen, als auch von den Beinen, aber ich musste schon sagen, dass ihr Gesicht oder irgendein anderes Körperteil nicht beschmutzt oder verletzt war, was also ist hier bitte passiert? Wer war sie? Diese eine Person ist der Grund für all das hier?

„Wer ist das? Und was habe ich mit ihr zutun? All der Aufwand und all das Leid wegen einer Person?" schrie ich zu ihnen. Ich wurde verdammt wütend, ich musste meine Wut in diesem Moment jedoch kontrollieren.

„Du hast Recht O', all das hier findet nur wegen einer einzigen Person statt, aber die vertritt nicht Tonia Frag sondern DU! Wie du wahrscheinlich weißt, sind wir nicht wirklich überrascht darüber, dass du dich geopfert hast und kein anderer. Wir waren uns sicher, dass du dich opfern wirst, oder meinst du wirklich, wir hatten in diesem Moment einfach nicht die Kraft, das loch schnell genug zuschließen? Es konnte sich nur jemand opfern, der dieses Spiel noch nie gespielt hat. Jeder einzelne dieser Personen, für die du dich mal wieder geopfert hattest, diese waren alle Spielfiguren, welche selbstverständlich von uns kommen. Jeder einzelne hat seine Rolle hervorragend gespielt und nun sind wir uns zu 100% sicher, dass der Mensch, der sich in dein Herz einpflanzt, die einzige Schwäche von dir ist, die du nicht kontrollieren kannst. Es war bereits bei mir so und du hast genau den gleichen Fehler nochmal gemacht und das auch noch hintereinander. Siehst du das Mädchen, das vor dir steht? Hattest du zu Anfang nicht immer diese eine Frage gestellt, als du neue Mitglieder des Spiels kennengelernt hattest? Erinnerst du dich an deine Frage?"

Ich sprach „Bist du die Tochter des Schneiders?"

Sie hatten ihr ihre Worte genommen und sie vollkommen zerstört. Sie schaute für einen kurzen Moment vom Boden nach oben und sagte: „Papa…, Papa…, Papa…," Ich zerbrach in Tränen und kniete auf den Boden. Wie viele Menschen werden von ihren Familien getrennt? Wie viele von ihnen sehen sich danach wieder? Täglich verlieren Menschen, Menschen und täglich ist es eine neue Herausforderung für jeden einzelnen von uns. Wir müssen lernen damit umzugehen, sonst verlieren wir alles.

Unsere Hoffnung

Unsere Stabilität

Unser Gewissen

Unser Wissen

Unsere Standhaftigkeit

Unser Glaube

Wir haben nichts mehr zum festhalten, weil uns alles und jeder für diese Welt, für dieses Leben, in den Rücken gefallen ist.

„Du arme O', dieses Spiel haben wir extra für dich konstruiert und nun bist du traurig? Wieso? Wir haben dir gezeigt, dass du nichts bist! Wir haben dir geholfen."

In diesem Moment begriff ich, sie hatten einfach Glück! Sie hatte zum Glück einen Fehler gemacht, denn auch mir sagte sie bei ihrer ersten Begegnung, dass die ihnen zeigten, dass sie nichts seien und das durch eine Art Kurzfilm. Diese Leute für die ich mich geopfert hatte, waren keinesfalls Teil des Spiels, sonst hätte sich jemand geopfert, aber jeder von ihnen wusste, was sie mit ihnen machen würden. Sie sind aus Angst nicht

gegangen, aber jemand der Teil des Spiels ist und selbst die
Konstruktion im Kopf hat, der hätte keine Angst davor, dass
ihm etwas passiert und hätte sich sofort geopfert. Sie waren
genauso ahnungslos wie ich. Egal was und egal aus welchem
Grund, sie taten immer sofort und ganz genau das, was ich
ihnen sagte. Sie vertrauen mir, weil sie niemand anderes hatten.
Sie hat wahrscheinlich selbst nicht gemerkt, dass dieser Fehler,
zu sagen, dass ich nichts sei, wahrscheinlich der größte ihres
Lebens war. Sie waren tatsächlich verwirrt, sie hatten tatsächlich
nicht die Macht, das Loch rechtzeitig zu schließen. Nun wollen
sie mich in dem Glauben leben lassen, ich hätte verloren und
sie gewonnen, dabei wissen Sie genau, dass sie verloren haben
und das von Anfang an. Ich blieb jedoch weiter am Boden und
tat mal wieder so als wäre ich vollkommen zerstört.
„Diese Menschen, denen ich vertraute sind bestimmt schon auf
dem Weg in die Freiheit."<das sagte ich, weil sie sie dann
wirklich freilassen würden, denn wenn sie das nicht täten,
wüssten sie, dass ich hinter ihrem Plan gekommen wäre> Und
ich sitze hier gefangen. Was habt ihr nun mit Tonia Frag vor?
Habe ich die Möglichkeit, sie irgendwie zu retten? Bitte lasst
mir die Möglichkeit ihr zu helfen! Bitte!"
Gib dem Menschen nur das wonach er verlangt und er liegt
dir zu Füßen und genau in diesem Moment noch ließen sie
einen Bildschirm mit einer Kamera live Übertragung herunter,
welche zeigte, wie sie alle liefen und liefen.
Zudem öffneten sie mir ein Fenster, dass im eigentlichen nicht
zu erkennen war und ich sah wirklich wie jeder einzelne von
ihnen in die Freiheit lief. Etwas Schöneres gab es in diesem
Moment für mich einfach nicht. Sie sind frei.

Auf einmal hörte man, wie die Wand über uns leicht wackelte,
ich bemerkte, dass sie jeden Moment auf uns stürzen würde.
Ob sie es wohl auch bemerkten? Schon nach einiger Zeit
verstand ich, ja!
Das Loch, was wir versuchten in die obere Wand zu hämmern,
war genau der Ort an dem sie sich aufhielten und ohne dass
sie es vielleicht auch bemerkten, machten sie ihre eigene untere
Wand durch das Wasser nur noch unstabiler. Sie würden gleich
einbrechen und das wussten sie...
Würde ich gleich sterben und das mit Tonia Frag?
Nein, das Fenster, dass sie noch offen gehalten hatten, könnte
uns das Leben retten. Noch immer hörte man sie im Mikrofon
sprechen:„Das ist alles nur deine Schuld, wer ist schon so blöd
und hämmert einfach in eine Wand?!? Und das auch noch in
eine, die über einem steht?"
Ich tat so, als wäre auch ich hoffnungslos und zerstreut, denn
den Weg aus dem Fenster würde ich erst in der letzten
Sekunde nehmen, so dass sie noch immer mit dem Gedanken
leben, wir alle würden gleich nicht mehr am Leben sein..
„Wie stellt ihr euch das ganze nun vor?! Es war nicht meine
Schuld! Ihr habt dieses Spiel konstruiert und nun seid ihr
frustriert, dass eure Konstruktion den Bach runtergeht."
Die Wand wurde lockerer, sie schrie nur durch das Mikrofon
und dann, genau dann als ich bemerkte ich müsste los durch
das Fenster, wurde mir klar, ich kann Tonia Frag, der Person,
weshalb ich es überhaupt so weit gewagt hatte und weshalb ich
mich überhaupt als Marionette behandelt haben lasse, nicht
mehr helfen..
Sie war von allen Seiten angekettet, was auch immer ich also
tun würde, entweder würden wir beide oder sie sterben.

In solchen Situationen muss man innerhalb von Augenblicken, Entscheidungen treffen und diese war wirklich nicht leicht.

Ich lief zum Fenster, ohne zuschauen wie tief es eigentlich war und sprang. Das Gebäude hinter mir, welches nichts anderes verdient hatte als diesen Sturz, hatte leider nicht nur all diejenigen mitgerissen, die es verdient hatten, sondern auch ein ganz normales Mädchen, das nie mehr wollte, als akzeptiert zu werden, sie wollte nie mehr, als ihr eigentlich sowieso schon zustehen müsste, ihren Vater!

Ich habe jedem einzelnen hier das Leben gerettet und genau die Person, die ich mir gewünscht hatte, als einzige zu retten, wurde in Schutt und Asche gelegt...

Das Fenster schien nicht ganz so hoch zu sein, aber dieses Spiel hatte tatsächlich die ganze Zeit über, im Versammlungsraum der Universität stattgefunden.

Ja, ich überlebte, den dennoch sehr schmerzhaften Sturz, aber sie, konnte ich nicht mehr retten.

Es fühlte sich eigenartig an, auf einmal frei zu sein und einfach das tun zu können, worauf man gerade Lust hatte.

Werde ich nach all dem, was mir durch dieses Spiel gezeigt wurde, noch immer die gleiche Person bleiben, die ich war?

Mein linkes Bein war denke ich, gebrochen und das rechte half mir noch irgendwie humpelnd zum Bahnhof, der in der Nähe der Uni war. Dort wurde mir geholfen und ich wurde in ein Krankenhaus eingeliefert. Ich wusste, mir würde es schon bald irgendwie gut gehen, aber was ist mit denen, die ihr Leben verloren hatten? Mit dem Tod dieser Menschen und dem Tod von Tonia Frag, waren noch lange nicht alle Fragen beantwortet. Naja vielleicht sollte ich sie auch einfach so hinnehmen, wie sie sind.

Wieso wurde dieses Spiel ausgerechnet mit mir gespielt? Das war selbstverständlich die erste Frage, die man sich in so einem Moment stellte.

Wieso wollten sie mich so manipulieren und unter ihre Kontrolle bringen?

Wie lange hatten sie mich beobachtet?

In welcher Beziehung stand ich zu denen, die das Spiel konstruierten?

Woher wussten sie, dass ich zum Schneider gehen würde und dass er bzw. seine Tochter einer meiner Schwächen sein würde? Oder wussten sie es überhaupt?

Wie lange wäre dieses Spiel wohl weiter gelaufen oder wussten sie bereits, dass es genau da enden wird, wo es letztendlich auch geendet hat??

Bevor ich mir noch alle Fragen vor Augen halten konnte, bemerkte ich wie ich ohnmächtig wurde und fiel. Ich war mir sicher der Krankenwagen würde jeden Augenblick hier auftauchen und mich in „Sicherheit" bringen. Ich konnte diesen Begriff einfach nicht mehr ohne Anführungszeichen benutzen, da er für mich schon fast nicht mehr existierte.

Tja, da war ich nun, genau wie vorher auch alleine, aber das ist auch besser so, denn komischerweise geht es mir nur „gut" und auch dieses Wort muss ich leider in Anführungszeichen setzen, wenn ich alleine war. Ich hatte immer wieder an unterschiedlichen Stellen meines Lebens das Gefühl, ich würde einsam und verlassen sein, aber das war ich nicht. In diesem Moment der Einsamkeit war ich schlicht und ergreifend in Sicherheit. Ja es stimmt, ich hatte keine Freunde oder richtigen Kontakt zu Menschen, aber sobald ich denke, dass ich jemandem in meinem Leben begegnet bin, der mich verstehen könnte, wird sie mir vor den Augen genommen oder aber sie fällt mir in den Rücken.

Haltet nicht zu sehr an dieser Welt fest, denn sie ist nicht für immer und glaubt nicht, dass ihr gerade deswegen jeden einzelnen Moment genießen müsstet. Ihr wisst nicht was danach kommt und ihr wisst noch weniger ob ihr wirklich darauf vorbereitet seid. Kontrollieren werden wir es erst Recht nicht, also steht auf und denkt einmal über euren Tag nach, denkt daran, was ihr falsch oder richtig gemacht habt und versucht euch, wenn ihr denn etwas falsch gemacht habt, solange es noch geht zu entschuldigen, sonst fällt euch diese Last irgendwann in den Rücken und wir werden nicht mehr in der Lage sein sie zu halten.

Wir gehen daran zu Grunde nicht zu wissen, was um uns herum passiert!

Wir gehen daran zu Grunde nicht zu wissen, wer wir sind.

Wir gehen daran zu Grunde nicht zu wissen, welchen Nutzen wir auf dieser Welt haben und wie wir diesen Nutzen weiter ausbauen können.

Wir gehen daran zu Grunde, nicht zu wissen, was uns als nächstes erwartet und wie wir uns am besten darauf vorbereiten können.

Wir sind nur Menschen und das dürfen wir niemals vergessen!

Wir sind begrenzt und haben ein Limit!

Wir sind bestimmt und können viele Dinge in unserem Leben nicht selbst entscheiden, ohne dass wir dabei eine falsche Entscheidung treffen.

Vergessen wir also nicht wer wir sind und weshalb wir hier sind!

<u>16 Monate später:</u>

Als würde sich die Vergangenheit einfach wiederholen. Das gleiche Spiel, nur diesmal so genial, dass ich einfach nicht weiß, wer dahinter steckt und ob dieses Spiel irgendwo auf jegliche Mängel hinweist. Diese Konstruktion schien mir diesmal äußerst stabil zu sein.
Vor meinen Augen waren Fotos von Tonia Frag zu sehen. Fotos von denen man nicht glauben kann, dass sie wirklich aufgenommen wurden.
Geschrei
Tränen
Aggressivität
Wut
Kontrollwahn
Depressionen
Halluzinationen
Sie spiegelte jedes einzelne dieser Elemente wider. Was ihr widerfahren ist, war in keinerlei Hinsicht fair, das habe ich doch bereits vor 16 Monaten gewusst. Wieso werden mir diese Bilder also nochmal vor die Augen geführt?
Sie wurde angekettet! Man hat ihr jeden Tag Spritzen vergeben und sie zu dem gemacht, das sie nie sein wollte. Ihren Vater konnte sie nicht wieder sehen, sie wurde missbraucht, zerstört und psychisch so kaputt gemacht, dass sie so unstabil, wie nur möglich war. So ein Mensch kann sich den Tod, doch wirklich nur wünschen. Ihre letzten Worte galten ihrem Vater, welchen sie nicht einmal wiedersehen konnte.
Plötzlich spürte ich wieder, wie jemand die Treppen hinaufging und tat schnell so, als würde ich noch immer in Ohnmacht

liegen, aber daraufhin sagte sie nur:,,O', du musst doch jetzt nicht wieder so tun, als wenn du nicht bei Bewusstsein wärst. Ich muss schon sagen, dass ich es dir anfangs wirklich geglaubt habe, aber nachdem du wieder so schnell zu dir gekommen bist und vor dich hin geflüstert hast, war mir klar, dass du mal wieder relativ clever warst." Bevor sie diesen Satz jedoch noch zu Ende gesprochen hatte, öffnete ich, durch den Reiz des Wortes ,,wieder", meine Augen und das für eine wirklich lange Zeit, als würde ich wie angewurzelt vor ihr stehen.

Es war Tonia Frag die vor mir war...

Sie saß in einem Rollstuhl und trug eine Augenklappe auf dem rechten Auge. Man merkte ihr all den Schmerz noch immer an, nun ja es waren bereits 16 Monate die vergangen waren, flüsterte ich vor mich hin, als sie mich unterbrach und mir widersprach: 16 Monate zwei Wochen und drei Tage!

Wie konnte das sein? Wieso sollte sie mir das antun? Sie ist sich doch wohl dessen Bewusst, dass mir in diesem Moment keine andere Wahl blieb!?!

Hinter ihr machte sich nun auch ihr Vater, der Schneider, bekannt. ,,Wieso bitte tut ihr mir das an? Ich habe alles riskiert, um sie zu retten. Ich habe mich auf ein Spiel eingelassen, dass ich eigentlich sofort hätte beenden können. Jedes mal fragte ich, ob jemand aus dem Team, die Tochter eines Schneiders sei, doch da sie wussten, dass ich dieses Spiel nur für deinen Vater bzw. für dich spielte, war es klar, dass sie mir dich nur zum Ende des Spiels hin zeigen würden. Das heißt also, dass es auch in ihren Augen das Ende war, doch anscheinend hast du aus irgendeinem Grund überlebt..."

„Ja 0', du sagst es, ich habe überlebt und nun die Möglichkeit, mich an dir zu rechen! Es war nicht nur das Spiel! Es war mein ganzes Leben lang so, dass du immer zwischen mir und meinem Glück standest! Du hattest mir immer alles genommen, das mir wichtig war, selbst in den Augen meines Vaters bist du etwas besonderes, auch wenn er es mir nie sagen würde, weil er weiß, wie ich mich fühle! In der Uni warst du schon immer die Spitzenreiterin, obwohl du nie etwas gesagt hast! Du hast ein geniales Spiel überlebt und mich eiskalt zurückgelassen! Dir wird nun all das widerfahren, dass auch ich durchmachen musste. Als mein Vater dich von oben herab darauf überprüfte, ob du noch immer bei Bewusstsein warst, sprühte er dir gleichzeitig ein Mittel ins Gesicht, dass seinem Atem ähnlich war. Du warst in diesem Moment nicht in der Lage, zwischen Atem und Spray zu unterscheiden. Du wirst also in weniger als 15 Minuten wieder in Ohnmacht fallen und wenn du dann wieder wach bist, wirst du dir wünschen, wir hätten dir gleich das Leben genommen, so wie ich es mir gewünscht hatte, als sie mich in ein Monstrum verwandelten! Ich wurde mein halbes Leben über gespielt und haben nun selbst gelernt das Spiel zu führen! Nun bin nicht ich, sondern DU!!! die Marionette!!!"
Daraufhin sprach ich mit hoher Vorsicht zu ihr:„Ich habe also noch ca. 15 Minuten bis auch dir die Möglichkeit bleibt mein Leben, in deinen Augen, zu zerstören. Du hast eine Sache jedoch dabei vergessen, in diesem Moment wirst du genau zu dem, was du vorher so verabscheut hast! Du weißt auch, dass es nicht das erste Mal ist, dass ich ein solches Spiel spiele. Vergiss nicht, dass du einen Menschen nicht kontrollieren kannst, wenn du seine Schwächen nicht kennst!

Vergiss nicht, dass du einen Menschen nur zu dem machen kannst, wozu du ihn gerne hättest, wenn diese Person auch in dem Glaube lebt, das zu sein, wozu du ihn machen wolltest. Und glaubst du wirklich, dass du es geschafft hast mich alles das denken zu lassen? Wohl kaum, wenn ich dich selbst darauf ansprechen muss. Allein das zeigt doch bereits, wie unvorbereitet und labil dein Spiel ist, obwohl ich zugeben muss, dass es auf jeden Fall raffinierter als das zuvor war. So langsam komme ich jedoch rein und durchschaue immer mehr deiner Schritte, falls es dir nicht bereits aufgefallen ist...

Sie haben es damals geschafft, dich in dem Glauben leben zu lassen nichts zu sein und genau das haben sie auch aus dir gemacht! Du bist nichts! Du siehst vor lauter Eifersucht und Hass die ganze Liebe und dein Glück nicht mehr. Ja, du hast Recht! Dir wurde Unrecht getan, aber dein Vater hat nie aufgehört an dich zu denken oder dich zu lieben! Für ihn warst du, wann auch immer, das einzige auf der Welt, dass er nie verlieren wollte. Ich habe nicht so lange mit ihm gesprochen und ihn somit auch nicht so gut gekannt, aber ich weiß so viel, dass er als Vater genau das gleiche, was dir widerfahren ist, auch für dich durchmachen würde. Was willst du tun? Mich ebenfalls anketten? Mich ebenfalls bespritzen und versuchen zu zeigen, dass ich nichts sei? Ich gebe dir zum ersten mal Recht, ja dir wurde Unrecht getan und ja, du standest vielleicht in meinem Schatten, weil ich mich immer schon bemühte die beste zu sein! Aber was ist mit dem Rest? In meinem Leben, hatte ich nie das Glück die Liebe und die Nähe der Eltern zu spüren. Ich verleugne die „wahre Liebe" zwischen Mann und Frau, aber deine Eltern, deine Geschwister und deine Familie, sie sind diejenige, die dir das Gefühl einer besonderen Person geben.

Alles das hatte ich nicht! Du stehst hier vor mir und willst mir weiß machen, ich hätte alles das, was du nie haben konntest, aber ist es denn nicht viel mehr so, dass du schon immer alles hattest, das ich nie haben konnte? Zuneigung, Liebe und Wärme. In meinem Leben hatte ich nie Platz für solche Dinge. Es ging mir immer darum, erfolgreich zu sein, mit der Hoffnung, dass meine Eltern trotzdem Stolz auf mich sind! Mehr hatte ich nicht und meinst du, dass ich nur aus diesem Grund auch ein Spiel mit dir spielen würde, in dem ich dir zeige, dass du alles das hast, was ich nie haben konnte? Nein! Denn sonst haben DIE wieder gewonnen und ja ich meine diejenigen, die das letzte Spiel konstruierten! Alles das, was gerade in dir vorgeht, ist ein Prozess, den du nicht mehr selbst bestimmst. Du bist von außen nach innen zerfressen davon, dich zu rächen und dabei vergisst du alles das, das du im Leben hattest und setzt es dafür aufs Spiel! Glaub mir das lohnt sich ni... <ich fiel in Ohnmacht>"

Meine Augenlieder waren schwer und ich fühlte mich wie ein Schwamm, dem nach einiger Zeit das Wasser ausgesaugt wurde, wobei man ihn vertrocknen ließ. Meine Hände sahen so aus, wie aus einem langen Bad entnommen, als sei ich bereits 65 Jahre alt. Der Schweiß tropfte mir immer wieder im Wechsel von der Stirn hinunter. Ich war angekettet...

Von den beiden Händen, so wie von den Beinen aus einfach angekettet, so wie sie es an jenem Tag war.

Es war jedoch nicht nur die Stirn, die mit all dem Schweiß vor mir her tröpfelte, meine gesamte Kleidung, meine Haare, meine Beine, die kurz vor dem Boden waren, ihn jedoch nie berührten und einfach jedes einzelne meiner Körperteile, schwitze wie verrückt. Als ich nun endlich einen groben Umriss meiner Umgebung wahrnehmen konnte, war mir Bewusst, dass wieder einmal ein Spiel mit mir gespielt wird. Vor mir war ein großer breiter Spiegel, der mich komplett widerspiegelte. Ich war nicht die einzige, welche angekettet wurde...

Wo war ich diesmal nur gelandet?

Es waren gefühlt noch tausend andere um mich herum. Ein riesiger Raum, grau und düster mit nur so wenig Sonnenlicht, dass man sich gerade noch so gegenseitig erkennen konnte. Jedem von uns wurde eine Nummer zugeordnet, anstelle den eigenen Namen zu nennen. Nun ja, Nummern waren einzigartig und unendlich im Gegensatz zu Namen..

Wir wurden einzeln nach einander aufgerufen und von den Ketten befreit. Jeder wurde nach seiner eigenen Nummer benannt und konnte nach gefühlt zehn Minuten gehen.

In diesem Moment schwirrten mir wieder einmal unendlich viele Gedanken im Kopf herum, doch die beiden folgenden, waren die schwerwiegendsten: Wo bitte ist Tonia Frag abgeblieben? Und Wieso kettet man uns an, um uns danach wieder frei zu lassen?

Es scheint keine Konstruktion ihrerseits zu sein, doch ist sie auch nirgends weit und breit zu sehen. Entweder ist sie nun einer von denjenigen die das Spiel konstruierten oder aber auch nur Mitspieler dieser Konstruktion, so wie ich es bislang immer war...

Das alles ergab keinen Sinn, ich war zuletzt doch bei Tonia Frag und ihrem Vater Mikel Frag und plötzlich hänge ich hier, mitten im nirgendwo. Es war auch hier wieder so, das mich nicht der körperliche Schmerz, sondern der seelische schmerzte. Wie kann es nur sein, dass Menschen auf solch eine Art Zufriedenheit erlangen können? Das geht wohl nur, wenn man vorher so unzufrieden und verzweifelt wie noch nie mit sich selbst war...

Menschen dieser Art, wissen Dinge wie: Zufriedenheit, Freude, Familie und Glück nicht zu schätzen.

Auf einmal hörte ich, wie sie riefen: „Nummer 187".

Keiner reagierte auf diese Nummer und sie wiederholten: „Nummer 187". Jeder schaute auf sein Nummernschild, doch keiner fand sich in dieser Nummer wieder. Bis ich bemerkte, dass ich es war. Ist es das, was ich bin? Nummer 187? Mein ganzes Leben über habe ich hart gearbeitet und immer versucht das Beste zu geben und so viel wie möglich auf dieser Welt zu erreichen und heute stehe ich hier vor allen angekettet und das einzige was ich bin, ist Nummer 187? Ich rief: „Ich bin O`, Orlien Time und nicht Nummer 187!" Das erste Mal in meinem

Leben, nach so langer Zeit, sprach ich wieder meinen vollständigen Namen aus: Orlien Time...

Ihr wisst bereits viel über meine zukünftigen Pläne und habt auch mein jetziges Leben kennen gelernt, doch sind wir mal ehrlich, so wisst ihr rein gar nichts über meine Vergangenheit...

Ich hatte nicht schon immer ein so großes Mundwerk und habe mich getraut jedem meine Meinung zu sagen, beziehungsweise hatte ich nicht schon immer eine eigene Meinung. Bis hin zu meinem 16. Geburtstag lebte ich unter der Meinung meiner Eltern, welche keine falsche oder unrechte war. Im Gegenteil, meine heutige Meinung ist ihnen sehr ähnlich. Es gab nichts auf dieser Welt, dass ich mehr liebte als meine eigenen Eltern und vielleicht ist das auch der Grund weshalb ich die Liebe verleugne und sie allen anderen abrate...

Ich möchte nicht, dass sie verletzt werden..

Ich möchte nicht, dass sie denken, dass es nur diesen einen Menschen gibt, für den es sich lohnt zu leben..

Ich möchte nicht, dass sie glauben, dass es tatsächlich Menschen gibt, die einen das ganze Leben über, lieben können..

Meine leiblichen Eltern habe ich nie kennengelernt, aber das wollte ich auch nie, denn wenn es einen Grund für sie gab, mich wegzuschicken, muss es genauso auch einen Grund dafür geben, sie nie wieder sehen zu wollen..

Naja wie auch immer, meine Eltern haben mir nie das Gefühl gegeben, nicht Teil ihrer Welt zu sein. Ich hatte nie das Gefühl, mir würde etwas fehlen, obwohl wir auch bloß durchschnittlich lebten. Ein kleines schönes Haus auf dem Hof mit den Hühnern und den Vögeln, von denen man jeden morgen aufgeweckt wurde. Seit meinem sechsten Lebensjahr, ging ich immer in den Stall um die Pferde zu füttern. Wir hatten nicht viele von ihnen

und auch unser Hof war nicht so groß, wie mancher andere
Bauernhof, doch das Leben auf dem Land war das schönste,
dass ich je hatte.

Es gab nur dieses eine Problem...

Meine Eltern waren zu aufrichtig und ehrlich. Sie könnten
niemals mit dem Gefühl leben von der Ungerechtigkeit
beherrscht zu werden. In jener Nacht zu meinem sechzehnten
Geburtstag wurden meine Eltern auf dem späten Nachhauseweg
Zeugen eines Mords. Sie hörten die Frau schreien und schreien
und hielten sofort am Waldrand an. Es war ein großer
schwarzer Van von welchem sie das Geschrei der Frau
entnahmen. Je näher sie dem Van kamen, desto lauter wurde
das Geschrei dieser Frau. Dieser Frau, welche das Leben
meiner Eltern unbewusst zum Ende brachte..

Die Namen der Täter und der Frau waren ihnen unbekannt, als
sie das Blut jedoch aus der gespaltenen Tür des Vans
herunterfließen sahen, wussten sie, dass sie zu zweit nicht weit
kommen würden.

So stiegen sie also wieder in ihr Auto und wollten Hilfe
aufsuchen, zugleich riefen sie auch den Rettungsdienst an.
Sie gaben ihnen die Adresse und kamen zunächst nach Hause
zu mir. Ich saß noch immer am Tisch mit meiner
Geburtstagstorte und den Kerzen oben drauf. Ich wartete bloß
noch auf meine Eltern, bis ich endlich den Schlüssel durch die
Haustür klingen hörte. Sie kamen sehr überstürzt rein und ich
wusste sofort, dass es einen guten Grund für ihr
Zuspätkommen gab. Sie erzählten mir in aller Eile und mit
zitternden Händen von dem, was sie mitbekamen und ich
umarmte sie nur noch. Ich wollte nur noch in ihren Armen

liegen und das am besten mein ganzes Leben über. Wer hätte
gedacht, dass dies das letzte mal sein würde...

Einige Minuten später , klopfte es hastig an unserer Tür und
jedesmal, wenn wir nachfragten, wer dort sei, klopften sie nur
noch lauter und mit voller Wucht. Mein Vater versuchte mir zu
erklären, dass die Mörder nur meine Eltern gesehen haben und
kennen, er wollte mich in diesem Moment einfach nicht in
Gefahr bringen. Ich jedoch, total verheult und verzweifelt,
wollte nicht verstehen, was gerade passiert. Schließlich war ich
sechzehn und wusste den Ernst dieser Lage zu verstehen. Meine
Eltern schubsten mich unter den Tisch und befahlen mir dort
zu bleiben, da die Tischdecke meinen Körper gut verdeckte. Das
einzige, was ich darunter noch erkennen konnte, waren ihre
Schuhe. Meine Eltern kamen ein letztes Mal zu mir runter und
befehlten mir, bei allem, was auch passieren sollte unter dem
Tisch zu bleiben. „Menschen ohne Werte, Liebe und Vernunft,
gehen unter, sei bitte niemals einer dieser Art. Ein Mensch mag
an deinen Fähigkeiten zweifeln und versuchen dich von der
Wahrheit abzuhalten, doch du bist stark genug um wieder
aufzustehen, wenn du fällst. Du wirst vielleicht gleich unsere
Leichen auf dem Boden sehen, denn sie werden uns definitiv
nicht mehr am Leben lassen, nach all dem, was wir gesehen
haben. Auch dann bleibst du hier unter dem Tisch. Nachdem du
dir zu 100% sicher bist, dass sie das Haus verlassen haben,
gehst du zu Tante Jamie und zwar nur dort hin! Du bist etwas
besonderes, weil ich weiß, dass dich keiner manipulieren und
bestimmen kann, du bist der einzige Mensch in unserem Leben,
den wir mit allem, was wir haben, beschützen. Sie werden
vielleicht auch versuchen dich zu finden, sobald sie erfahren,
dass du unsere Tochter bist, aber du bist stark und wirst dich

nicht verleiten lassen. Was auch immer passiert, du weißt: du bist nicht so wie sie! Du bist anders und davor haben sie angst! Du warst die beste Tochter, die wir je hatten.." Mein Vater gab mir noch einen Zettel mit der Adresse und der Telefonnummer von Tante Jamie und nahm seine Hand sofort wieder vom Tisch. Doch bevor die Mörder, die Tür überhaupt aufbrechen konnten, hörte ich Schüsse und meine Eltern lagen am Boden. Sie wurden nicht ermordet, sie nahmen sich das Leben, weil sie lieber durch die Ehrlichkeit, als durch den Verrat sterben wollten. Was tat ich? Ich war einfach da unter dem Tisch und konnte nicht realisieren, was gerade passiert ist. Eingefroren und Nichtstuend lag ich unter dem Tisch. Als sie die Tür aufgebrochen hatten und meine Eltern sowieso bereits auf dem Boden lagen, schossen sie noch immer auf sie. Wieso? Wie kann ein Mensch Befriedigung durch den Tot zweier Unschuldiger erlangen? Wieso schossen sie noch immer auf meine Eltern, obwohl sie sahen, dass sie bereits tot waren. Was haben diese Patronen ihnen gebracht? Nichts! Und noch viel schlimmer ist: Ich konnte nichts tun, nichts verändern, nichts sagen…

„Wieso müssen Bauern immer am falschen Ort zur falschen Zeit auftauchen? Naja wie auch immer, legt die Leiche dazwischen, dann sieht es so aus, als hätten sie sich gestritten, ein typischer Schwager, Schwägerin Problem. Die Schwester verliebt sich in den Mann ihrer Schwester und auch er hat Interesse an ihr, das ganze gerät außer Kontrolle und ENDE" sprach einer der eintretenden Männer, wessen Stimme ich niemals vergessen könnte. Nachdem er sich zu meinen Eltern herunter bückte und zwei andere solange versuchten die Leichen, irgendwie so nebeneinander zu legen, dass das ganze wie ein plausibler Streit aussieht, der aus der Kontrolle geraten ist, erkannte ich eine Tätowierung eines Adlers mit einem Dreizack an seinem Flügel, welches an seinem rechten Fußknochen angebracht war. Das Tattoo desjenigen der als einziger sprach und anscheinend der Leiter dieser Gruppe war, da er sich als einziger nicht die Finger schmutzig machte. Die Leiche wurde neben meinen Eltern gelegt, dabei auch eine Waffe in ihre Hand und ich sah, wie ihre Schritte Richtung Tür verliefen und sich diese schloss. Als sie verschwunden waren, schaute ich zunächst mit dem Kopf leicht aus der Decke, aber es war tatsächlich niemand mehr da. Ich kam nun komplett aus dem Tisch hervor und sah: Tante Jamie als diejenige, welche als dritte Leiche dazwischen lag.. Sie schienen meine Familie gut zu kennen, aber was hatte ihnen Tante Jamie getan? An jenem Tag war es die Frage mit gefühlt hundert anderen zusammen, die ich mir nicht beantworten konnte...

Hätte ich etwas verändern können?

Habe ich falsch gehandelt?

War ich zu feige?

Warum meine Eltern? Wieso die Schwester meiner Mutter?

Weshalb an meinem Geburtstag?

Wer kann das schon wissen?

Das einzige, was ich wusste, war das diese Welt verfault und innerlich bereits zerstört war.

Es sind nicht nur meine Eltern gewesen, wer weiß wie viele andere sie zuvor auch um ihretwillen umgebracht haben? Wer weiß, wie viele Kinder sich unter dem Tisch verstecken mussten um den Tod ihrer Eltern zu ertragen.

Wer weiß, wie viele O's es schon gab...

Hat euch schon mal jemand erzählt, dass das Spiel gegen sich selbst, das schlimmste ist? Meine Vergangenheit ist wie das Spiel, dass ich nicht zu Ende bringen konnte, weil ich Angst davor hatte. Meine Vergangenheit verfolgt mich, wie wahrscheinlich auch viele andere bis an ihr Lebensende. Wir müssen jedoch lernen damit abzuschließen, auch wenn ich es bis heute noch nicht geschafft habe. Macht nicht den gleichen FEHLER wie ich...

Solange ich jedoch in meinen Gedanken mit meiner Vergangenheit beschäftigt war, kamen bereits wieder zwei Männer, die mal wieder so gekleidet waren, dass man ihre Gesichter nicht sehen und ihre Stimmen nicht hören konnte, auf mich zu. Ich konnte jedoch nur ihre Umrisse erkennen, da meine Augen leider noch nicht komplett funktionsfähig waren. Sie brachten mich in einen kleinen Raum und schon wieder, stand das Mädchen vor mir, dass mein komplettes Leben auf den Kopf gestellt hatte. Nun würde ich auch gerne ihren Namen erfahren und bevor sie noch irgendetwas sagen konnte, fragte ich: „Wer bist du, dass du zu den einzigen Menschen gehörst denen ich mein wertvolles Vertrauen schenkte und sie es daraufhin missbrauchten?"

Sie sprach: „Mein Name ist Claire und du bist etwas besonderes. Vielleicht bist du dir bereits dessen bewusst, aber ich denke es ist wohl das mindeste, wenn ich dich noch einmal darauf aufmerksam mache. Um nun einige Fragen aufzuklären, die dir wahrscheinlich die ganze Zeit im Kopf herumschwirren, versuche ich dir zu erklären, was es mit all den Spielen hier auf sich hat. Orlien Time, in den letzten beiden Spielen musstest du, deine Zukunft und deine Gegenwart bewältigen. Dies schien dir im Großen und Ganzen keine Probleme zu bereiten, doch in dem letzten Spiel, wirst du dich genau wie jeder andere auch, deiner Vergangenheit stellen müssen. Das Spiel ist vorbei, sobald du diese Aufgabe erfüllt hast. Ich denke eines solltest du noch wissen, wir haben dir und allen anderen auch, einen Chip unter das rechte Ohr eingepflanzt, der jedoch bereits vom ersten Spiel, nein entschuldige, von Geburt an, in euch ist. Wir wissen, wo auch immer du bist, um wie viel Uhr du was gegessen hast und mit wem. Nun ja, das Orten und die komplette Macht über dein körperliches Wesen scheint nichts neues zu sein, mittlerweile scheint alles durch neue Technologien möglich zu sein.

Was neu ist: Nicht einmal deine Gedanken sind frei!

Was auch immer du denkst, wir wissen Bescheid. Der Chip ist mit den Nervenzellen in Verbindung, es ist wie eine Rohrleitung von deinen Gedanken bis zum Chip aus. Komisch oder? Sich vorstellen zu müssen, dass nicht einmal die Gedanken frei sind und man nichts mehr verstecken kann? Ja das ist eigenartig und ich würde dir auch zustimmen, wenn du sagst, es sei psychopathisch, aber wir Menschen sind nunmal nicht mehr als Schachfiguren, die sich ihrer Aufgabe hingerichtet fühlen müssen ‹dabei zeigte sie mir ihre Uhr, welche meine Herzfrequenz, mein Pulsschlag, mein Blutdruck und alles mögliche von mir aufzeichnete, um damit meine Gefühle und Gedanken genauestens identifizieren zu können, wenn ich beispielsweise nervös werden würde oder anfange zu zittern, ist dies ein Hinweis darauf, dass ich lüge. Sie scheinen alles zu wissen und damit meine ich wirklich alles...›.

Ohne, dass sie noch irgendetwas sagen konnte, antwortete ich ihr einfach drauf los:„Und welche Rolle spielst du dabei in diesem Spiel? Etwa die Kontrolle? Siehst du dich auch als Schachfigur? Gerade du müsstest doch wissen, das auf Technologien, welche aus Menschenhand entstanden sind, nicht immer Verlass ist. Was glaubst du also wie lange das noch halten wird? Hast du mal darüber nachgedacht, wenn Menschen einfach genau das sagen, was sie auch denken?"

„Da haben wir sie ja wieder, die alte O'! Du wirst nie aufhören das menschliche Handeln zu hinterfragen, richtig? Tut mir leid O', aber es gibt Dinge im Leben, die man genauso akzeptieren muss, wie sie sind. Wir sind limitierte Wesen, die nicht jede Antwort auf alle Fragen dieser Welt haben, das hast du doch immer gedacht oder? Meine liebe Orlien Time, du hast wohl vergessen, dass es in einer Gesellschaft, wie unserer heute, immer jemanden geben muss, der die Kontrolle hat und es auch immer jemanden geben muss, an dem man seine Kontrolle ausnutzen kann. Ich spreche nur ehrlich zu dir, weil ich weiß, dass du mir sowieso nichts anderes glauben würdest. Ich denke, ich muss dir nicht noch irgendetwas anderes erklären, oder? Die Regeln sind wie immer die selben und.." ratterte sie so schnell herunter, als würde sie sowieso jedem das gleiche sagen, aber nun ja, auch diesen Gedankengang konnten sie schließlich ihrer Ansicht nach nachverfolgen und ich sagte:„Wo liegt denn dann der Sinn des Ganzen? Wenn ihr doch sowieso schon alles wisst und immer die Kontrolle über alles beherrscht, wieso spielt ihr dann noch Spiele mit uns? Ich sage einfach genau das, was ich denke. So erfahrt ihr es nicht später, aber auch nicht früher als ich es überhaupt tue, ihr erfahrt es genau im gleichen Moment, wo ich den

Gedankengang auch ausgeführt habe und diesen gleichzeitig in die Tat umsetze."

Daraufhin plappert sie vor sich hin: „Blabla bla.. Orlien, tu was auch immer du nicht lassen kannst! Tue mir bitte nur einen Gefallen, glaube nicht wieder, du seist schlauer als wir es sind. Sonst landest du wieder genau dort, wo du jetzt gerade stehst: einsam und verlassen, wie immer alleine!!

Gibt es ansonsten noch irgendwelche Fragen?"

Ich antwortete:„ Eine Welt in der Menschen von Menschen kontrolliert werden. Eine Welt in der es keine Geheimnisse mehr gibt. Eine Welt in der Gedanken jedem offenbart werden. Gedanken, die nicht mehr sind als Aussagen. Ich verspreche dir, dass ich diesem Spiel ein Ende geben werde, dass du niemals vorher erwartet hättest und das, obwohl du alles weißt und alle meine Gedanken kennst!" Meine Aussage ignorierte Claire vollkommen, stattdessen erklärte sie mir den weiteren Verlauf des Spiels. „Du wirst ein ganz normales Leben führen, hier ist deine Kleidung und wundere dich bitte nicht, denn jedes Mädchen hat das gleiche an. Genauso wie jeder Junge gleich gekleidet ist. Alle weiblichen Mitglieder unserer Gesellschaft sind weiß gekleidet und die männlichen in schwarz gekleidet. Eure Kleidung ist dennoch einzigartig, denn jeder von euch wird hier durch eine Nummer gekennzeichnet, wie du wahrscheinlich bereits mitbekommen hast. Du bist Nummer 187 ‹und gibt mir meine Sachen mit den passenden weißen Schuhen aus Lack› und deine Schuhe, so wie jedes andere Kleidungsstück auch, ist mit dieser Nummer versehen. Sieh es als großen Vorteil an, denn schließlich kann dir nichts mehr geklaut werden und auch wenn, könnten wir es dir sofort wieder zuordnen, das ist großartig oder? Ansonsten

müsstest du noch wissen, dass es um 8:30Uhr das Frühstück,
um Punkt 13:00Uhr das Mittagessen, um 17:00Uhr noch Kaffee
und Kuchen und abschließend um 19:00Uhr das Abendessen gibt.
Diese Zeiten sind einzuhalten, denn wer zu spät kommt, muss
bis zur nächsten Mahlzeit warten um wieder etwas warmes zu
essen zu bekommen. Des Weiteren kannst du dir an vielen
Automaten für den Hunger zwischendurch, Riegel oder
Getränke holen und nun das beste von allem: Geld hat keinen
Wert mehr! Die Riegel oder Getränke holst du dir in dem du
deinen Chip am Automaten scannen lässt. Er registriert dich als
Mitglied unserer Gesellschaft und du holst dir einfach das,
was du gerne hättest. Du hast monatlich 30 sogenannte
Eatingpoints, so dass du dir jeden Tag, etwas für
zwischendurch holen kannst. Dein Chip wird jedoch auch zu
jeder einzelnen Mahlzeit gescannt, wenn du aufstehst und
wieder schlafen gehst, also mindestens sechs mal am Tag."
Unterbrechend plapperte ich mal wieder dazwischen:„Ohne
diesen Chip könnt ihr also nichts! Ihr wisst nicht wo oder wer
wir sind und ihr wisst auch nicht, was wir denken, wenn wir
den Chip nicht mehr besitzen."
„Korrekt" sprach sie. „Genau das ist die Belohnung am Ende
dieses Spiels, du wirst frei gelassen indem dir der Chip wieder
entfernt wird. Komm bitte bloß nicht auf die Idee den Chip
irgendwie selbst zu entfernen, davon hatten wir auch schon so
einige Fälle, ich kann dir bloß sagen: Es ist unmöglich! Jeder
einzelne, der das versuchte, starb."
„So unmöglich scheint es jedoch nicht zu sein, wenn ihr ihn
entfernen könnt.. Man muss nur wissen wie und wann der
richtige Zeitpunkt gekommen ist." flüsterte ich vor mich hin,
bis sie plötzlich schrie:„Du bist nichts besseres! Ich habe dich

gewarnt, halte dich an die Regeln oder ich lasse dein kleines schönes Köpfchen in die Luft fliegen!!!" Ich stand für einige Sekunden sprachlos angewurzelt vor ihr stehen und glaube, dass ich hier lieber nicht den Klugscheißer spielen sollte... Aber ob ich es nun denke oder direkt ausspreche, was macht das für einen Unterschied, wenn sie sowieso alles wissen?

Ich nahm nun die Sachen entgegen und würde nun von einem dieser eigenartigen Männer „ohne Gesicht und Stimme" in mein Zimmer eingewiesen werden, bis Claire wieder plötzlich einen Ausraster bekommt und mir den Arm verdrehend in mein Ohr flüstert: „Ganz genau, du hast richtig gedacht, der Klugscheißer kommt hier nicht gut an!" Dann lässt sie meinen Arm los und ich tat auch noch so, als ob es mir nicht weh tun würde, doch das brachte nichts, „das tun als ob" hatte hier ein Ende genommen, eigentlich sogar vom Anfang meiner Geburt an, deshalb wussten sie an jenem Tag auch, dass ich nichts anderes als meine Familie hatte und als sie mir das nahmen, so blieb nur noch ich übrig.

„Ich würde jedoch noch gerne eins wissen, ‹ich schluckte noch einmal die Spucke in meinem Mund herunter und hoffte, dass die Antwort mit einem Nein endete› habt ihr an jenem Tag, die Männer in unser Haus gebracht um meine Eltern ermorden zu lassen?‹ich musste mir die Tränen unterdrücken›"

„Orlien, wenn nicht wir es waren, wer dann? ‹kicherte sie direkt in mein Gesicht, als sei es etwas normales, eine Familie, einfach mal so, nach Lust und Laune aufzulösen› Zu schade, dass du ihnen an jenem Tag nicht selbst zur Hilfe kommen konntest. Du hättest deinen Mut zusammen nehmen sollen und wenigstens versuchen ihnen zu zeigen, dass du Grund genug bist, um weiter zu leben, aber das warst du anscheinend nicht!"

„Das stimmt nicht! Meine Eltern liebten mich mehr alles andere auf dieser Welt, aber weißt du was, du zeigst mir, ohne dass du es vielleicht auch nur bemerkst, wie machtlos du doch eigentlich bist! Du hattest noch nie jemanden, der sich um dich kümmert? Richtig? Familie? Freunde? Beziehungen? Nein! Wie könntest du auch, du hast dein ganzes Leben einer Konstruktion gewidmet, die eines Tages in sich selbst zerfallen wird und du wirst nichts anderes tun können, als tatenlos zuzusehen, wie alles vor deinen Augen zerstört wird! Genauso, wie ich an jenem Tag, keine andere Wahl hatte, als tatenlos zusehen zu müssen, wie du meine Eltern ermorden liest, so wirst du auch mit gebundenen Händen vor der Zerstörung deines Selbst sein! <bevor sie noch weiter sprechen konnte, entriss ich ihr die Kleidung und ließ mich von den Männern in mein Zimmer führen, dabei war das einzige, was sie noch sagte:„Viel Spaß und passt besonders auf sie auf!>"

Für mich war es ein großes Kompliment, zu sagen, dass sie gut auf mich aufpassen müssen, da ich trotz all ihrer Möglichkeiten und der Tatsache, dass alle meine Gedanken und mein Wissen bei ihr sind, noch immer eine Gefahr für sie bin und ich bin auch froh, dass sie nun weiß, dass ich mir darüber im Klaren bin. Ab sofort herrscht also, weniger Denken, mehr Tun!

Die Männer führten mich durch die Tür, welche sich mit ihren Fingerabdrücken und ihren Augennetzen öffnen ließ. Der weitere Verlauf des Gebäudes schien relativ schlicht gehalten zu sein, doch hatte er auch große Ähnlichkeiten mit dem großen weiten Saal aus dem letzten Spiel. Der Gang zog sich stark in die Länge und sowohl rechts, als auch links vom Gang waren nur Türen zu sehen. Alle gleich groß in der gleichen

Farbe, nur die Nummern der Türen unterschieden sich wieder
einmal. Es scheint als seihen Nummern hier das einzige, was
die Menschen voneinander unterscheidet. Anschließend blieben
wir vor einer der weißen Türen stehen, Nummer 102. Das letzte,
was die Männer in ihrer Anwesenheit noch taten, war mir eine
Karte, wie in einem Hotelzimmer, einzustecken mit der sich
meine Zimmertür öffnen ließ, nur komisch, dass ich doch
nicht alleine im Zimmer war...
Tonia Frag als Zimmerkameradin??!?!?!
Dieses Mädchen steht schon wieder vor mir und mir wurde
endlich mal klar: Tonia Frag = dauerhaftes Problem!
Für zwei Minuten standen wir zunächst einmal nur da und
schauten uns an. Das einzige was sich in diesem Zimmer
befand, waren zwei Betten, in der exakt gleichen Form und der
gleichen Farbe, welche wieder einmal weiß waren und einem
Badezimmer mit Spiegel, Toilette, Waschbecken, Zahnpasta und
zwei Zahnbürsten. Zudem für jeden einzelnen von uns noch
ein kleiner Kleiderschrank, zwei Monitore und zwei Computer.
In der Regel würde jeder andere diesen Monitor als Fernseher
bezeichnen, aber das war er irgendwie nicht. Es lag zwar eine
Fernbedienung daneben, aber es war ein Hochformat und die
ganze Zeit über, war die Aufschrift: Level 1, zu sehen. Bevor wir
uns überhaupt trauten, einander anzusprechen, wurde eine
Durchsage gemacht. Ein weiteres Merkmal des letzten Spiels..
Ich wollte nicht daran denken, aber leider konnten wir
unseren Gedankengang nicht kontrollieren und ohne es zu
wollen dachte ich darüber nach, dass es genau die gleiche
Stimme, wie vom letzten Spiel war. Der gleiche Gang, die
gleiche Stimme, vielleicht die gleiche Strategie? Ich wusste, ich

hätte besser nicht daran denken sollen, auch wenn das letzte Spiel, mehr oder weniger ein Erfolg für mich war.

„Es sind mittlerweile alle von euch erfolgreich hier eingetroffen und ihr werdet die nächsten 30 Minuten noch Zeit erhalten um euren Zimmerkameraden besser kennen zu lernen und euch fertig zu kleiden. Jeder von euch ist bis zu diesem Zeitpunkt auf dem ersten Level und es ist wichtig, dass ihr wisst, dass ihr die nächsten Level nur mit eurem Partner gemeinsam erreichen könnt. Dies wird sich bereits nach dem siebten Level ändern und ihr werdet die letzten drei, einzeln überstehen müssen, denn in diesem Spiel gibt es nur einen einzigen Gewinner und jeder der sich an die Regeln hält und auf unser Tun vertraut, kann gewinnen. Es ist wichtig, dass ihr euch niemals überlegen fühlt und nicht daran glaubt, ihr könntet dieses Spiel nach euren eigenen Spielregeln spielen, denn dann werdet ihr schon schnell verlieren und glaubt mir, ihr wollt nicht wissen, was wir mit Verlieren machen. Der Gewinner jedoch erhält die Freiheit! Folgende Faktoren werden in den unterschiedlichen Levels geprüft: Konzentration, Wissen, Strategie, körperliche Stärke, Überzeugungskraft, Vertrauen, Glauben, Liebe, Leichtsinnigkeit und Anwendungsfähigkeit. Für den ein oder anderen von euch, mögen diese Dinge keine besondere Bedeutung haben, viele würden sagen, dass sie zu unserem alltäglichen Leben gehören, aber vergisst nicht, dass hier ist nicht mehr das alltägliche Leben! Jeder einzelne von euch wurde speziell und unbewusst auf dieses Spiel vorbereitet. Einige Dinge werden euch fremd und andere bekannt vorkommen, aber dennoch wiederholt sich nichts. Ihr werdet diesmal nicht so handeln, wie ihr die letzten Male gehandelt habt, denn das meine Lieben, ist das Spiel des

Lebens. Viel Erfolg!" Somit beendete sie die Durchsage und wir standen noch immer voreinander ohne auch nur ein Wort auszutauschen. Schließlich musste irgendjemand den ersten Schritt machen und da es im Moment nicht wirklich so aussah, als würde sie sich trauen mich anzusprechen, fing ich an. „Ich gehe mich schonmal anziehen, da wir ja nur dreizi.." Bevor ich überhaupt weitersprechen konnte, unterbrach sie mich und sprach so leise, dass ich es durch ein paar Schritte zu ihr ansatzweise verstehen konnte. „Sie haben mich betrogen und belogen. Ich sollte die letzten beiden Spiele mit dir spielen um mich nicht nur rechen zu können, aber auch gleichzeitig einen höheren Status in ihrem Unternehmen zu erlangen und jetzt stecken sie mich genau wie jeden anderen auch in ihre gestörte und absurde Konstruktion. Also es stimmt, ich hasse dich aus tiefstem Herzen, aber da ich auch einmal einer von ihnen war, weiß ich, was die mit Verlierern und Leuten, die sich widersetzen, anstellen. Wir müssen also bis zum siebten Level zusammen halten und ab dann ist es mir auch ehrlich gesagt egal, was mit dir passiert." Ich wusste in diesem Moment einfach nicht, ob ich mich darüber freuen sollte, dass ich jemanden dabei habe, dem die Konstruktion im eigentlichen bekannt ist oder ob ich mich wohl eher davor fürchten soll, dass wir ab dem siebten Level, wie Tiere aufeinander gehetzt werden, also sagte ich ihr: „Wir haben hier keine Zeit um unser privates Leben in das Spiel einbringen zu lassen, also lass uns versuchen miteinander und nicht gegeneinander zu spielen, was dann nach dem siebten Level passiert, kann keiner momentan sagen. Ich gehe mich jetzt umziehen und das solltest du auch, da zehn Minuten bereits vorbei sind."

„Du fängst schon wieder damit an, so zu tun, als würdest du
alles besser wissen, ich weiß, wann ich mich anzuziehen habe
und wenn wir dieses Spiel gemeinsam überstehen wollen,
müssen wir zusammen halten und aufhören uns
rumzukommandieren." Ich denke, dass ich ihr in diesem Fall
zustimmen muss, ich habe nicht das Recht ihr vorzuschreiben,
was sie zu tun hat und was nicht, aber es war in diesem
Moment eine automatische Reaktion und keines Falls böse
gemeint. Bevor ich mich jedoch entschuldigen konnte und ihr
die Hand zur Freundschaft ausstrecken wollte, nahm sie ihre
Sachen und schloss die Badezimmertür mit einem Knall hinter
sich zu. So stand ich in diesem kleinen Zimmer: wieder alleine.
Ich fragte mich, ob es in meinem inneren Bewusstsein einfach
so verankert ist, den Abstand zu Menschen zu halten oder ob
ich mir dabei selbst immer wieder im Weg stehe.
Ich ging mich nun schnell umziehen, uns blieben noch zehn
Minuten bevor wieder einmal ein obskures Spiel beginnt und
meine Leben vielleicht wieder verändert. Ich frage mich,
welchen Fehler ich je in meinem Leben begannen hatte, dass ich
immer wieder vor neuen Spielen stehe und was ist mit den
Leuten aus der Universität? Ist ihnen überhaupt aufgefallen,
dass ich seit Monaten nicht mehr da war? Oder war ich wie
immer unsichtbar?
Das Bad war im Vergleich zum Zimmer sehr groß, irgendwie
konnte die Proportion nicht stimmen. Jedoch nicht nur das, es
war alles aus der neusten Technik, die Dusche und das
Waschbecken, welche durch einen Sensor automatisch Wasser
hinunterfließen ließen. Die Toilette unglaublich sauber, dass
der Glanz einen beinahe geblendet hat mit einem
automatischen Selbstreiniger nach jedem Toilettengang.

Auffällig war aber auch der Spiegel, er schien das größte Element im gesamten Badezimmer zu sein. Ich stand gefühlt zwei Minuten nur vor dem Spiegel und betrachtete mich. Ich fragte mich, wer ich vorgebe zu sein, wer ich immer sein wollte und wer ich nun wirklich bin. Zwischen diesen drei schwankten wir doch immer hin und her. Dabei zog ich mich fertig um und schaute wieder in den Spiegel und da wurde mir auf jeden Fall eins klar: Das bin ich nicht! Das wüssten sie, da sie alles wissen, aber das bringt ihnen nichts, wenn sie uns nicht auch dazu bringen können so zu handeln, wie sie es sich vorstellen. Wenn wir unsere Handlungsweise also nicht verändern und uns nicht durch die Tatsache, dass alle unsere Gedanken für sie sichtbar sind, beeinflussen lassen, so macht es keinen Unterschied, ob sie unsere Gedanken kennen oder nicht, denn tun werden wir es trotzdem und das ist die Strategie. Schön, dass sie diese Strategie nun kennen, aber das bringt ihnen nichts, wenn sie unsere Strategien nicht verändern können.
Als ich die Badezimmertür öffnete war Tonia bereits fertig und saß auf ihrem Bett. Sie weinte... Ich hatte Angst sie darauf anzusprechen, zumal wir nur noch sechs Minuten hatten, bis das Spiel beginnt. Dann hörte ich jedoch auf einmal, wie sie sprach„Es tut mir leid.. Es tut mir unglaublich leid.. ‹sie weinte immer stärker und stärker und plötzlich überkommt es mich und auch ich fange an, Tränen fließen zu lassen› Du bist ein guter Mensch, glaub mir, du bist zu gut. Du hast all diese Spiele nicht verdient. Sie bauen einen Menschen nicht auf, sie zerstören ihn, aber du hast dich nicht von ihnen zerstören lassen und deshalb bewundere ich dich auch so sehr, nur entwickelte sich diese Bewunderung zu Neid, den ich irgendwann nicht mehr kontrollieren konnte. Ich hatte nur

meinen Vater, der es zwischendurch wenigsten geschafft hatte meinen Neid zu regulieren, leider scheiterte er jedoch und ich weiß seit dem Tag an dem ich dich ohnmächtig machte, nicht mehr, was ihm passierte. Ich wurde genauso, wie du es vorher geschildert hattest, Blind vor Neid. Es tut mir so leid ‹dabei flossen ihre Tränen noch schneller und auch ich konnte nicht aufhören die Tränen fließen zu lassen, wobei ich sie umarmte und irgendwie fühlte sich das unglaublich an, als hätte ich einen Teil meiner verlorenen Familie wiederbekommen. Es war die Wärme und Liebe einer guten Freundin, die ich komischerweise erstmals von meiner eigentlichen Feindin zu spüren bekam›" Etwas stotternd und schluchzend antwortete ich ihr:„Wir alle machen Fehler, Fehler die wir wünschten nie gemacht zu haben, weil wir dadurch so vieles hätten verändern können, aber wir können die Zeit nicht zurückspulen. Was wir jedoch können, nur leider oft vergessen, ist dass wir einander vergeben können und daraus lernen, Fehler nicht zu wiederholen."

„Wie hast du es geschafft all die Jahre oder besser gesagt, all die Jahrzehnte ohne Liebe und Zuneigung aufzuwachsen? Ohne jemanden an deiner Seite zu haben, der dir zeigt, dass das Leben einen Grund hat und dir zeigt, dass es auch nach einem Fall immer die Möglichkeit gibt wieder aufzustehen, wenn man es nur wirklich will. Wie bist du nach dem Tod deiner Eltern aufgewachsen?" Einige Minuten überlegte ich, ob es nicht doch eigenartig und fragwürdig ist, jemandem von meiner Vergangenheit und so persönlichen Dingen zu erzählen, wobei wir vor zwei Minuten noch „Feinde" waren. Sie schien mir so vertraut zu sein, aber ich wurde bereits einmal auf mein Vertrauen missbraucht, ob ich dieses Risiko wirklich noch einmal eingehen sollte? Schließlich müssen wir die nächsten sieben Level und wer weiß, was das für eine Zeitspanne sein wird, zusammen arbeiten. Da wäre es doch auf jeden Fall vom Vorteil, wenn wir uns näher kennenlernen würden, denn schließlich weiß ich auch viel über sie. Die Geschichte mit ihrem Vater und ihre kalten Erlebnisse die sie so zerstört haben. Zum einen die ganzen Spiele in denen sie nur auf ihren Nutzen hin ausgenutzt wurde und zum anderen die zerstrittene und verworrene Beziehung zu ihrem Vater, von dem sie auch nichts mehr weiß. Sie tut mir leid und auch wenn es vielleicht wieder einer der größten Fehler meines Lebens sein wird, fing ich an zu erzählen. Ich erzählte ihr von dem Mord meiner Eltern, wovon sie scheinbar bereits Bescheid wusste, was mir in diesem Fall auch relativ plausibel erscheint, da sie auch einmal Teil dieser Konstruktion war oder mehr oder weniger auch immer noch ist. Daraufhin erzählte ich ihr auch von meiner Tante Jamie, welche ebenfalls ermordet wurde, dass ich tatenlos und hilflos als sechsjähriges Mädchen unter dem Tisch war und zusehen musste, wie sie vor meinen Augen ermordet wurden. Von diesem Teil der Geschichte wusste sie jedoch nichts und sie sagte mir, dass ihnen alles gut geredet wurde und meine Eltern aus einem guten Grund getötet wurden. Sie seien angeblich Teil einer Organisation die all diese Spiele beenden lassen wollten und ich fragte gestürmt:„Meine Eltern? Einfache Bauern? Einfache Leute? Wieso? Ich habe nie etwas davon mitbekommen und meine Eltern haben wirklich sehr viel Zeit mit mir verbracht. Sie hatten nie Geheimnisse gegenüber mir und waren wirklich die besten Eltern, die man sich je hätte vorstellen können."

Wir schauten auf die Uhr und wir hatten noch 42 Sekunden und das letzte was sie zu sagen pflegte, war: „Du solltest jedoch nicht vergessen, dass du auch leibliche Eltern hast, leider kenne ich sie nicht, aber ich meine, dass sie der Grund sind, weshalb besonders du, Teil dieser Spiele werden solltest" Die Zeit war um und plötzlich hatte ich so viele Gedanken in meinem Kopf. Über meine leiblichen Eltern habe ich nie nachgedacht und erst recht hätte ich niemals gedacht, dass sie noch immer Einfluss auf mein jetziges Leben hätten. Es war einfach so, als hätte ich sie für immer aus meinem Gedächtnis gelöscht und genau dann, wenn es mal brenzlich wird, kommen sie einfach mal so ins Spiel? Ob sie noch leben? Ob ich sie noch kennenlernen würde? Wollte ich ihnen überhaupt jemals begegnen? Wenn sie nicht wären, würden meine Adoptiveltern dann jetzt noch am Leben sein? Mein Vater hatte mir gesagt, dass „die", wer auch immer die hier wieder sein sollten, mich ebenfalls aufspüren würden, nachdem sie tot sind. Er hat mir gesagt, dass mich keiner manipulieren kann und mich keiner von der Wahrheit abbringen kann und plötzlich entwickelte sich ein Gedanke in meinem Kopf. Meine Eltern sind nicht als Zeugen an einem einfachen Mord ums Leben gekommen, nein da musste etwas größeres dahinter stecken und ich bin mir sicher, dass das nichts anderes als diese Spiele sind, die die Menschen manipulieren und sie zu Monstern machen, zu Geschöpfen die sich selbst nicht mehr kontrollieren können. Mein Eltern wussten etwas und was auch immer es war, kein anderer sollte je davon erfahren, nun würde ich gerne wissen, was das ist.

Die Zeit war vorbei und die Türen jedes einzelnen Zimmers
öffneten sich automatisch und plötzlich kommt noch viel mehr
aus meiner Vergangenheit ins Spiel.

Angelika

Fau

Herr Frag

Fau und Angelika waren in einem Team und der Vater von
Tonia stand plötzlich auch vor der Tür eines Zimmer, sein
Zimmerkamerade kommt mir jedoch nicht bekannt vor.
Zufall ist das definitiv nicht und gefühlt waren noch 20-30
weitere Teams dabei.

Angelika sah irgendwie normal aus, also nachdem wie man sie
sonst immer kannte und ihren eigenartigen Experimenten, sah
sie wirklich zum ersten mal wie ein ganz normales Mädchen
aus. Fau war auch eine Veränderung anzusehen, er war in
meinen Augen erstmalig interessant und irgendwie auch
attraktiv. Ich wusste in diesem Moment nicht, ob das eher gut
oder schlecht für den weiteren Verlauf des Spiels ist und
vielleicht dachte ich auch einfach nur so, weil ich sowieso
gerade emotional durch Tonia angeschlagen war. Im
eigentlichen zeige ich selten Gefühle beziehungsweise
entwickelte ich im allgemeinen selten Gefühle besonders für
männliche Person. Von Liebe halte ich nicht wirklich viel, aber
vielleicht war dies auch nur der Fall, weil ich mein ganzes
Leben über nur schlechte Erfahrungen mit ihr machen konnte.
Ich wurde am Ende immer verletzt und die Angst davor wieder
verletzt zu werden war einfach zu groß um an den Anfang
einer neuen Beziehung zu denken. Eigenartig war für mich

auch, dass sich alle diese Gedanken nur mit dem Anblick auf ihn ansammelten, es war eine bloße Zeitspanne, die sich aus Augenblicken entwickelte.

Nun schaute ich zwei Zimmer weiter rechts von Angelika und Fau und sah den Vater von Tonia Frag. Er sah im Gegensatz zu den anderen nicht wirklich gut aus, was auch irgendwie verständlich war. Der Augenblick in dem Mikel und seine Tochter die Blicke tauschen und für Sekunden wie erstarrt voreinander standen, erinnerte mich stark an meinen eigenen Vater und besonders an seine letzten Worte, dass sie mich mit allem und jedem beschützen würden. Die Tatsache, das ich nicht zu manipulieren bin, war für mich jedoch das Größte wenn es um diese Spiele ging. Selbstverständlich war es der Gedankengang meines Vaters, aber mittlerweile glaubte auch ich dran und aus irgendeinem Grund gab mir dieser Gedanke einen unglaublichen Schub zu meinem Selbstbewusstsein und ich fühlte mich unbeschreiblich glücklich. Dabei dauerte es nicht lange und Claire fing wieder an einer dieser eigenartigen Durchsagen zu machen. Eigenartig deshalb, weil sie uns immer wieder versucht klar zu machen wie weit oben sie steht und wie weit wir doch eigentlich unter ihr stehen. Sie will uns diese Rangfolge gefühlt in den Kopf hämmern und ich muss ehrlich sagen, dass es eine erniedrigende Art und Weise ist, seine Macht zu vermitteln, aber das habe ich ihr ja bereits einmal gesagt, was sie damit anfängt ist ihre Sache. Eins steht fest: Wirklich was davon mitgenommen hat sie nicht..

„Das erste Level beginnt noch relativ einfach, doch je nach Bestehen oder Nichtbestehen werden im Verlauf jedes Levels ein, zwei, drei oder vielleicht auch gleich zwanzig Teams rausgeworfen. Mit dem Wort „rausgeworfen" meine ich wie aus dieser Gesellschaft verbannt oder um es etwas schöner auszudrücken, isoliert. Genaueres erfahrt ihr dann, wenn ihr so weit seit, aber glaubt mir, wollen wird es keiner von euch. Das erste Level testet eure Überzeugungskraft. Ihr werdet immer von einem meiner Mitglieder getestet und in diesem Fall müsst ihr Matthias davon überzeugen, nicht von einem Hochhaus zuspringen. Selbstverständlich ist Matthias nicht wirklich Selbstmordbesessen, aber er wird euch nach bestimmten Kriterien bewerten, die zeigen wie sehr ihr ihn von dem Selbstmordversuch abbringen könnt. Wer es nach dem Kriterium geschafft hat, ihn davon zu überzeugen, wird direkt ins zweite Level übergehen können. Wer nicht, der.. ihr wisst schon. Getestet werdet ihr alle nacheinander so, dass die anderen natürlich nicht von euren Erfahrungen im bereits gespielten Level profitieren können und bis eure Ergebnisse feststehen, wird jedes Team, dass das Level bereits hinter sich hat, sich in der sogenannten Lobby aufhalten und mit reichlich Verpflegung und Getränken ausgestattet. Daraufhin werden euch die Testergebnis von der jeweiligen Person, in diesem Fall durch Matthias vorgestellt. Ich wünsche euch noch viel Erfolg und viel Spaß."

„Schon eigenartig jemanden von einem Selbstmordversuch abzuhalten, wenn er nicht einmal Selbstmordbesessen ist, oder?" fragte mich Tonia flüsternd in mein Ohr und ich stimmte ihr zu, aber gleichzeitig sagte ich ihr auch, dass es jetzt erstmal nur darum geht ihn davon zu überzeugen, dass er nicht springt. Die Namen der einzelnen Teams wurden in einer Reihenfolge auf einem Monitor erkenntlich gemacht, so konnten wir wissen wann wir dran sind, aber das ausgerechnet Tonia und ich zuletzt dran waren fanden wir schon etwas ätzend, aber gut wir konnten nichts anderes tun als zu warten bis alle fertig waren. Eigenartigerweise, dauerte es nicht ganz so lange und wir beide hatten Zeit uns noch etwas näher kennenzulernen. Die Teams brauchen im Durchschnitt 15 Minuten, die schnellsten bis jetzt sogar nur vier, da fragt man sich natürlich ob das nun gut oder schlecht ausgefallen ist. Je mehr sie mir von ihr erzählte, desto mehr gewann ich sie irgendwie lieb und ich glaube, dass das sogar auf Gegenseitigkeit beruhte. Ich hätte niemals gedacht das ausgerechnet wir beide irgendwann nebeneinander sitzen und über Dinge sprechen, über die man im eigentlichen nur mit engen Freunden oder der Familie spricht, aber wir verstanden beide, dass wir in diesem Spiel unsere eigene kleine Familie sind. Sie war sehr überrascht darüber ihren Vater ausgerechnet hier wieder zusehen und lebte bereits mit dem Gewissen, dass er tot sei.

Minuten und Stunden vergingen, bis jeder andere fertig war und nun unser Name auf der Tafel stand. Wir hofften die ganze Zeit über, dass bei ihrem Vater, Fau und Angelika alles gut gelaufen ist, schließlich waren sie die einzigen, die wir kannten und wollten sie keinesfalls verlieren.

Ein Mann, genau wie der letztere, eigenartig gekleidet und mit verzerrter Stimme, kam nun zu uns und führte uns in einen Fahrstuhl. Dieser war nur mit der Personalkarte und einem Fingerabdruck zu öffnen und zu nutzen. Durch den Fahrstuhl wurde uns erst klar, wie riesig dieses Gebäude, in dem wir uns momentan befinden, ist. Dieser war durch Glasscheiben erbaut und als wir bereits die Nummer 16 im Fahrstuhl erreichten, fragten wir uns, wie ein so hohes Gebäude bislang unverdeckt bleiben konnte? Oder war es uns bereits bekannt und es wusste nur keiner, was wirklich drin vorging? Wir erreichten das

22.Stockwerk und stiegen aus, eigenartig war, dass man auch nur wieder mit der Personalkarte und dem Fingerabdruck wieder herauskommt, da fragte ich mich, wenn sie doch eigentlich alles wissen, wieso legen sie dann immer noch einen so großen Wert auf Sicherheit? Wieso wird alles noch immer so streng bewacht und aus welchem Grund bleiben die Mitarbeiter noch immer unerkennbar? Vielleicht weil wir sie kennen?
Er ließ uns jedoch nur raus und fuhr selbst wieder runter. Vor uns war eine unglaublich große Terrasse und der Blick nach oben in den blauen Himmel erinnerte mich daran am Leben zu sein und machte mir Bewusst, dass ich bereits vergessen habe, wie schön das Leben eigentlich ist. Matthias war nur noch einige Schritte von uns entfernt und hat seine Rolle verdammt gut gespielt. Allein der erste Blick drückte Trauer, Erniedrigung und Selbstverzweiflung aus. Auch wenn man mit dem Bewusstsein dort hoch ging zu wissen, dass er sowieso nicht springen würde, fühlte es sich so echt an. Wir wollten uns langsam an ihn herantasten, bis wir nur noch 30 Zentimeter von ihm entfernt waren. Er sprach nicht wirklich viel und nuschelte die meiste Zeit, was die Sache nur noch schwieriger machte, aber ich versetzte mich einfach in seine Lage und fragte ihn, was der Grund für sein Selbstmordversuch sei. Er antwortete mit verstörter und zitternder Stimme: „Mein Leben ergibt keinen Sinn mehr, keiner ist für mich da und es wird auch niemals jemand für mich da sein. Meine Eltern wurden vor meinen eigenen Augen ermordet und mein Vater gab mir nur Recht um mir ein gutes Gewissen zu geben. Er wusste schon immer, dass ich im Unrecht war, egal was ich tat, er gab mir trotzdem Recht. Mein Leben beruht nur auf Betrug und

Lügen und das schlimmste daran ist, dass ich nichts tun kann um es rückgängig zu machen."

 Ich konnte mich nicht mehr halten, denn sie brachten unsere eigene Vergangenheit als Grund für seinen Tod hervor. Ich schrie ihm direkt ins Gesicht:,,Was fällt euch eigentlich ein? Mit unserer Vergangenheit spielt man nicht! Ihr verdammten Manipulationsroboter habt meine Eltern ermordet und das, vor meinen Augen. Soll ich jetzt lachen, oder dich lieber gleich von der Terrasse werfen? Weißt du was, spring doch! Von mir aus, spring doch, aber das wirst du sowieso nicht, weil du garnicht Selbstmordgefährdet bist. Du bist Teil dieses gestörten Spiels und findest es lustig mit den Gefühlen anderer zu spielen? Wenn du das so lustig findest, dann spring doch! " Seine Gesichtszüge veränderten sich plötzlich und er wurde ernst, nachdem ich ihn mehrfach wegschubste und immer weiter dabei schrie, dass er doch springen solle, obwohl er nicht einmal den Mut hätte es wirklich zu tun. Tonia hielt mich zurück und erinnerte mich ebenfalls schreiend daran, dass es doch nur ein Spiel ist und sie uns doch genau darauf testen. Ich schubste ihn jedoch weiter weg und fing ohne es auch zu wollen an zu weinen. Er hielt sich jedoch auch nicht länger zurück und packte mein weißes Hemd so stramm zu sich, als wollte er mich gleich selbst von der Terrasse schmeißen. Dabei schubste ich mich von ihm weg und mein Hemd blieb reißend in seinen Hand hängen. Es war zum Glück noch gerade unter meinem BH aufgerissen worden, doch dabei blickte er wie eingefroren auf meinen Bauchnabel oder wohl eher auf das, was darüber war: mein Geburtsmahl. Er nahm meine Hand und zog mich wieder an sich, dabei flüsterte er mir mit schockierten Augen ins Ohr: ,,Du musst sofort von hier verschwinden, die werden dich umbringen. Wie konntest du überhaupt noch am Leben sein?! Ich habe diesen Chip nicht in mir, also können sie nicht wissen, was ich gerade sage, doch du darfst nicht daran denken!!‹Er wusste jedoch, dass ein Mensch gerade an etwas denkt, an das er eben nicht denken soll. Er verpasste mir, bevor ich also noch daran denken konnte, einen unglaublichen Handschlag unter mein Ohr und ich lag am Boden› Ich werde dich unauffällig aus dem Server entfernen, aber du musst sofort von hier verschwinden!!! Tu so, als wärst du noch immer so wie sie, als könnten sie dich noch immer kontrollieren und handle noch immer so wie sie es von dir erwarten" Das einzige, dass ich ihn leise auf dem Boden liegend fragte, war:„Wer bist du?"

Daraufhin schloss ich jedoch immer wieder leicht die Augen und mir wurde etwas schwindelig. Anschließend schrie er mich an und behauptete plötzlich mit lauter Stimme, dass ich dieses unglaubliche Spiel nicht wertschätzen würde und dankbar wäre, wenn ich wüsste worum es hier geht. Das ganze war doch schon etwas merkwürdig, doch auf meine Frage habe ich trotzdem keine Antwort erhalten. Er schien mich zu kennen und wollte mir definitiv etwas klar machen.

Es war nicht die Überzeugungskraft, die sie testen wollten, nein sie wollten wissen wie wir auf unsere Vergangenheit reagieren. Das einzige jedoch, das ich in diesem Moment in meinen Gedanken sah, ist wie ein sechzehnjähriges Mädchen unter dem Tisch sitzt und zusieht wie ihre Eltern ermordet werden und das werde ich ihnen niemals verzeihen können. In der Zeit, wo Tonia mich versuchte, wach zu halten und nach Hilfe schreite, wurden wir wieder von dem Mann, der uns durch den Fahrstuhl gebracht hat, weggeführt. Er fragte mich, ob es mir

denn gut geht und ich tat zunächst auch so, als sei alles in Ordnung und verzichtete zunächst auf ihre Hilfe. Wer weiß, was diese Leute unter Hilfe verstehen... Ich stand also auf und er führte uns, wie jeden anderen auch in die Lobby. Dort erholte ich mich für einige Minuten und wir aßen und trunken eine Kleinigkeit. Alle anderen saßen ebenfalls dort, doch habe ich das Gefühl, ich bin die einzige, die wirklich sauer, verärgert und fertig wirkte. Einige Minuten später kam Claire durch die Tür der Lobby herein. Ihre dunkelbraunen kurzen Haare und ihre grünen Augen suchten förmlich nur nach mir. Als meine Augen auf ihre trafen, blieben sie dort auch erstmal für einige Sekunden stehen. Sie kam mir mit Schritt und Tritt immer näher. Claire hatte im eigentlichen eine sehr positive Ausstrahlung, deshalb fällt es einem auch so schwer zu glauben, was wirklich in ihr steckt. Diese Boshaftigkeit und ihre eiskalten Handlungen könnten unmöglich für die Claire stehen, die an jenem Tag, verstört und verheult aus dem Versammlungsraum flüchtete. Sie nahm meine Hand und zog mich aus dem Raum, dabei ist mir aufgefallen, wie zärtlich ihre Hände doch waren. Sie scannte ihren Fingerabdruck am Fahrstuhl, doch eigenartigerweise brauchte sie dafür keine Personalkarte. Als der Fahrstuhl sich öffnete, brachte Claire mich nach unten in ihr Büro und bat mich zunächst freundlich darum, mich zu setzten. Ich setzte mich hin und schaute ihr direkt in die Augen. Sie wusste, dass ich keine Angst vor ihr habe und gerade das machte ihr sehr zu schaffen.
„Zunächst einmal kann ich dir sagen, dass du bestanden hast, er ist schließlich nicht gesprungen, doch von deiner Strategie halte ich nicht wirklich viel. Ich habe ..." Dabei unterbrach ich sie und versuchte meine Stimme ruhig zu halten „Ob dir meine

Strategie nun gefallen hat oder nicht, ist dein Problem. Für mich ist nur wichtig, dass wir das erste Level hinter uns gebracht haben und das mit Erfolg. ‹ich musste daran denken, was mir Matthias gesagt hatte, dass ich noch immer so tun sollte, als sei ich unter ihrer Kontrolle, noch immer so zu sein, wie sie es von mir verlangen, aber wüssten sie es nicht sowieso, wenn ich sie belügen würde? Ich verstand ihn noch nicht ganz richtig, aber ich glaube, ich sollte so tun, als hätte Claire bereits gewonnen.›" Aus diesem Grund sprach ich zu ihr: „Claire, es tut mir leid, so habe ich das nicht gemeint, aber du hattest keine Vorschrift für die Strategie genannt, also habe ich einfach so gehandelt, wie es mir auch in den Sinn kam. Vielleicht sagst du mir einfach, was ich lassen soll und wieso dir meine Strategie nicht gefallen hat. ‹Selbstverständlich wusste ich, dass ihr meine Strategie aus einem einfachen Grund nicht gefallen hat: Es war einfach nicht so, wie sie es wollte, meine Strategie war unbewusst genial. Ich habe sie mit ihren eigenen Waffen geschlagen, weil ich wusste, dass er ja sowieso nicht springen würde.›"

„Orlien, du kannst gehen. Viel Glück beim weiteren Verlauf des Spiels!" Dabei verdrehte sie ihre Augen und sprach sehr provokant. Ich wusste nicht, ob ich darauf nun noch eine Antwort geben sollte oder einfach das Zimmer verlassen soll. Letztendlich entschied ich mich für letzteres. Ich musste mir immer zu unter mein rechtes Ohr fassen. Ich habe zwar nicht geblutet, aber es tat unglaublich weh. Als ich nun in unserem Zimmer angekommen war, dass im übrigen, der einzige Raum mit der Toilette war, den sie nicht durch Kameras überwachten, da sie unsere Gedankengänge sowieso immer kannten, saß Tonia bereits auf ihrem Bett und wartete auf mich, bis wir zum

Abendessen gehen konnten. Sie fragte mich, ob alles in Ordnung war, doch ich antwortete nur kurz mit einem ja und ging sofort ins Bad. Ich musste nochmals an das zurückdenken, was Matthias mir sagte, bzw. wovor er mich bereits warnte. Woher kannte er mich und wieso sollte ich eigentlich tot sein?!? Die Stelle unter meinem Ohr tat noch immer unheimlich weh und ich fühlte immer wieder drüber, bis mir klar wurde: Er hat den Chip zerstört. Seine Technik bei diesem Schlag war unglaublich genau und gezielt, als wüsste er ganz genau, welche Stelle er treffen wollte und wie er diese am besten erreicht. Matthias behauptete ebenfalls, er würde mich bzw. meine Gedanken unauffällig aus dem Server entfernen, doch das würde sofort auffallen, besonders Claire, die sowieso schon ein Auge mehr auf mich warf. Es war jedoch eine Tatsache: Man konnte den Chip vielleicht nicht entfernen, aber ihn von innen zerstören und das auch noch ohne, dass es jemand merken könnte. Matthias brachte mich auch nochmal auf den Gedanken, über meine leiblichen Eltern nachzudenken. Wer waren diese Leute, die sich meine Eltern nannten? Wieso schien Matthias ihnen so vertraut zu sein? Am aller wichtigsten: Wer war ich und wer wurde ich durch sie? Ich fühlte noch einige Male über die Stelle hinter meinem Ohr und betrachtete mich dabei, andauernd im Spiegel und fragte mich zum ersten Mal in meinem Leben, ob meine Eltern vielleicht einen guten Grund hatten, mich wegzuschicken? Ob es einfach zu meinem Wohl geschah?
Aber wieso sollte ich dennoch als tot gehalten werden?
Sollte ich vor etwas oder jemandem beschützt werden?

Ich weiß nicht, ob ich jemals eine Antwort auf all die Fragen erhalten werde, doch eins weiß ich genau, ich bin niemand, der aufhört nach Antworten zu suchen.

Tonia klopfte nach einigen Minuten gegen die Badezimmertür und machte mich nochmals auf das Abendessen aufmerksam. „Ich hoffe, dass es besser als das andere Essen wird, ich hasse Brokkoli und der war nicht mal wirklich durchgekocht. Naja meckern bringt hier schließlich nichts.. Also hoffen wir mal einfach auf das beste." Daraufhin öffnete ich die Tür und machte mich gemeinsam mit ihr auf den Weg zum Abendessen. Der Gang kam mir diesmal noch viel länger und schmaler vor und bevor wir uns noch setzen konnten, wurde mal wieder der Chip abgespannt. Vor uns hatte sich eine längere Schlange gebildet und ich fing an nervös zu werden. Ich hatte angefangen zu zittern und Angst davor, was mich nun als nächstes erwarten würde. Was ist, wenn sie merken, dass mit dem Chip irgendetwas nicht stimmt? Wie sollte ich darauf reagieren? Hätte ich überhaupt noch die Möglichkeit meine Reaktion, in die Tat umzusetzen?

Doch bevor ich meinen Gedankengang beenden konnte begab ich mich aus Nervositätsgründen auf die Toilette neben an. Vor dem Spiegel stehend erblickte ich jemanden, der mir die Hand vor dem Mund zuhielt und mich in die Toilette zerrte. Nach der Kraft zu urteilen, die diese Person verbrauchte, um mich rein zu bekommen, würde ich von einem Mann ausgehen. Er schloß die Toilettentür und nahm seine Maske ab, es war Fau…

Er schloss die Tür und für einige Sekunden standen wir nur da und schauten uns in die Augen. Ich musste in seine tiefen Augen blicken und konnte irgendwie nicht aufhören, als würde

ich zum ersten Mal etwas in ihm sehen, dass ich vorher nie wahrnehmen konnte. Vielleicht ging es ihm genauso...
Bis er anfing zu sprechen „ Orlien wir können nicht mehr bloß tatenlos zusehen, wie alles vor unseren Augen zerstört wird! Dieses System verwandelt Freiheit und Wissen in Kriminalität!!! Die wollen uns weiß machen, dass wir nutzlos und nur zu ihrem Zweck hier sind, aber..." Noch bevor er seinen Satz vollenden konnte, musste ich ihm den Mund zuhalten „ Bis du eigentlich des Wahnsinns?!?!?! Die wissen genau, was wir denken und tun und du posaunst es einfach hier rum?!?" Noch bevor ich weitersprechen konnte, fing er an mich zu unterbrechen: „Keine Sorge, er hat meinen ebenfalls zerstört ‹Er? dachte ich nur, hatte Matthias den Chip sonst noch irgendjemandem entfernt?› Ich weiß, dass ich dir vertrauen kann, da du trotz deiner kleinen, naja vielleicht auch etwas größeren Verrücktheitheiten ‹dabei kam ein leichtes Lächeln auf›, sehr intelligent bist. Erstens bist du nicht wie die anderen Mädchen, die mir sonst während der Uni hinterherlaufen und zweitens, du hast etwas, dass sonst keiner hat, weil es durch deine Vergangenheit beeinflusst wird: Manipulationsstrategien und jegliches Vertrauen zu anderen. Es ist ok, wenn du niemandem vertrauen willst, aber ich sage dir offen und ehrlich, wenn wir dieses System zerstören wollen, bevor es uns zerstört, müssen wir im Team arbeiten, unabhängig davon, ob du mir nun vertraust oder nicht."
„ Auf der einen Seite würde ich es dir liebend gerne glauben, aber nur weil wir in diesem Moment in dieser wohlgemerkt ekelhaften Toilette ‹auch ich brachte ein leichtes Lächeln zum Vorschein› so nah beieinander stehen und eine gewisse Nähe zu einander spüren, kann ich dir nicht wirklich viel glauben, aber

nachdem du mich und meine Vergangenheit bereits so gut studiert hast, lass mich fragen, woher du Dinge über mich weißt, die selbst ich noch hinterfrage und nicht als Tatsachen ansehen kann?"

„Ich verspreche dir, dass du die richtigen Antworten zum gegebenen Zeitpunkt bekommen wirst, aber jetzt musst du mich erstmal dieses Serum hinter dein rechtes Ohr einspritzen lassen. Die werden sofort merken, dass der Chip nicht funktionsfähig ist oder gar entnommen wurde. ‹Meine Blicke wurden immer beängstigter: Ich lasse mir doch nicht einfach so etwas von ihm einspritzen?!? Naja, aber was ist, wenn sie es tatsächlich rauskriegen sollten? Hatte ich etwa schon wieder keine Wahl?!? Doch die hatte ich, ich werde ihm dieses Serum zunächst einmal selbst hinter das Ohr spritzen..› Also, was sagst du, O' ?

„Ich sage, her mit dem Serum ‹dabei streckt er seine Hand und will es mir gerade einspritzen› Nein nein nein, ich meine genau das, was ich sage, ich will das Serum und es dir zunächst selbst geben, das müsste doch kein Problem sein, oder? ‹er klappt sein rechtes Ohr zur Seite, doch im gleichen Moment injizierte ich sie mir selbst. Er würde es schließlich nicht zulassen, wenn es gefährlich wäre› Das hätten wir ja dann erledigt, sonst noch irgendetwas? Oder darf ich jetzt auch zum Essen? ‹Aus irgendeinem Grund hatte ich gehofft, er wolle mir noch irgendetwas mitteilen, doch er öffnete bloß die Tür und streckte seinen Arm in dessen Richtung› Du bist schon irgendwie eigenartig ‹Auch dabei konnte ich mir ein leichtes Lächeln nicht verkneifen und auch er fing plötzlich an, vor sich her zu lachen› " Ich ging also wieder zur Kontrolle der Kantine, mein Chip wurde tatsächlich regulär gescannt und ich konnte endlich essen. Mit großer Mühe versuchte ich Tonia zu finden, doch sie war nirgendwo aufzufinden. Meine Augen durchblickten jeden einzelnen Winkel, doch sie war an keiner Stelle zu entdecken. Dafür winkte mir Fau zu und ich gesellte mich zu ihm. Ich fragte mich, ob ich mich nicht doch lieber von ihm fern halten sollte? Die Angst vor einer Beziehung und dem Vergehen, lassen mich einfach nicht in Ruhe, obwohl ich versuchte, es in diesem Moment zu überspielen. Leider kann man Gedanken nicht einfach so überspielen, je mehr wir hoffen, dass sie vorübergehen, desto öfter schwirren sie in unserem Kopf hin und her...

Ich blickte auf meinen Teller und schwirrte ständig mit dem Löffel durch die Suppe, die wohlgemerkt so klar war, dass sich Fau darin spiegelte. Mit viel Aufwand oder angemessenen Zutaten, wurde sie definitiv nicht zubereitet. Ich entdeckte immer wieder, wie er mich anschaute und daraufhin schnell wieder zur Seite blickte, sobald ich meinen Kopf wieder nach oben wand. Es war eigenartig, was hatte jemand wie Fau in mir gesehen? Als ich ihn ansah, kam ein Lächeln zurück. Ein Lächeln, dass einem zeigt, dass man trotz der eigentlichen Gefangenschaft noch immer etwas hat, dass man einem Menschen nicht nehmen kann: Gefühle.

Sie können uns vielleicht von Geburt an darauf automatisieren, keine Gefühle zu kennen und so tun, als würde man die Welt nur durch Fakten und Tatsachen darstellen können, doch dabei gibt es so vieles, dass sich auf diese Art und Weise unmöglich ausdrücken lässt. Vielleicht haben sie recht, vielleicht wollen sie uns einfach klarmachen wie viele Schwächen, Gefühle in einem Menschen verursachen können. Sobald jedoch aus Mutternatur, eine Frau auf einen Mann trifft, fangen beide an nachzudenken. Sie denken darüber nach, wie es wäre nicht alleine zu sein, wie wäre es angreifbar zu sein? Aber genau das, versucht Claire jedem aus dem Kopf zu schlagen. Wir dürfen ihrer Ansicht nach nicht verletzbar sein, wir sollten am liebsten nur funktionieren ohne zu wissen was ihr eigentlich tun und was dahinter steckt. Das bin ich aber nicht, ich bin keine Funktion und ich bin auch nicht 187!

„Wovor hast du Angst?" sprach Fau leise zu mir, ohne mich dabei anzuschauen. Diese Frage kam etwas überraschend, doch ich antwortete dennoch „Ich hab Angst vor dem, was ich werden kann, was sie aus mir machen können. Es ist eine Angst, die in so einem System unüberwindbar ist, und wovor fürchtest du dich?"

„Ich fürchte... ‹er überlegte einige Sekunden, als wüsste er nicht, ob er mit der Wahrheit antworten sollte› Gefühle... und Veränderungen... Eigenartig, Angst vor etwas zu haben, dass einen immer prägt. Ich habe Angst vor etwas, dass mich ständig umgibt und doch zeigt diese Angst keine körperlichen Schäden, umso mehr verursacht es psychisches Nachdenken, dass uns von Innen heraus kontrolliert. Wir werden kontrolliert, ohne es zu merken, weil wir denken, wir kontrollieren uns."

Irgendwie beeindruckte es mich, ihn so reden zu hören, als würden wir in diesem Moment einfach das sagen, was wir denken. Es ist komisch, dass es sich in seiner Nähe so anfühlt, als könnte ich sagen, was auch immer mir gerade durch den Kopf geht. Hatte ich Angst davor, dass er mich verändern könnte? Wieso stelle ich mir so viele Fragen? Wieso habe ich so viele Ängste? Wieso frage ich ständig wieso? Ich fing an etwas von der Suppe zu essen, sie war schließlich warm und hatte gar nicht mal so schlecht geschmeckt. Nach ungefähr 10-20 Minuten stand jeder auf und brachte sein Tablet weg, auch Fau stand auf. Ich wartete noch einige Minuten, damit das ganze nicht zu auffällig wird. Auf dem Weg in mein Zimmer, begegnete ich Tonias Vater. Wir tauschten zwar unsere Blicke, aber wir wussten, dass es nichts bringt hier zu sprechen. Wo denn dann? Wird es jemals wieder einen Ort geben an dem ich genau das sagen kann, was ich denke? Ich weiß nicht wie das hier weitergehen sollte, aber ich glaube das wusste niemand von uns. In meinem Zimmer traf ich nun wieder auf Tonia und fragte sie weshalb sie nicht beim Essen war. Sie antwortete zu erst nicht, doch dann fing sie an zu weinen und ich schaute auf den Monitor. Bei mir wurde das erste Level eingetragen, doch Tonia war immer noch auf Null...

Wie konnte das sein? Sie hatten doch sicher gesagt, dass die ersten sieben Runden im Team stattfinden würden. „Sie wollten von Anfang an sowieso nur dich haben. Es war bloß eine Frage der Zeit, bis sie mich ausscheiden lassen.

Sie könnten jeden Augenblick eintreten und mich mitnehmen, doch du musst mir eins versprechen: Pass auf Papa auf... < Es schien, als wüsste sie bereits, dass es passieren würde, Aber ich verstehe nicht wieso sie sich nicht an ihre Regeln halten? Ich zertrümmerte zum Boden und konnte nicht realisieren, was gerade passiert. Was würden sie ihr antun? Ich konnte sie doch nicht einfach hilflos dastehen lassen, was sollte ich nur tun? Oder besser, was stand in meiner Macht zu tun...?>" Ich nuschelte leise vor mich hin: „Das können sie doch nicht machen, sie müssen sich doch wenigstens an ihre eigenen Regeln halten und...<Ehe ich meinen Satz zum Ende bringen konnte, unterbrach sie mich>" „Die können alles, aber die wollen nur dich! Hör mal, ich weiß nicht, was passieren wird, wenn sie gleich durch die Tür spazierend kommen, aber ich weiß, dass du deine Eltern sehen und finden musst! Sie sind dir so einige Erklärungen schuldig…<in diesem Moment noch kam Claire durch die Tür mit zwei Männern, die sie dazu beauftragte Tonia mitzunehmen.>" „Komm mit <und sie ging einfach, als wäre es nichts wichtiges, nichts, dass ihr Angst machen müsste, nichts, dass sie vielleicht für immer verschwinden lässt… Als sie den Raum verlassen hatte, stand Claire alleine vor mir> So ist das eben, wer sich nicht an unsere Regeln hält, wird mit den eigenen Waffen geschlagen <und sie schlug die Tür zu." Musste Tonia wegen mir gehen? Weil ich auf der Terrasse gegenüber Matthias nicht so gehandelt hatte, wie sie es von mir wollte?!?! Diese Frau machte mich immerzu verrückter, doch noch schlimmer, entwickelte sich in mir ein unbeschreiblicher Hass. Ich wollte sie bloß noch leiden sehen, aber wie konnte ich jemand so mächtigen zerstören? Und noch in diesem Moment kam mir Fau in den Sinn, es war klar, dass ich für die Zerstörung Hilfe brauchte und er hatte recht, wir müssen etwas unternehmen! Heute war es Tonia, morgen vielleicht schon ihr Vater, die für die Fehler anderer bezahlen mussten…

In diesem Moment war ich mir sicher, ich werde nicht mehr tatenlos zusehen! Ich werde ihren Vater um jeden Preis beschützen und am aller wichtigsten: Ich muss wissen, wer meine Eltern sind und wo sie sich genau aufhalten.

Am nächsten Morgen musste ich meine Wut und meinen Hass zu Claire zurückziehen. So schwer es auch war, so musste ich mich doch unter Claire stellen, in einem System, dessen Führer momentan unbesiegbar ist. Dafür wissen sie einfach zu viel...
Das zweite Level hatte begonnen, genauso auch der Kampf zwischen mir und Claire.
Ich machte mich fertig, bis Claire anfing die Durchsage des heutigen Tages zu machen: „Heute ist der einzige Tag, an dem ihr mit eurer körperlichen Stärke überzeugen könnt. Es ist für uns wichtig zu sehen, wie ihr Strategie und Kampf miteinander verknüpfen könnt. Diejenigen, die aus ihren eigenen Fehlern ihren Partner bereits in der ersten Runde verloren haben, werden alleine antreten müssen. Die Teams werden gegeneinander kämpfen, so möge der bessere gewinnen. In 30 Minuten werden die einzelnen Teams von meinen Männern abgeholt und auf der Terrasse zum Kampf begleitet. Viel Glück und ein angenehmes Frühstück noch!"
Ich putzte mir noch schnell die Zähne und hielt mich ungewollt wieder einmal zu lange vor dem Spiegel auf, aber nicht, weil die Frisur nicht saß und ich meine äußerlichen Fehler betrachtete, aber um zu verstehen, wie ich die Schuld von Tonias Gefangennahme oder wer weiß, was sie mit ihr tun werden, verantworten kann. Das ist nicht richtig, das ist ganz und garnicht richtig. Ich habe nicht das Recht dazu, Menschen für meine Fehler bezahlen zu lassen, oder besser gesagt, haben die nicht das Recht dazu, sie für meine Fehler zu bestrafen.
Nach einigen Minuten schaute ich auf die Uhr und es waren bereits acht Minuten seit Claires Durchsage vergangen und ich

machte mich auf den Weg zum Frühstück. Auch heute sah ich Fau mir zuwinkend beim essen und gesellte mich zu ihm. Ich fing das erste Mal an mit jemandem, abgesehen von Tonia, zu lachen. Er hatte einen eigenartigen Humor und man wusste ihn oft nicht wirklich zu verstehen. Ich hatte mich gefragt, ob das vielleicht einfach an der Atmosphäre liegt oder es seine natürliche Art war, aber ich denke eher, dass die zweite Aussage zutreffender ist. Im gleichen Moment spielte sich ein Film in meinem Kopf über all meine Fehler ab...

Alle Menschen, die mir auch nur ansatzweise nahe standen, wurden mir genommen und ich hatte Angst davor eine Freundschaft zu Fau aufzubauen und gerade weil er ein Junge ist, habe ich Angst davor, es könnte noch mehr werden. Das System versucht jeglichen Kontakt zu Menschen zu unterbrechen um sie daran zu hindern, eine Beziehung zu ihnen aufzubauen. Sie wissen, dass ein jeder Mensch, eine Schwäche für seine Liebsten hat, doch sie wollen uns darauf programmieren bloß uns und niemand anderes zu sehen, bloß an uns zu denken um, um das eigene Überleben zu kämpfen. Es soll nicht um ein wir oder ihr gehen, es soll ein reines ICH herrschen!

Fau fragte mich, ob ich heute Abend etwas sehen wolle, dass mir zuvor nie bewusst war. Ich überlegte für einige Sekunden und antwortete ohne seine Frage zunächst einmal zu beantworten: „Sie haben Tonia mitgenommen... Ich bin nun auf mich alleine gestellt und ich will dieses System um jeden Preis zerstören! Du hattest mich bereits gestern gefragt, ob wir alle blind seien und nicht sehen, was um uns herum vorgeht, doch sehen wir es alle, wir wissen aber auch, dass wir nichts dagegen tun können. Die sind einfach überall und scheinen immer alles zu wissen und wenn du mal nicht nach ihrer Nase pfeifst, dann

wirst du mit deinen eigenen Waffen geschlagen und Menschen,
die dir nahe stehen, müssen für deine Fehler bezahlen!"
„Aber O', du willst dich doch jetzt nicht allen ernstes für den
Tod deiner Eltern, den der damaligen Mitspieler und vielleicht
sogar Tonia verantwortlich machen?! Du hast fair gespielt, aber
leider ist es nicht das, was sie wollen, sie wollen, dass wir ihre
Strategien verwenden, ohne diese eigentlich zu kennen! Sie
wollen uns in reine Funktionen an Maschinen verwandeln und
diejenigen, die sich dem System nicht unterordnen können,
oder gar wollen, werden mit ihren Schwächen bezahlt... Deshalb
müssen auch wir sie mit unseren eigenen Waffen schlagen! Wir
müssen sie mit dem bekämpfen, wovor sie sich am meisten
fürchten: Emotionen des Menschen. Das ist etwas, das sie nicht
kontrollieren können und wir, jederzeit in uns haben. Wir
müssen es nur noch richtig anwenden und das, ohne, dass sie
merken, dass wir es wollen. Sie müssen glauben, wir haben uns
durch unsere Schwächen, durch unsere Gefühle verleiten lassen
und sind somit schwach geworden. Wir müssen ihnen Gründe
geben, um uns zu eliminieren, doch sie brauchen uns, weil sie
wissen, dass wir gegen sie stark, aber mit ihnen noch stärker
sind, oder was meinst du sonst, weshalb dich Claire verschont
hat und stattdessen deine Schwäche: Tonia, angegriffen hat? Sie
braucht dich! Bist du bereit, für etwas, das dein Leben von
Heute auf Morgen verändern könnte? Bist du gegebenenfalls
bereit für einen großen Fehler???"
Ich schaute ihn nur an, bis wir beide plötzlich aufgerufen und
von den Männern mitgenommen wurden.
Nach einigen Minuten trennten sich unsere Wege, doch unsere
Augen, waren noch immer aneinander gefesselt. Sie brachten
mich diesmal ins zehnte Stockwerk, dort wurde ich in einen

Raum gebracht. Davor lagen andere bereits todgeschlagen auf dem Boden. Sie bluteten und hatten nicht einmal die Kraft ihren Schmerz durch Tränen auszudrücken.. Aber ich konnte nichts tun, Fau hatte recht, ich darf meine Emotionen nicht ins Spiel bringen, es ist allein mein Spiel. So musste ich nun denken und so hätte ich schon immer denken müssen, aber es ist trotzdem nicht das, was ich bin. Es ist bloß das, was sie von mir sehen wollen: Emotionslosigkeit und Selbststärke!
Meine Augen wurden mir anschließend verbunden, und ich spürte wie sie mich in einen Raum mit sehr weichem Boden brachten, ein Raum, der aus Matten zu bestehen scheint. In meinen Augen, der optimale Platz, für einen Kampf...
Ich habe mich nie wirklich mit irgendjemandem auf körperlich brutale Art geschlagen, ich hätte demnach keine Ahnung, wie ich mich verteidigen geschweige angreifen solle. Claire machte nun wieder eine Durchsage: „Ihr beiden seid nun hier um eure körperliche Stärke zu beweisen und ihr habt diese Möglichkeit auch nur heute, um das nochmals zu betonen. Wer aufgibt, hat dieses Spiel sofort verloren.. Also kämpft, denn kein Sieg ist Unmöglich! <Ihr könnt euch ja garnicht vorstellen, was für einen Hass ich auf diese Frau habe und wenn sie vor mir stehen würde, wüsste ich bestimmt, wie ich anzugreifen habe... Wenn sie so gerne Spielchen spielt, dann soll sie doch selbst kommen und mitspielen, aber es ist selbstverständlich einfacher, das Ganze als Herr über allem zu betrachten..>
Sobald ihr die Augenbinden abgenommen habt, beginnt der Kampf. Nimmt sie nun ab"
Fau?!?
Wir starrten für einige Sekunden bloß aufeinander, bis er unmittelbar anfing mich anzugreifen. Seine Zimmerkameradin

Angelika blieb einfach nur da stehen und wusste nicht wie sie anfangen sollte. Vom Kämpfen hielt sie einfach nichts, genau wie ich.. Sie wurde darauf hin sofort raus gezerrt, es schien also, als sei klar, dass sie sowieso nichts tun würde, im Gegensatz zu Fau..Er lief mit gefühlt 100km/h auf mich zu, als wäre er ein Tier und ich sein Futter für den heutigen Tag. So habe ich ihn noch nie erlebt, wenn ich ihn überhaupt mal irgendwie erlebt hatte... Und was sollte ich jetzt tun?! Ich lief, dieser Raum war tatsächlich eines der größten Räume, die ich je gesehen hatte. Aber, wenn die Wand nunmal vor dir steht und du nicht mehr weißt, wohin du gehen sollt, so bleibst du einfach stehen. Es ist wie eine eingefrorene Zeit in deinen Gedanken, bloß, dass dein Gegner noch immer dabei ist, dich umzubringen. Ich starrte auf die Wand, Fau kam von hinten auf mich zu und schmiss mich zu Boden, zuerst lag ich mit dem Bauch zu den Matten, doch als er plötzlich rief: „Schau mich gefälligst an, wenn du den Tod vor deinen Augen siehst! ‹ich verstand im ersten Moment nicht wirklich, was passierte, aber er hatte recht! Wir müssen sie mit dem bekämpfen, wovor sie sich am meisten fürchten: Emotionen des Menschen. So tun als würden wir uns umbringen wollen und eigentlich auf unsere Gefühle hinauf spielen.›" So lag ich auf dem Rücken. Ich schaute ihn an, versuchte mich zu befreien, doch er war einfach zu strak, jedes mal, wenn ich ihn anschaue und wirklich nur anschaue, ohne mich irgendwie zu währen, wurde er irgendwie schwacher. Plötzlich stand er auf und zog mich mit seiner Hand vom Boden. Er hielt meine Hand fest, er hielt sie fest und nahm daraufhin auch die andere. Er gab mir ein Gefühl der Wärme und Zugehörigkeit, ein Gefühl, dass ich schon lange nicht mehr in mir trug. Wir schauten uns an und wussten nicht, was wir tun sollten, bis die Männer ins Zimmer stürzten und ihm befahlen, meine Hand loszulassen, doch Fau reagierte nicht. Sie kamen zu uns und rissen uns auseinander und ich hatte ihn endlich verstanden. Sie kennen unsere Schwäche nun und wissen, dass wir nicht direkt nach ihren Anweisungen vorgegangen sind. Ihre Anweisungen nicht zu befolgen gibt ihnen das Gefühl, nach unserem eigenen Willen gehandelt zu haben. So gehandelt zu haben, wie wir es für richtig halten, es schien real..

Wie sie darauf reagieren werden, ist eine andere Frage, aber wenigstens, denkt Claire zumindest, dass wir unseren eigenen Gefühlen gefolgt sind.

Ich frage mich bloß, ob dieses Gefühl, das in diesem Moment durch meine Hände ging, auch er spürte. Ob es mehr, als nur ein Vorspiel war???

Fau würde es nie zugeben und er weiß, dass ich das erst recht nicht tuen würde...

Ich denke, dass es so wohl besser war. Fau zeigte mir wieder eine ganz andere Seite. Er ist in der Lage so zu denken, wie andere Männer es nie tuen würden. Fau weiß immer genau, was er will und möchte sich seine Ziele nicht vor den Augen wegreißen lassen, deshalb umgeht er Hindernisse, möglichst schnell. Auch wenn es um die Liebe geht...

Sie ist das Gefühl, an das ich aufgehört hatte zu glauben und er schien das ebenfalls getan zu haben. Ich weiß von einigen Mädchen aus der Uni, dass Fau, neben seinen Liebhaberinnen, auch einige festere Beziehungen hatte. Wie gesagt, er lässt sich sein Ziel auch nicht für die Liebe zusperren, denn sobald er merkte, dass eine Beziehung ihm von seinem Ziel abbringen würde, so wurde diese, nach seinem Verlangen beendet. Wie sich das Mädchen fühlen würde, dass hatte ihn nie interessiert.

Ich bin aber nicht eine von vielen!

Ich stoppte meinen Gedankengang noch in diesem Moment, ich tue es ja schon wieder, ich denke schon wieder über eine engere Beziehung zu Fau nach! Das sollte ich aber nicht, dass ist doch nicht richtig, wahre Liebe kann nicht existieren.. Es hat sie noch nie gegeben und es wird sie auch niemals geben, oder etwa doch......?

Das war das erste mal, dass ich aus Erfahrungen resultierende Ereignisse, nochmals hinterfrage...

Ich wurde schon so oft betrogen und belogen, ein weiteres mal könnte ich vielleicht nicht verkraften.

Ich wurde mit garnicht so viel Gewalt, wie ich es eigentlich erwartet hätte, ins Zimmer gebracht. Sie brachten mich rein und auf meinem Monitor hatte sich bereits, dass zweite Level aktualisiert, aber wie konnte das sein? Fau war definitiv stärker als ich und es konnte doch nur einer gewinnen?!

Aber so schön Tonia immer wieder zu sagen pflegte: „Die können tuen und lassen was sie wollen und das auch noch wann oder wo sie es wollen"

Es schien mir wie eine Diktatur, die nicht mehr aufzuhalten ist...

Eine Diktatur in der die einzige Macht gegen diese, in der Liebe stecken könnte...

Was hatte Fau bloß vor und wann würde ich zwischen Vorspiel und Realität differenzieren können?

Diese Frage werde ich mir wahrscheinlich nie beantworten können...

Den restlichen Tag hatten wir zunächst einmal nichts mehr zu tuen, abgesehen vom Einhalten der Zeiten für das Essen. Bis zum Mittagessen blieben mir aber noch fast drei Stunden und ich wollte einfach nur hier weg, ich wollte bloß noch für mich alleine sein, am liebsten irgendwo draußen in der Natur.

Ich dachte darüber nach auf die Terrasse zu gehen, bis es plötzlich an meiner Tür klopfte. Claire oder irgendeiner ihrer Männer konnten es nicht gewesen sein, die klopfen garnicht erst, bevor sie rein kommen. Ich machte sie auf und Fau stand vor mir. Er fragte garnicht erst, ob er rein kommen dürfe, sondern spazierte einfach rein.

Er zog meine Hand mit ins Badezimmer, der einzige Ort ohne Überwachung, der einzige Ort, der es einem Menschen erlaubt, der zu sein, der er ist. Er verschloss die Tür und fing an „Der erste Schritt ist bereits geschafft, ob sie in dem Glauben unseres Vorspiels leben werden, ist eine andere Frage… Emotionen zu zeigen und diese nicht zu unterdrücken ist ihre Schwäche. Das ist etwas, dass sie nicht kontrollieren können, etwas, dass in ihren Augen stark genug ist, um das System zu Grunde zu richten. Und genau das müssen wir schaffen: Das System zerstören, ohne dass sie etwas dagegen tun können. Zudem ist es sehr wichtig, dass wir Tonia, von wo auch immer sie gerade ist, zurückholen. Unser erster Schritt in die Revolution war bereits dein Akt auf der Terrasse, der nächste, wird unsere Beziehung und zudem die Freiheit Tonias."

„Moment mal! Woher weißt du von dem Vorfall auf der Terrasse?? Es waren doch bloß Matthias, Tonia und ich dabei?!?"

„Ist das dein ernst?! Jeder weiß davon! Claire hat dich vor den Augen aller Beteiligten mit sich gezogen und daraufhin verplapperte sich einer ihrer Männer, wie üblich.. Außerdem nimmt Claire bestimmte Leute nur aus zwei Gründen persönlich mit: Entweder sie sind genau so, wie sie es sich vorstellt und pfeifen genau nach ihrer Nase, oder sie sind eine Gefahr für sie. Da ich nach deinen letzten Aussagen wohl eher nicht davon ausgehe, dass du jemand bist, der einfach genau das tut, was man dir sagt, bist du definitiv eine große Gefahr für sie. Zeige mir diese Stärke und lass uns beginnen, was wir vom ersten Tag dieses gestörten Spiels schon immer hätten tun sollen: Uns gegen das System zu stellen!!! Unsere Beziehung wird und das verspreche ich dir, nur ein Vorspiel sein.. <Für einige Minuten herrschte eine gewisse Stille und wir schauten uns nur an, als wollten wir eine Beziehung zwischen uns real machen, aber wie gesagt, keiner von uns würde es jemals zugeben, auch wenn wir es uns wünschen würden..> Einverstanden?"

„Ich stimme dir zu, aber nur um das klar zu stellen: Du bist ein Mann und ich eine Frau.. Du weißt, dass die Anziehung und der Wunsch nach einer Beziehung immer da sind. Der Wunsch dem anderen nahe zu sein und die Tatsache, dass es in so einem System nicht erlaubt ist, macht den Wunsch danach nur noch größer.."

Plötzlich fasst er meine Hand und spricht: „Spürst du etwas?"
Ich sagte nichts, aber ich verstand was er mir damit sagen wollte.. Man darf körperliche Berührungen und Anziehungen nicht als wahre Gefühle annehmen. Man muss sie unzugänglich machen und wenn einem das nicht gelingt, so hat so jemand in einem Spiel wie diesem bereits verloren.

„Lass meine Berührungen deinen Gefühlen unzugänglich werden. Spüre sie nicht. Lass es einfach geschehen, aber ohne, dass sie dir etwas bedeuten..."

„Von mir aus... Ich gehe dann jetzt..<Ich wusste nicht, was ich noch dazu sagen könnte, ob eine Beziehung ein Vorspiel bleiben kann, weiß ich nicht, aber was ich weiß, ist, dass ich jetzt endlich weg will, auf die Terrasse>"
„Lass uns zusammen gehen, wir sollten unauffällig, aber dennoch auffällig Claire gegenüber unsere Beziehung zum Vorschein bringen."
„Ok.. Ich möchte aber nur auf die Terrasse.."
„Kein Problem, etwas frische Luft tut uns bestimmt sehr gut."
Er nahm meine Hand, wir gingen aus dem Zimmer und machten uns nach oben auf den Weg zur Terrasse. Selbstverständlich durfte man den Fahrstuhl nur durch scannen mit unserem Chip benutzen, damit sie auch genau wissen, wo wir uns mal wieder wann befinden. Wir stiegen aus und wie erwartet, habe ich endlich wieder das gefühlt, dass mir schon so lange gefehlt hatte: Freiheit!
Ich hatte das Bedürfnis seine Hand zu nehmen und tat es einfach, als sei ich weder an Pflichten noch an irgendwelchen Normen gebunden. Wir gingen einfach hin und her, Fau fing an, immer wieder grundlos zu lachen und ich stand einfach neben ihm und genoss die Luft. Den Duft der Freiheit zu spüren ist das schönste, dass man sich hier vorstellen kann. Fau fragte mich, warum ich immer wieder versuche von den anderen herauszustechen und in diesem Moment noch herrschte plötzlich eine eigenartige, aber dennoch ernsthafte Stimmung..
Ich fragte „Was genau meinst du damit?"
Er antwortete „Ich meine, dass du dich in allem was du tust von den anderen unterscheidest. Wieso?"

Daraufhin sprach ich etwas zornig zurück „Hast du vielleicht mal drüber nachgedacht, dass es einfach meine natürliche Art ist?

Das es einfach das ist, was ich bin? Warum haben Menschen nur immer ein Problem mit Leuten die anders sind, mit Leuten, die die Welt verändern können? Ich steche nicht absichtlich heraus und..<er unterbrach meinen Satz>"

„Genau das meine ich doch, du tust es nicht einmal mit Absicht, ich meine, wie schafft es ein Mensch wie du, die ständige Aufmerksamkeit Claires auf sich zu ziehen?"

„Entschuldige mal bitte?! Wir können gerne tauschen! Wenn ich nicht ständig von ihr beobachtet werden würde, würde es mir auch definitiv einfacher fallen, einen Plan gegen das System zu entwickeln, der sich auch in die Tat umsetzen lässt!! "

Dabei flüsterte ich vor mich hin „Das ist ja mal wieder typisch für euch Männer <und ließ seine Hand los>"

„Bitte was soll das heißen, typisch für euch Männer?? <und hielt meinen Arm fest>"

Ich riss mich los und versuchte es ihm zu erklären „Es ist „typisch Männer" eine Frau nicht erfolgreicher sehen zu können, als man selbst, selbst wenn dass durch die Aufmerksamkeit eines Feindes dargestellt werden sollte! Das ist mir bereits in der Uni aufgefallen! Du hast ständig ein Problem mit Menschen, die besser sind als du! <ich merkte noch in diesem Moment, dass ich vom Thema abkam, aber ich sprach dennoch weiter> Unsere Zusammenarbeit hat noch nie funktioniert, weil du nicht in der Lage bist, dir Dinge einzugestehen! Weißt du was Fau? Jeder strebt im Leben danach, etwas zu erreichen, etwas aus sich zu machen, erfolgreich zu sein, doch auf der Leiter zum Erfolg entstehen leider Hindernisse! Aber du bist nicht jemand, der sich darum bemüht, diese zu überqueren oder irgendwie durchzustehen, nein du bist jemand der denkt, dass wenn er das Hindernis doch einfach umgehen kann, es doch keinen Grund dafür gibt, sich die Mühe zu machen und es selbst in die Hand zu nehmen! Dabei vergisst du leider etwas: „Hindernisse, die du nicht selbst überqueren kannst und einfach umgehst, häufen sich!" Deine Probleme werden nicht gelöst, sondern nur aufgeschoben auf eine höhere Stufe der Leiter und das geht immer so weiter mit jedem einzelnen Hindernis, dass dir in die Quere kommt! Und genau aus diesem Grund bist du auch noch nicht das, was du immer sein wolltest: ERFOLGREICH!!"

Ich atmete für einige Sekunden auf und dachte nochmals darüber nach, was ich gerade gesagt hatte..

Ich denke, dass ich aus moralischen Gründen einige Dinge wieder zurücknehmen sollte, aber die Moral war mir in diesem Moment einfach egal.

„Orlien... Das war nicht so gemeint.. Ich wollte bloß erklärt bekommen, weshalb du ständig die Aufmerksamkeit so wichtiger Leute auf dich lenken kannst, dass es deine natürliche Art ist, tut mir leid! <Er wurde wütend und man merkte, dass ihn meine Worte mitgenommen hatten, was mir gleichzeitig bewiesen hatte, dass ich mal wieder, die nicht zu akzeptierende Wahrheit ausgesprochen hatte, die nebenbei erwähnt, auch meinen Eltern beziehungsweise meinen Adoptiveltern das Leben gekostet hatte> Denn es ist genau die gleiche Art, die dir den Kontakt zu Menschen und eine Beziehung zu ihnen verschlossen hielt und deshalb bist du noch immer da, wo du schon immer warst: ALLEINE!"

Es herrschte einfach nur Stille, eine beängstigende Stille...

Wir beide wurden mit dem konfrontiert, was wir zwar schon immer wussten, aber nie wirklich realisieren wollten...
Das tat einerseits weh, aber auf der anderen Seite öffnete es uns gleichzeitig die Augen. Ich, alleine und er, erfolglos...
Ich setzte mich auf den Boden und fragte mich, weshalb Menschen wohl Fehler machen, weshalb sie überhaupt auf eine falsche Bahn geraten? War ich vielleicht wieder einmal zu stur um mir selbst etwas einzugestehen? Um mir einzugestehen, dass ich einen Fehler gemacht habe?
Ich stand wieder auf und schaute Fau nur mit dieser einen Frage an „Es gibt so viele andere Mädchen, die noch viel unauffälliger sind und überhaupt nicht für Claire als jegliche Gefahr in Frage kommen würden, wieso hast du dich für mich entschieden? Ich meine, zwischen uns beiden gibt es sogar eine Verbindung zur Uni, wieso also ausgerchnet.. <Fau machte einen raschen Blick hinter sich und unterbrach mich>"
„Weil ich dich verdammt nochmal liebe! Ja ich liebe dich! Und jedesmal wenn ich dich sehe, wenn ich deine Hand berühren darf, kommt dieses Gefühl von neuem hoch. Auch wenn wir während der Universität nie wirklich Kontakt zueinander hatten, wusstest du schon immer am meisten über mich!
Ich liebe es wie du auf deine Weise über Dinge nachdenkst, die für andere selbstverständlich sind.
Ich liebe es wie du mich ansiehst, weil mir deine Blicke ständig ein Gefühl von Hoffnung der erwiderten Liebe geben.
Ich liebe es wie du lachst, wie du weinst und wie du dich ausdrückst.
Ganz einfach, Ich Liebe Dich...
Und das aller wichtigste für mich ist etwas, dass ein weiser Mann bereits vor mir erkannte: Liebe ist Freundschaft, wenn sie

nicht meine beste Freundin sein kann, dann kann ich sie auch nicht lieben. Du wurdest zu einer guten Freundin, eine Freundin mit der man über alles mögliche reden kann, eine Freundin, die sowohl mein Glück als auch mein Leid versteht und dafür liebe ich dich!"

Ich schaute ihn an und so wie er mich anscheinend kennt, wird er genau wissen, worüber ich gerade nachdenke: Das ist doch wohl nicht sein ernst, oder? Meint er das wirklich ernst? Ist es Teil des Spiels? Bis ich Claire hinter ihm oberhalb der Terrasse in einer Art Wintergarten sah, wurde mir alles klar..

Hatte ich für einen kurzen Moment darauf gehofft, es sei wahr? Er liebe mich wirklich? Ich musste meine Gefühle umgehen und ihm eine glaubwürdige Antwort geben.

„Fau, ich spüre ebenfalls eine gewisse Nähe zu dir, aber ob wir es wirklich als Liebe bezeichnen sollten? Ich meine, ich schaue dir in die Augen und weiß, dass es passen kann, dass es möglich sein könnte, aber auf welchem Risiko? <Er hält meine Hand>"

„Man kann der Liebe nicht vorschreiben, wann sie eintreten darf und wann nicht, wenn sie da ist, ist sie einfach da.."

Er führt meine Hand nun in Richtung Fahrstuhl und wir gehen gemeinsam hinunter.

Ich verstehe ihn einfach nicht! Ich meine, allein der Gedanke, dass ich darüber nachdenken muss, ob er etwas nun ernst meint, oder nicht, allein der Gedanke, wie ich sein Verhalten ständig hinterfragen muss, macht mich unsicher und ich glaube nicht, dass das gut gehen wird...

Er hielt meine Hand bis wir an unseren Zimmern ankamen und jeder mit einem leichten Wiedersehen sein eigenes Zimmer betritt.

Für mich änderte sich in diesem Moment einfach alles! Die Gedanken um Fau waren immer noch da, aber sie waren in diesem Moment nicht mehr so wichtig, denn......

Tonia stand vor mir..

Mir wurde klar: „Jetzt verstehe ich gar nichts mehr! Erst nimmt Claire sie mit und bringt sie dann wieder zurück!?! NIEMALS! Irgendetwas geht hier vor und ich muss schnellstens herausfinden, was das ist! "

Claire kam noch in diesem Moment rein und stoppte wie üblich meinen Gedankengang.

Sie flüsterte mir: „Tonia hat eine kleine Strafe erhalten.." bis sie dann wieder lauter wurde: „Nun kann es sein, dass es ihr noch nicht ganz so gut geht, aber sie kriegt sich schon wieder ein. Ob du es nun glaubst oder nicht, aber sie bestand unbedingt darauf das Spiel mit dir gemeinsam durchzuziehen, denn wie nur wenige, kannst du sehen, dass sie ihre Strafe überstanden hat und wie versprochen, darf hier jeder nach Erfüllung seiner Aufgabe beziehungsweise nach dem Überstehen seiner Strafe in die wohl verdiente Freiheit zurück gehen, aber nein, sie entschied sich hier zu bleiben um das Spiel gemeinsam mit dir zu gewinnen, dennoch weiß sie, dass es nur einen Gewinner gibt. Sie weiß, dass nur einer gewinnen kann und dennoch gibt sie ihre Freiheit für dich auf. Das werde ich wohl nie verstehen, naja ich denke dafür ist wohl das unverhoffte Mitgefühl der Menschen verantwortlich. "

Sie verließ das Zimmer und ließ uns alleine. Bis zum Mittagessen hatten wir noch ca. eine Stunde, in der wir uns auf mein Bett setzten und redeten. Selbstverständlich fing ich an zu fragen, ob es ihr gut geht und was Claire wohl mit ihr gemacht hatte, aber sie antwortete nur: „Mir geht es wirklich gut, hast du zwischendurch nach Papa geschaut? Geht es ihm gut?"

Ich antwortete: „Deinem Vater fehlt es an nichts, aber wie kannst du sagen, dass es dir gut geht, wenn du für gefühlte Ewigkeiten weg warst und Claire noch sagte, dass sie dich wohl schön bestrafte? <Tonia kam mir eigenartig vor. In solchen Momenten würden wir ehrlich miteinander reden und sie würde ehrliche Antworten geben, doch sie redete nur drum herum und ich versteh einfach nicht wieso, ob ich ihr nun auch von Fau erzählen sollte?>"

„Claire wollte dich mit der Aktion nur erschrecken, sie hat mir nichts angetan, es war bloß so, dass sie dir eine Lektion erteilen wollte, weil du dich leider nicht an die Regeln gehalten hast"

Ich überlegte für einen kurzen Moment, aber seit wann würde Tonia sagen: „Weil du dich leider nicht an die Regeln gehalten hast." Ist das ihr ernst?! Irgendetwas stimmt hier nicht.. Das Problem st nur, dass ich nicht über die entsprechenden Mittel verfüge, um herauszufinden, was hier passiert, aber irgendwann und da bin ich mir sicher, genau wie Fau auch sagt, werden sie einen Fehler machen und dieser Fehler wird mir die Augen öffnen.

Ich entschloss mich, ihr von Fau zu erzählen, denn wenn sie dann darüber nachdenkt, wird es Claire bestimmt einfacher fallen, unser Vorspiel hinzunehmen.

Also fing ich an: „In der Zeit, wo du nicht da warst, hat sich eine Kleinigkeit verändert.. Ich und Fau fingen an, Gefühle für einander zu entwickeln. Ich weiß, dass ich in der Regel nichts von der Liebe und ihren Gefühlen halte und ich weiß auch nicht, ob das zwischen uns etwas ernstes ist oder eher Zeitvertreib, aber es ist zunächst einmal da. Ich weiß ehrlich gesagt auch nicht genau, wie und wann es passierte, aber irgendwann fing es einfach an...<sie unterbrach mich>"
„Hast du irgendwelche Strategien für das nächste Level vorbereitet? <Hat sie mich die letzten zehn Minuten ignoriert? Ich erzähle ihr von etwas so ungewöhnlichem und sie fragt mich nach einer Strategie für das nächste Spiel?!>"
Ich antwortete ihr: „Nein tut mir leid, aber willst du denn gar nichts zu Fau sagen??"
Aber sie sprach nur: „Hör mal, ich weiß, dass du erwachsen genug bist, um eigene Entscheidungen zu treffen, also denke ich auch nicht, dass wir nochmal auf irgendeine Art darauf eingehen sollten. Was wir aber tun sollten, ist uns eine nächste Strategie für das nächste Level auszudenken <Wir wissen nicht einmal, wovon das dritte Level handeln wird und sie hackt die ganze Zeit auf einer Strategie herum, als wolle sie mir Informationen entnehmen...> "
Ich umging ihre Frage einfach und machte sie auf das gleich bevorstehende Mittagessen aufmerksam. Es war bereits Viertel vor eins: „Wir sollten uns für das Mittagessen fertig machen, ich habe schon richtigen Hunger bekommen!"
„Na gut" fing sie an, „Ich wasche mir noch gerade die Hände und bin in zwei Minuten zurück."
Seit wann bitte erzählt sie mir von so kleinen Ungenauigkeiten?

Also entweder war die Strafe so hart, dass sie nicht mehr diejenige ist, die sie einmal war, oder ich habe sie die ganze Zeit über falsch wahrgenommen.

Wir machten uns nun gemeinsam auf den Weg zum Mittagessen und irgendwie lief alles anders als gedacht ab. Ich hätte gedacht, sie würde mir davon erzählen, was ihr passierte und wie sie es geschafft hatte wieder zurückzukommen, aber es schien mir so, als würde sie, die ganze Zeit über nur nach vorne schauen und mich ignorieren. Wir scannten unsere Chips und durften uns nun am Buffet, das nebenbei erwähnt, das einzige schöne an dem ganzen war, bedienen.

In diesem Moment griff Claire nach dem Brokkoliauflauf?!?!! Sie hasst Brokkoli, besonders, da sie ihn nie wirklich durchkochen! Das kann unmöglich Tonia gewesen sein!

Diese Person war alles, aber definitiv nicht Tonia!

Wir setzten uns zu Fau an den Tisch und ich zwinkerte ihm ständig zu um ihn auf das ungewöhnliche Verhalten Tonias aufmerksam zu machen, aber er schaute einfach nie zum richtigen Moment rüber.

Als wir fertig waren, gab ich Tonia bescheid, dass sie ruhig schon ohne mich vorgehen sollte, da ich mich noch mit Fau unterhalten müsse. „Fau, das ist nicht Tonia!"

Er fragte „Wie meinst du das?"

Ich antwortete ihm „Sie hat sich heute vom Brokkoli ernährt und sie hasst Brokkoli! Ich glaube, dass das der Fehler ist, auf den wir gewartet haben! Die haben irgendetwas mit ihr gemacht, entweder war es eine Gehirnwäsche oder ein Serum oder sonst irgendetwas!"

Er antwortete zunächst nicht und Claire fing wieder an „Heute werdet ihr, meine Lieben, auf euer Wissen getestet. Jeder von euch hat seinen eigenen spezifischen Bereich, in dem er oder sie sich besser auskennt. Zu Anfang dieses Levels steht für jeden einzelnen von euch, ob nun im Team gearbeitet wird oder nicht, auf eurem Monitor ein Bereich bzw. eine Fachrichtung für welche ihr euch entscheiden könnt. Wählt den Bereich, der euch eurer Meinung nach, am besten liegt und an dem ihr am meisten Spaß habt! Daraufhin werdet ihr in eurem Team durch unterschiedliche Test laufen, welche uns beweisen sollen, wie gut ihr euch mit dem Bereich wirklich auskennt. Möge wie immer der besser gewinnen."

Wir begaben uns alle auf unsere Zimmer zurück und entschieden über den Bereich, den wir am besten beherrschten. Ich verstehe aber immer noch nicht, wieso?

Ich meine, wenn die doch sowieso alles wissen, warum sollten wir noch darauf getestet werden, was wir am besten können? Auf dem Bildschirm waren nicht nur klassische Schulfächer, wie Mathe, Englisch, Physik oder Chemie, es waren auch einfache Bereiche aus dem alltäglichen Leben, wie kochen, reden, sammeln von bestimmten Gegenständen, aber ich fühlte mich dem Begriff „Nomizo" am meisten zugeordnet. Es ist griechisch und bedeutet, denken. In meinen Augen, konnte ich noch nie, etwas besseres.

Es fing an, ein Countdown von zehn Sekunden auf dem Monitor herunter zu zählen, also wählte ich es schnell und bestätigte, doch plötzlich war „selbstverständliche Hingabe" auf dem Monitor zu sehen und der Countdown war abgeschlossen. Was?

Ich schaute zu Tonia und sie hatte den Begriff „Anweisungen" auf ihrem Bildschirm. Das war ja wieder klar.. Es ging mal wieder nicht um das, was wir am besten konnten, sondern um

das, war wir eben nicht so gut mit unserem Gewissen
vereinbaren konnten und für Tonia waren es definitiv
Anweisungen...
Ich kann mich im Moment aber einfach nicht auf das Spiel
konzentrieren. Ich muss herausfinden, was hier passiert und
was mit der richtigen Tonia passierte.
In diesem Moment noch viel mir etwas ein, dass mir schon viel
früher hätte einfallen sollen!! Matthias manipuliert meine
Gedanken doch extra für Claire, also wüsste er auch als
einziger worüber ich nachdenke. Ich fing an in meinen
Gedanken mit ihm zu sprechen „Matthias, du arbeitest für die,
du weißt, was sie vorhaben und wo sie vielleicht ihr kleines
Versteck haben, in dem die all die eigenartigen Dinge
durchführen. Fau und ich sind nicht blöd, aber auch nicht
Hyperintelligent. Wir wissen schon vieles, aber wir laufen
dennoch immer wieder gegen die Wand, aber der letzte Hinweis
war am ausschlaggebendsten! Tonia ist definitiv nicht Tonia!
Gib mir irgendein Zeichen oder einen Tip, damit wir
herausfinden, was hier vor sich geht. Verpassen sie den
Menschen irgendwelche Gehirnwäschen? Werden sie einer
Hypnose unterzogen? Was machen die, damit sie zu dem
werden, was sie wollen ‹auf einmal taucht eine Stimme in
meinen Gedanken auf..› Matthias: Ich hätte das eigentlich nie
tun dürfen, aber sie klonen sie... Du darfst jetzt auf gar
keinen Fall irritiert, erschrocken oder sonst irgendwie
auffällig schauen, nimm es einfach hin. Meine Stimme ist mit
deinem Chip verbunden, so wie alle Chips mit einem Mitarbeiter
verbunden sind. Wir versuchen dadurch bestimmte
Gedankengänge in den Köpfen der Mitspieler einzuflüstern. Sie
wissen natürlich nicht, dass das funktioniert und denken, dass

sie paranoid oder verrückt werden, weil sie ständig leise Stimmen hören. Gentechnologien erlauben heutzutage einfach zu viel und wir Menschen wollen leider immer mehr.. Das genetische Material wir der zu klonenden Person entnommen, dabei spielt besonders die DNA eine große Rolle. Sie enthält sozusagen die Basis, denn sie ist der Träger der Erbinformationen. Durch Einsetzen der genetischen Informationen in die Eizelle einer Leihmutter, wird es möglich die Person zu klonen. Die geklonte Person stirbt aber nicht dabei! Das bedeutet zum einen, dass es schön ist zu wissen, dass Tonia noch am Leben ist, aber sie wird nur noch künstlich am leben gehalten und täglich nur mit dem ernährt, was der Körper zum Leben braucht. Sie liegt in diesem Zeitpunkt praktisch im Kummer. Das Ziel ist es möglichst viele von ihnen zu klonen um vorher begonnene Fehler nicht zu wiederholen, um sie zu verbessern. Sie wollen sozusagen, eine perfekte Menschheit herstellen, eine Menschheit die keine Kriege führt und nur das tut, was ihr gesagt wird. Menschen wie du, sind eine Gefahr für das System, weil sie nicht genau wissen, was sie mit dir anstellen sollen. Alleine bist du bereits stark, denn du bist in der Lage weitgehend zu denken, manipulieren und umzusetzen. Sie haben aber auch Angst, dass bei Personen wie dir, diese doch so wichtigen und seltenen Eigenschaften verloren gehen und spielen deshalb mit dir, bis sie gemerkt haben, dass du doch nicht so bist, wie sie eigentlich dachten. Deine Vergangenheit ist sozusagen ein weiterer Bonuspunkt für dich, der dich noch außergewöhnlicher macht.

Deine Eltern.

Ob du es nun glaubst oder nicht, aber sie sind Erfinder dieses Spiels und nicht wie Tonia meinte, eine Organisation, die sich gegen das System stellt, doch zu ihrer Verteidigung wissen sie nicht, dass du ihre leibliche Tochter bist <Tut mir leid, dass ich dich unterbreche, aber was hätte das geändert? Sie haben mich abgegeben und sind jetzt sogar dafür verantwortlich, dass meine für mich als einzigen anerkannten Eltern, tot sind. Wo finde ich sie? Und ich schätze mal, dass Claire sich nicht dessen Bewusst ist, richtig?> Nein.. Claire kennt deine Eltern nicht einmal, denn auch sie ist nur einer von vielen, die Befehle erhalten und diesen nachgehen. Deine Eltern zu finden, ist so gut wie unmöglich, sie stehen ganz oben und mit ganz oben, meine ich auch ganz oben! Sie sind so gut wie unerreichbar. Sie stellen die Befehle und wir führen sie aus und mehr auch nicht. Ihre Befehle erhalten wir auch nur über Maschienen. <Moment mal, woher weißt du dann wer sie sind und wie sie aussehen?> Dein Vater und ich waren sehr gute Freunde und ich muss schon sagen, dass du sehr nach ihm kommst. Du denkst sehr anders als der Rest und hattest auch schon immer deine eigenen und verrückten Ideen zum Leben. Die aller wichtigste Gemeinsamkeit ist jedoch, dass sowohl du, als auch dein Vater, sehr stark auf Kleinigkeiten achtet. Das Beachten und Nutzen von Kleinigkeiten, hat deinen Vater dort hingebracht, wo er heute steht. Und es ist auch genau das gleiche Mittel, dass dich zu ihm und deiner Mutter bringen wird. Niemandem sonst, ist aufgefallen, dass Tonia keinen Brokkoli mag und es gibt auch niemanden, der so weit in die Dinge hineinbohrt, wie du oder dein Vater es tuen. Nun ja, als ich deinen Vater noch als einen sehr guten Freund kannte, hat er schon immer davon gesprochen, wie eine perfekte Welt wohl aussehen könnte. Er hatte eigenartige Ideen, wie außergewöhnliche Menschen zu entführen, herauszufinden wie sie auf ihre Schwächen und Probleme reagieren. Er hat sich gefragt, wie man Fehler beseitigen könnte, wie es möglich sein kann, eine makellose Welt zu haben. Das Spiel und die daraus entstehenden Resultate, sind Ergebnisse einer in seinen Augen, perfekten Welt. Kommen wir nun zum Punkt, wie es dir möglich, aber auch nur ganz vielleicht möglich sein könnte, sie zu finden, doch zunächst musst du aufhören nur dazustehen und nachzudenken! Die werden sich sonst noch fragen, worüber du denn so lange nachdenkst.."

Ich hörte auf wie eingefroren dazustehen, aber ich verstand immer noch nicht wieso sie mich abgegeben hatten...

Vielleicht aus Liebe?

Vielleicht aus Hass?

Vielleicht aus Unsicherheit?

Aus welchen Gründen auch immer, sie wollten nicht, dass ich weiß wer sie sind..

Doch Claire fing inzwischen wieder an: „Eure Schwächen! Wir wissen bereits selbst, wozu ihr in der Lage seid und was ihr am besten könnt, doch was wir noch nicht zu 100% sagen können, ist wie ihr auf eure Schwächen reagiert. Auch mit diesen habt ihr im Laufe eures Lebens stark zu kämpfen und dürft sie nicht einfach umgehen. Ihr werdet heute also nicht auf euer Wissen, sondern auf eure Strategie für das Überwinden der eigenen Schwächen, überprüft. Mögen wie immer die besseren Teams gewinnen!"

Das war ja mal wieder klar...

Ich musste aber dennoch mit Matthias in Kontakt bleiben, es musste mir möglich sein, mit ihm in meinen Gedenken zu sprechen und dennoch die Konzentration dabei auf das nächste Level zu halten. Also fing ich einfach an, wie es für Gedanken üblich ist: Matthias fang bitte an mir zu erklären wie ich meine Eltern erreiche. Ich will dieses obskures Spiel noch in diesem Level verlassen..

„Orlien, deine Eltern befinden sich an einem Ort, den ich ehrlicherweise auch noch nie betreten habe, doch ich weiß dennoch wie dort hinkommst. Die Zimmerverteilung, die Nummer darauf und eure Partner, alles geschah aus einem bestimmten Grund. Die Nummern, die euch zu Anfang zugeteilt wurden, sprich also dir 187, sind so zu verstehen, die Abstände zwischen den einzelnen Zahlen zu deuten. Der Abstand von 1 zur 8 ist sehr hoch und dieser steht für deine psychische Stabilität und dein geistliches Denkvermögen. Der Abstand von der 8 zur 7 ist jedoch sehr gering, da deine Stärke nicht wirklich in der körperlichen Stabilität steckt. Dir ist es jedoch immer wieder gelungen, zu zeigen, dass deine Gedankengänge viel gefährlicher sind und einen Menschen auch viel tiefer treffen können, als die körperliche Kraft es könnte. Diese Wissen und dieses Denkvermögen ist der goldene Schlüssel zu deinen Eltern. Den auch sie legen nur sehr wenig wert auf die körperlichen Stärken eines Menschen, sehen es dennoch als eine Nützlichkeit, doch ist diese nicht von hoher Bedeutung, sonst wärst du nicht mehr hier... Der Grund weshalb ich dir das sage, ist dass du in der Lage sein solltest mit diesen Nummern zu spielen. Wenn du beispielsweise den Fahrstuhl nutzen willst und du den Chip vorher scannst, bist du in der Lage deine Nummer zu ändern, da er ja, wie du bereits weißt, nicht so wie die andern funktioniert. Bis jetzt wusstest du noch nicht, was du damit anfangen könntest, doch ‹Tut mir leid ich muss dich gerade unterbrechen, aber das bedeutet doch, dass je größer die Abstände zwischen den Nummern sind, desto stärker bzw.

weniger Schwächen hat der Einzelne auch, oder?> Genau!
Versuche also Nummern mit großen Abständen zu nutzen und
diese möglichst Abwechslungsreich, so dass nie wirklich
erkennbar wird, wann du zur welcher Zeit wo warst. Sprich nun
erstmal mit Tonia über eine mögliche Spielstrategie und sage
ihr, dass du wahrscheinlich eine großartige Idee hast, und
jeden Moment wieder da sein wirst. Du musst das jetzt in
einem Mal durchziehen und mach dir bitte klar, dass es keine
zweite Chance geben wird und vergiss nicht, dass du jederzeit
Kontakt mit mir in deinen Gedanken aufnehmen kannst. Ich
werde dir den Weg von deinem Standpunkt aus, bis hin zu
deinen Eltern vermitteln."
Ich dachte nicht mehr lange über das nach, was Matthias mir
erklärte, denn es war offensichtlich, dass ich mich jetzt beeilen
muss und definitiv keine zweite Chance bekommen werde.
„Tonia, ich hab eine großartige Idee für dieses Spiel, gib mir
fünf Minuten und ich bin gleich wieder da!"
„Ok von mir aus, aber bitte beeil dich, du weißt ja, man weiß
nie wie viel Zeit man bei denen hat."
„Klar, ich bin gleich wieder da!"
„<Ok, dann schieß los, ich habe unser Zimmer breites verlassen>
Gut, dann begehe dich nun in Richtung Cafeteria und falls dir
irgendjemand über den Weg läuft, welcher eigenartige Fragen
zu stellen scheint, erzählst du denen einfach, dass du dir
gerade etwas zu essen vom Automaten holen möchtest <ok, geht
klar, wohin soll ich dann?> Wenn du kurz vor der Cafeteria
bist, dann begehe dich auf die Toilette und.. <Stop! Fau kommt
mir gerade entgegen und er wird mir niemals glauben, dass
ich mitten im Spiel Hunger bekommen habe!> Das ist mir klar,
ich habe ihn auch zu dir geschickt.. Hör mal, ich wusste, dass

wenn ich es dir von Anfang an sage, du dich nur darüber aufregen wirst, aber alleine wird es nicht einfach und bisher habt ihr doch, um ehrlich zu sein, ein gutes Team abgegeben, oder nicht? ‹Ja schon, aber du hättest mich vorwarnen müssen› Typisch! Von wem du dieses komplett durchgeplante wohl hast?! Du bist wirklich wie dein Vater! Ich weiß, dass du niemandem vertrauen willst und erst recht nicht auf jemand anderes angewiesen sein willst, aber du brauchst ihn! Lächle ihm einfach zu, dann wird er schon wissen, dass du dich ebenfalls auf den Weg machst. Betrete nun die Damentoilette mit ihm. ‹Überhaupt nicht auffällig, dass eine Junge, die Damentoilette betritt!!!› Glaub mir, die haben besseres zu tun, als Jungs zu beobachten, die soeben, die Mädchentoilette betreten! Orlien, ich glaube du verstehst wirklich nicht worum es hier geht, oder? Es geht hie gerade nicht nur um dich, oder deine Eltern oder mich oder Tonia! Es geht um uns alle, um unsere Zukunft, in der wir ein System der totalen Kontrolle nicht zulassen dürfen! Ich weiß, dass du denkst, du seist alleine besser dran, aber das dachte dein Vater auch und schau dir nun an, was das System aus ihm machte, dass er selbst erschaffen hat! "

Fau und ich waren nun beide auf der Toilette und schauten uns wieder einmal so an, als wüssten wir, dass wir dem anderen sowieso nicht vertrauen konnten, wieso auch immer...

„Begeht euch nun in die vierte Toilette von rechts und schließt hinter euch die Tür ab! ‹Ok, und jetzt?› Jede Toilette enthält wie du weißt einen Feueralarm für Brandnotfälle und lässt dann das Wasser laufen. In der Toilette, in der ihr euch befindet ist dieser Alarm schon seit langer Zeit defekt und das hat auch einen guten Grund: Er ist nicht mehr mit den

Wasserkanälen verbunden! Die werden stattdessen für die Klone gebraucht um sie am Leben zu erhalten. Ihr gelangt durch den Schacht dieser Toilette demnach zum Lager der Klone…"

„Ok Fau, wir müssen jetzt da hoch, aber von meiner Größe her, schaffe ich es bestimmt nicht alleine bis zum Schacht, also.. "
Bever ich noch zu Ende gesprochen hatte, lächelte er mir zu und trug mich über der Toilette soweit nach oben, dass ich den Schacht öffnen konnte. Ich hatte in diesem Moment wirklich das Gefühl, dass ich wirklich gerne, nachdem all das hier endlich vorbei ist, mehr Zeit mit ihm verbringen würde… Aber mein Verstand sagt wie immer nein: Vertraue nur dir und denen, denen du nie vertrauen würdest. In diesem Augenblick fiel mir auf: Ist Fau nicht jemand, dem ich eigentlich nie vertrauen würde??

Wie auch immer…

Ich öffnete den Schacht und ziehte mich hoch, doch ich muss sagen, dass es für einen Lüftungsschacht relativ groß war. Auch Fau kam mit seinen gefühlten Eins Achtzig locker nach oben, nun ja er hatte schließlich auch mehr Kraft in den Armen…

„Da ihr nun drin seid werdet ihr euch zunächst einmal so weit nach vorne bewegen, bis ich euch etwas anderes sage, doch wichtig ist dabei, dass ihr euch von nichts und niemandem abhalten oder ablenken lassen dürft. Vielleicht werdet ihr Schreie hören oder Interessante Gespräche mitbekommen, doch ihr müsst in der Lage sein, euer Interesse und eure Gefühle nicht über euch kommen zu lassen. Das dürfte jedoch nichts neues sein..

Ach ja und Orlien bitte hör auf ständig über Fau nachzudenken! Lass ihn unter gar keinen Umständen zu einen deine größten Schwächen werden! Du weißt, dass die Liebe einen schon immer verraten hatte, also bleibe dabei, dein Ziel klar vor Augen zu haben und lasse dich bloß von nichts ablenken! <Ich versteh schon... Ich weiß das alles ja selbst, aber hast du dich nicht auch schonmal verliebt? Hattest du nie das Gefühl, dass wenn du mit dieser Person zusammen bist, euch nichts mehr aufhalten kann und ihr euch immer sicher fühlt? Ich unterdrücke meine Gefühle schon immer und ich kann wahre Gefühle auch schon garnicht mehr von unechten unterscheiden, aber bei ihm weiß ich, dass ich es bloß aus Gewissens und Sicherheitsgründen nicht will...... Aber ist das richtig???> Du meine Güte, sogar wenn es um die Liebe geht, kommst du exakt nach deinem Vater... Bitte passe einfach auf dich auf und konzentriere dich! <Ist gut...>"

„Fau wir müssen uns jetzt erstmal nur nach vorne bewegen, er gibt mir Bescheid, wann wir irgendwo abbiegen sollen oder was auch immer tuen sollten."

„Klar kein Problem, aber Orlien darf ich dich mal fragen, wieso du ihm so sehr vertraust? Ich meine er kennt zwar deine Gedanken und hat dich so wirklich sehr gut im Griff, aber Warum??"

„Weißt du Fau, in meinem Leben gab es so gut wie niemandem dem ich je vertraute und diejenigen, die ich am meisten liebte, sind bereits meinetwegen ermordet worden... Ich habe immer versucht alleine durchs Leben zu kommen, aber irgendwann stellt man einfach fest, dass man es alleine nicht weit schaffen wird. Man braucht die Unterstützung der Liebenden, der Familie! Und Matthias ist der Einzige, dem mein Geburtsmahl sofort aufgefallen ist und davon können auch nur diejenigen wissen, welche mich bereits von klein auf kennen und das bestätigt, dass er die Wahrheit sagt. Ich weiß, dass es nicht

einfach ist, jemandem sein Vertrauen zu schenken, besonders
für uns beide nicht…"
„Warum besonders für uns beide?" fragte er mich mit einem
etwas hoffnungsvollen und dennoch grimmigem Gesicht.
Wir blieben stehen und schauten uns an, wie immer wenn wir
beide wussten, was wir dachten, aber keiner von uns den Mut
hatte zu sprechen…
Ich fing leise an, die Ruhe zu brechen, die sich langsam
einbrachte und machte ihn darauf aufmerksam, dass wir weiter
müssen. Wir gingen bzw. krochen immer weiter und weiter, bis
Matthias uns nach ca. zehn Minuten sagte, dass wir runter
müssten.
Wir waren direkt unter Claire und Tonia…
„<Matthias bitte wie hast du dir vorgestellt, dass wir hier runter
können? Tonia und Claire sind genau unter uns!> Ihr müsst
warten bis sie weg sind… Aber was auch immer kommt. ihr
müsst auf jeden Fall da runter! Von dort aus führt ein Gang
zum Compiler des Systems und nur von dort kannst du deine
Eltern erreichen…"
Ich berichtete auch Fau darüber: „Wir müssen zunächst einige
Minuten warten, bis Claire und Tonia weg sind. Wir sollten uns
dementsprechend unauffällig und leise verhalten.."
Er sagte jedoch nichts und nach einigen Sekunden wurde ich
ehrlich gesagt neugierig und wollte wissen, was in seinen
Gedanken vor sich geht, also fragte ich einfach: „Fau sag mal,
worüber denkst du die ganze Zeit über nach? Du hast bis jetzt
kein Wort verloren…"
Er schaute mich an und sprach: „Ich denke wie immer über das
nach, was wir beide denken, aber nicht den Mut dafür haben es
auszusprechen… Ich denke über das nach, was wahrscheinlich

niemals geschehen wird und über das, was eigentlich unmöglich ist ‹ich schaute ihn nur an und wollte ihn nicht unterbrechen› Orlien... jetzt mal ganz ehrlich, was glaubst du warum ich das alles mache? Warum gebe ich mir die Mühe deine Eltern zu finden? Deine Freunde zu retten? Deine Probleme zu lösen? Es geht mir hierbei nicht nur um das System, es geht um vieles mehr... Warum wohl glaubst du spiele ich eine Beziehung mit dir vor? Damit ich weiß, wie es sich anfühlt in deiner Nähe zu sein, mit dir zu sprechen und dich zu verstehen! Weißt du, auch wenn du es vielleicht nicht zugeben willst, aber wir beide sind uns ganz schön ähnlich... Wir versuchen beide vor unseren Schwächen wegzulaufen und sie am liebsten zu vermeiden, aber O', wir sind auch nur Menschen und das hast du seit dem Tod deiner Eltern leider vergessen... Dürfen wir denn keine Fehler machen? Müssen wir denn immerzu perfekt sein? Dürfen wir beide nicht auch einfach mal Mensch sein? Ich...

Verdammt nochmal ich liebe dich! ‹er schaute mich an und hörte nicht auf mich anzuschauen...› Was ich an jenem Tag zu dir auf der Terrasse sagte, war mein voller ernst! Es musste selbstverständlich ein Vorspiel sein, aber meine Worte und Gefühle für dich, waren in diesem Moment echt! Ich halte es nicht mehr aus, in deiner Nähe immer so zu tun als wäre ich perfekt! Meine größte Schwäche und somit wahrscheinlich auch in deinen Augen, mein größter Fehler, bist du! Weil ich nicht in der Lage bin zu sehen, dass ich für dich immer der Mann sein werde, der dir zwar oft vom Nutzen und zur Gute ist, aber niemals und das kannst du nicht bestreiten, würdest du einen Fehler für mich eingehen. Es stimmt, dass ich schon mehrere Freundinnen hatte, aber keine von ihnen ist so wie du gewesen! Keine von ihnen konnte so lächeln, so weinen, so strahlen, wie du! Wie sehr ich mich jedoch auch bemühe nahezu perfekt zu sein, du siehst immer nur meine Fehler und das war es auch! Mehr bin ich nicht für dich! Ich bin nicht mehr als ein Fehler! Kannst du jetzt vielleicht auch was sagen, sonst.. <er schluchzte auf> sonst fange ich noch an <er schluchzte nochmals auf> verrückt zu werden… "

Ich hatte etwas angefangen, dass ich schon sehr lange nicht mehr tat, ich hatte angefangen zu weinen… Ich fragte mich selbst immer wieder in meinen Gedanken, warum? Warum weinst du? Du bist Orlien Time und du weißt, dass Liebe nur auf materieller Basis existiert.. Oder war es nur das, was du ständig hofftest? Plötzlich fing Matthias an meinen Gedankengang zu unterbrechen und sprach: „Weil du nunmal ein Mensch bist! Du hast Gefühle, wie lange willst du diese noch unterdrücken? Wie lange willst du dich noch davor scheuen ihm zu gestehen, dass du ihn ebenfalls liebst?"

Ich antwortete ihm: „Du weißt, dass ich in meinem Leben so gut wie niemanden hatte… Es fällt einem sehr schwer aus so einer Sicht zwischen Ehrlichkeit und Lüge zu unterscheiden. Wir Menschen können uns verstellen… Wir können naiv und hinterlistig sein, aber auch freundlich oder gemein. Du hast recht.. Ich sah Liebe immer als Hindernis meines Ziels und als Fehler der menschlichen Natur, weil wir unsere Gefühle nicht unterdrücken können, aber … Du warst in meine Augen schon immer Perfekt! Du warst für mich schon immer der perfekte Mensch mit seinen perfekten Fehlern..

Und selbstverständlich dürfen wir auch Mensch sein, aber auf welchem Risiko? In wie fern darf ich mich von meinen Gefühlen leiten lassen? Soll ich lieber aus Hass oder aus Liebe handeln?………"

Fau unterbrach mich und sagte leise: „Du weißt doch nicht einmal, was Liebe ist! Du kannst nur aus Hass handeln! Aus Hass zu dem System, Claire und deiner leiblichen Eltern!"
Ich musste ihn ebenfalls unterbrechen und fragte sehr aufgewühlt: „Wieso liebst du mich dann angeblich?"
Er antwortete: „Angeblich?!?! Ist das dein Ernst? Weißt du was, vergiss einfach, worüber ich die letzten fünf Minuten mit dir gesprochen hatte und lass uns, uns lieber auf unsere eigentliche Aufgabe und unser eigentliches Ziel konzentrieren."
Für einige Minuten herrschte absolute Stille und wir warteten stumpf weiter bis Claire und Tonia gegangen waren und Matthias konnte es wohl nicht lassen mir ständig Kommentare in meinen Gedanken zu hinterlassen.. „Du bist wirklich unmenschlich! Denkst du, dass es für alles auf dieser Welt eine Formel gibt, welche du durch Einsetzen von Zahlen auflösen kannst? Zahlen und Fakten machen einen großen Bestandteil unseres Lebens aus, aber sie sind nicht alles... Wir sind Menschen Orlien! Aber das hast du wohl längst vergessen.. genau wie dein Vater es vergessen hat, aber weißt du was, auch er hatte eine Schwäche und zwar dich und deine Mutter, doch nicht einmal die Schwäche der Liebe, die selbst er sich gestehen konnte, kannst du dir selbst eingestehen!
Nun konzentriere dich wenigstens auf Claire und Tonia, sie sind nämlich weg.. Ihr müsst den Schacht öffnen und hinunter springen. <Muss ich jetzt jede deiner Anweisungen selbst an Fau weiterleiten?> Ja Orlien, das musst du!"
Also fing ich an: „Ok Fau, wir können jetzt runter, bist du bereit? "
Doch er antwortete nur mit einer Gegenfrage: „Bist du bereit?"

Ich sagte nichts mehr und wir öffneten den Schacht mit einem kurzen Blick nach rechts und links um sicher zu stellen, dass niemand dort ist. Ich sprang als erste und fragte Matthias sofort „<Und nun?> Jetzt geht es für euch zunächst geradeaus weiter. Nach etwa 50 Metern müsst ihr rechts rein und verhaltet euch bitte so unauffällig wie möglich. Es wird euch schließlich nicht verboten den Gang zu betreten, ok? <ok, alles klar>"
Ich ging vor und Fau folgte mir einfach...
Nachdem wir die 50 Meter zu Ende gingen, gab ich Fau Bescheid, das wir nach rechts abbiegen müssten, aber auch dieses Mal antwortete er nichts und folgte mir einfach. Ich war tatsächlich so in meinen Gedanken von ihm gefangen, dass ich vergaß, was ich eigentlich vor hatte.. Das hat mir ehrlich gesagt sehr geholfen, schließlich habe ich vergessen, dass ich so tun müsste als sei alles normal, und fühlte mich einfach wirklich so...
„Ok Orlien nun müsstest du eine Tür vor dir sehen, die nur mit einem Mitarbeitercode zu öffnen ist..., also gebe nun die Ziffern "14690" ein. <Ok, die Tür ist geöffnet.> Nun hast du einen großen Vorteil, da der Mitarbeiterzugang als Einziger nicht überwacht wird, dennoch musst du vorsichtig sein! Ihr werdet nicht sofort erkannt, da es auch viele von uns gibt, die sich als Spieler ausgeben um die eigentlichen Spieler zu überwachen. <Tut ihr sonst noch etwas, von dem ich jetzt vielleicht erfahren sollte???!!> Orlien, du vergisst manchmal, dass nicht ich Erfinder dieses gestörten Spiels bin! <Du bist dennoch Teil davon!> Ja, aber auf eurer Seite! <Das sagst du uns..> Ist das jetzt dein Ernst? <Ich habe doch recht, ich meine du kennst meine Gedanken und weißt alles, also habe ich doch mehr oder weniger keine andere Wahl, als dir zu

vertrauen, oder?> Diese Gewohnheit wirst du dir wohl nie abgewöhnen können... Aber ich nehme es dir trotzdem nicht übel, da dein Vater genauso war und es nunmal so in deiner natürlichen Art liegt...

Nach 130 Metern gehst du die Treppen links runter und bitte verhaltet euch einfach ganz normal. Du weißt schließlich am besten, dass der kleinste Fehler ein Leben und noch weit aus mehr kosten kann... <Ja das stimmt, dass weiß ich nur zu gut... Aber weißt du... Ich habe aus meinen Fehlern gelernt, denn Gefühle kommen und gehen, aber das Wissen bleibt für immer, Gefühle können sich irren, doch das Wissen ist sich sicher... Ich weiß jetzt endlich, was richtig oder falsch ist und kann mich besser einordnen, ich habe mich gefunden und das ist das was zählt. Doch ich werde nicht zu lassen, dass andere, wie Tonia, für meine Fehler bezahlen müssen.> Das hast auch keiner gesagt, aber manchmal muss man Opfer bringen, bei denen man keine andere Wahl hat! Manchmal gehen wir Leid ein um ein höheres Glück zu erreichen und oft fällt uns das auch nicht so leicht... <Ok, ich habe schon verstanden und wir sind jetzt auch schon die erste Treppe herunter gegenagen, wie weit sollen wir noch runter gehen?> Geht bis hin zur dritten Treppe und gebt mir dann Bescheid <Ok..> "

„Fau wir sollen bis zur dritten Treppe runter und das möglichst schnell, komm wir müssen uns beeilen." versuchte ich ihm ruhig zu erklären, doch er antwortete wieder nicht und ging mir einfach hinterher...

Nach ca. zwei Minuten erreichten wir die dritte Treppe, doch wir senden bloß vor einer Wand, nichts weiter..

„So Orlien, willkommen im wohl schwierigsten Teil des Spiels, dass öffnen der dir noch nicht bekannten Tür, doch zum

Glück hast du ja mich.. <Ok, komm zum Punkt, bevor uns gleich wirklich jemand erwischt!> Schon gut, ich darf ja wohl auch einmal stolz auf mich sein. Es gibt nur zwei Möglichkeiten diese Tür zu öffnen, zum einen mit dem Fingerabdruck und Netzhautscan deines in diesem Fall Vaters bzw. deiner Mutter. Da dies jedoch nicht in Frage ko.."
Ich lehnte mich mit meinen Händen an die Wand, bis eine Stimme plötzlich sprach: „Zugang autorisiert" und ich mit Fau in meinen Händen in ein Loch hineinfiel. Die Wand schloss sich direkt danach, doch sah ich einen Haufen Männer im letzten Moment mit Waffen auf uns zu kommen. Wenn sich die Wand nicht sofort geschlossen hätte, wären wir jetzt wahrscheinlich nicht mehr am Leben, aber wie konnte das sein?
„Orlien, was ist passiert??!!?!! <Ich lehnte mich nur gegen die Wand, bis sie sich öffnete und jetzt fallen wir in so ein „etwas" hinein! Was ist das?? Und wieso waren bewaffnete Männer vor der Wand, die kurz davor waren uns umzubringen?! Ich dachte keiner wüsste, dass wir hier drin sind> Orlien, du dürftest garnicht in der Lage sein diese Tür zu öffnen!!"
Noch in diesem Moment verstand ich, dass Matthias zu den Leuten gehörte, denen ich nicht vertrauen durfte, er hatte uns bis vor die Wand gebracht und wollte uns dann umbringen lassen... Kein Wunder, dass wir ohne jegliche Hilfe unauffällig bis hier her gekommen sind..
Fau fing selbstverständlich auch an, Fragen zu stellen und schrie dabei: „O`, was ist passiert??? Wohin fallen wir??"
Ich antwortete ihm jedoch nur damit, dass ich es selbst nicht weiß und Matthias uns ebenfalls verraten hat.
„Wie meinst du das, er hat uns verraten?"

„Na er hat uns verraten, verarscht! Was ist daran nicht zu verstehen?!"

Plötzlich landeten wir ungewöhnlich weich...

Ich landete auf dem Bett des ersten Spiels......

Fau fragte mich wo wir seien, doch ich antwortete nur mit „pschht! Wie kann das sein? Es musste alles von Anfang an genauso geplant sein, ein Spiel nur mit mehreren Etappen, dabei sollte ich und viele andere geprüft werden... Bis ich plötzlich zwei ältere Menschen vor mir stehen sah.."

Der Mann sprach „Wer seid ihr?"

Hinter ihm folgten bewaffnete Männer, die auf uns zielten.

Für einige Sekunden herrschte reine Stille, doch wie bekannt, bricht das Schweigen die Stille...

Er hörte nicht auf zu fragen und sagte: „Wenn ihr uns nicht sagt, wer ihr seid, sind wir dazu verpflichtet euch zu töten! Ihr bekommt also noch eine letzte Chance: Wer seid ihr und wie war es euch überhaupt möglich hier zu sein?!"

Jemand musste anfangen, doch bevor ich noch den ersten Schritt machen konnte, fing Fau bereits an zu sprechen:„Ich bin Fau und das ist O'.. Wir sind hier, weil wir zu denjenigen gehören, die sich das Spiel nicht mehr mitansehen können, geschweige denn noch Teil davon sein können!"

Man merkte jedoch, dass der Mann ihm kaum zuhörte und er bewegte seine Hand gezielt auf den bewaffneten Mann nach vorne zu uns.

Fau schrie: „Orlien!!!" Schubste mich weg und wurde erschossen...

Ich schaute ihn bloß an und konnte nich fassen, was so eben passierte, wieso hat er das getan?!?!

Der ältere Mann zog seine Waffe und befahl den bewaffneten
Männern aufzuhören zu schießen, sie reagierten sofort, doch
ich verstand gar nichts... Ich konnte nicht realisieren, dass Fau
gerade wirklich dort auf dem Boden lag..
Ich bückte mich runter, nahm sein Gesicht in meine Hände und
fragte nach seinem Namen „Fau?!?!?! Bitte wach auf, dass werde
ich mir nie verzeihen können!!! Bitte wach auf, wach auf,
verdammt nochmal, wach auf!!!! Bitte..."
Ich lag zerstört und verheult auf dem Boden und konnte nicht
glauben, was so eben passierte...
Der ältere Mann stand mit zitternden Händen vor mir und
fragte mich: „Hat er dich gerade... ‹er schwieg für einige
Sekunden und schluckte runter› Orlien genannt??"
Ich sah ihn mit Tränen in meinen Augen an und fragte ihn,
wieso dass jetzt so relevant ist, bis ich die Vermutung in
Betracht gezogen hatte, es seien meine Eltern...
„Mein Name ist Orlien Time, doch das hat jetzt sowieso keinen
Nutzen mehr, denn ohne ihn bin ich nichts.."
Ich schloss meine Augen und sagte ihnen, dass wir einen Arzt
oder ähnliches aufsuchen müssten, doch sie schauten mich
beide nur an und flüsterten leise vor sich hin: „Wie ist das
möglich?! O.. sie stotterten Orlien, du bist unsere Tochter!"
Ehrlich gesagt war mir in diesem Moment egal, wer ich bin...
Wie konnte mich jemand nur so sehr lieben, dass er sein Leben
für mich gab?
Ich wandte mich von ihnen ab und sie sagten nur: „Es hat
keinen Sinn mehr, er ist tot!"
Wie leicht es ihnen gefallen ist, zu sagen, dass er tot sei?!
„Es war ein Menschenleben! Wie viele habt ihr zerstört, dass es
euch egal ist!? Der Tod ist nicht so einfach zu verkraften! Er

wird mir nie wieder sagen können, dass er... ‹ich schaute ihn an und wollte am liebsten im Erdboden versinken...› dass er mich liebt.. Er hat mich geliebt verdammt nochmal! Und ich habe ihm nicht einmal geglaubt... Er hat mich geliebt und ich verleugnete seine Liebe zu mir stets, wie konnte ich nur?"
Mein Vater sprach „Orlien! Wir haben dich seit über zwanzig Jahren nicht mehr wiedergesehen. Liebe existiert nicht! Es ist bloß ein Mechanismus, der uns aufgrund unserer Gefühle vom Gedächtnis eingeredet wurde und einzig und allein, eine Schwäche ist!!"
Ich schaute Fau an und sagte ihnen: „Ich kann nicht galuben, dass selbst ich einmal so dachte. So dachte, dass Liebe nicht existiert, dass Menschen einander nur verraten und benutzen können! Ein negatives anthropologisches Menschenbild, nichts weiter! Aber wir sind nicht alle so! Seit über zwanzig Jahren lebte ich nach diesen Motiven, ich lebte danach niemandem vertrauen zu dürfen, niemanden als meine Schwäche ansehen zu dürfen, aber eine Schwäche ist nichts schlimmes, solange wir in der Lage sind, sie zu kontrollieren! Er hat mich so geliebt und mir vertraut, wie ich es nie getan hätte.. Wenn er nicht sein Leben für mich gegeben hätte, wäre ich wahrscheinlich immer noch an diesen Gedanken gefesselt..."
Meine Mutter sprach: „Orlien, wir alle sind doch nur Menschen, dass waren wir zumindest noch vor diesem Spiel.. Unser Ziel ist es, eine perfekte Welt zu schaffen! Eine Welt, in der Menschen einander nicht verletzten, betrügen, bestehlen oder belügen können! Denn.."
Ich unterbrach sie: „So eine Welt, ist keine Welt! Sie ist ein Spielbrett, auf dem jeder Mensch unter Kontrolle eines Systems steht! Ein System, dass ich nicht einfach so mitansehen werde!

Ich werde es vernichten, bevor wir alle Schachfiguren unserer eigenen Fehler werden.."

Mein Vater sprach dazwischen: „Ausgerechnet du sprichst von Fehlern?! Fehler sind uns allen schon reichlich zu Gute gekommen und es ist nun an der Zeit sie aus der Welt zu schaffen!! Wir sind Fehler! Wir alle sind Fehler, weil wir fehlerhaft durch unsere Schwächen sind. Diese Fehler müssen beseitigt und durch Stärken ersetzt werden! Das musst du nachvollziehen!"

„Fehler? Ein Fehler ist es, seine seit über zwanzig Jahren nicht mehr gesehene Tochter als Fehler zu bezeichnen... Ihr wollt Fehler aus der Welt schaffen, aber gleichzeitig neue auf die Welt bringen? Wisst ihr was? Was auch immer ihr für ein Spiel mit mir spielen werdet, es wird euch nicht gelingen, mich zu bändigen.

Habt ihr das letzte Spiel ebenfalls konstruiert? Und wieso wolltet ihr, dass Tonia Frag das Gefühl bekommt, dass sie nichts sei?

Wieso wolltet ihr in der Lage sein, mich und alle anderen zu bändigen?

Wieso MICH???

Wieso MICH???

Wieso MICH???

Man sagt doch oft, die Taten des Menschen sind entsprechend seinen Absichten und daran glaube auch ich. Tonia tat mir früher noch selbst leid, da sie sich selbst nicht unter Kontrolle hatte, aber sie wurde ungewollt zu einer guten Freundin, die ihr mir auch weggenommen habt!

Wir Menschen verlieren uns oft in den Dingen, die uns vom ersten Blick an, verführen und den Reiz erwecken uns zu befördern bzw. zu verbessern. Doch sind es gerade diese Dinge, die am Ende schuld daran sind, dass wir untergehen und uns verlieren.

Ja, die Reize und Genüsse, dieser Welt sind für uns nicht immer leicht zu überwältigen und wir sollen ja auch garnicht ohne Genuss und Freude am Leben teilhaben, aber wir sollten versuchen bestimmte Genüsse auszuschließen und noch einmal zu überdenken. Inwiefern hilft mir diese Sache, mein Leben im positiven Sinne zu prägen? Hilft sie mir überhaupt? Wessen Zufriedenheit erlange ich damit? Ist es die, der Leute oder meine? Ist es diese eine Sache wirklich wert, so vieles im Leben dafür zu opfern? Wir sind nicht stark, aber auch nicht schwach, denn jeder kann sich selbst erweitern und versuchen, das Leben aus einer anderen Perspektive zu sehen, aus einer Perspektive, die uns zwar nicht einschränkt, aber auch nicht alles gibt. In diesem Augenblick wissen wir, es handelt sich um die Wahrheit! Dann wissen wir, es handelt sich um die wahre Perspektive, die nicht für jeden zugänglich ist, aber doch für denjenigen, der sie für sich selbst zugänglich machen will. Es gibt kein „Ich kann nicht", „Ich bin zu schwach"oder „Es geht nicht", es gibt nur ein „Ich will nicht!!!" und ich glaube, das ist das größte Problem. Nun ja, die Probleme einer Gesellschaft herauszupicken ist nicht gerade schwer, also sollten wir uns auf den Weg machen, eine Lösung und die darin liegende Wahrheit zu finden. Vorher müssen wir uns selbstverständlich darüber im Klaren sein, was „Wahrheit" ist.
Das schaffen wir jedoch nicht in dem wir uns einfach alle gegenseitig zerstören!
Also, was ist Wahrheit?
Keine Lüge, die auf falschen Informationen basiert.

Das, was unsere eigenen Augen sehen und unsere eigenen Ohren hören.

Nicht das, was wir gerne hätten.

Eine nur dann, vertraute und sichere Information, wenn die Quelle sicher und loyal ist.

Nun ja, in den meisten Fällen besteht das Problem jedoch nicht darin, dass wir nichts mit dem Begriff der Wahrheit anfangen können oder uns nicht über dessen Definition im Klaren sind, sondern eher, dass wir Wahrheit nicht anwenden können und sie uns gerade so schön reden, wie sie uns gefällt. Sind wir uns demnach über dessen Definition bewusst und wenden wir sie an der richtigen Stelle an, so haben wir im eigentlich bereits die Lösung für so viele Probleme gefunden. Halten wir fest: Wir wissen, was Wahrheit ist und wann wir sie anwenden sollten und trotzdem wenden wir sie nicht in diesem Moment an.

Wieso nicht? Will jeder von uns so enden, wie Tonia Frag, wie Fau oder wie ich wahrscheinlich noch enden werde?

Ich will nicht daran verzweifeln, mein ganzes Leben damit zu verbringen, darauf zu hoffen jemand anderes zu sein..

Tonia ging damals an ihrer Eifersucht und dem Hass, welcher sie blind machte, zu Grunde!

Wollen wir das auch?

Wollen wir nicht lieber in Frieden und mit einem guten Gewissen sterben?

Jeder von uns hat seine eigene, aber dennoch andere Vorstellung davon, was nach dem Tod passiert. Einige glauben daran, einfach in Asche zu zerfallen und das wars. Andere glauben daran, dass jeder irgendwann seine gerechte Strafe erhält und andere wissen garnicht woran sie eigentlich glauben sollen. Für welche Variante wir uns letztendlich entscheiden, wir müssen uns darüber im Klaren sein, dass es im Moment des Todes zu spät ist, seine Meinung zu ändern oder versuchen alles zu verändern, also tun wir es jetzt!

Keiner von uns muss so enden wie sie!

Wir alle sind Menschen mit Verstand und Wissen, in wie weit diese Dinge ausgeprägt sind, ist eine andere Sache.

Lasst es uns doch auch anwenden?!

Wenn nicht, ist das ein Problem mit dem jeder von uns selbst zurecht kommen muss, doch dies wird für die meisten leider nicht zu bewältigen sein.

Geht nicht auch an euren eigenen Fehlern und Schwächen zu Grunde! Lasst mich doch stolz auf euch sein, wenigstens dieses eine Mal nach über zwanzig Jahren... "

Doch meine Eltern sprachen nur: „Schade Orlien... Wir dachten, dass wenigstens du uns verstehen würdest.. Diese Welt von der du sprichst ist reine Utopie, nichts weiter! Wir Menschen müssen irgendwie gebändigt werden und dafür müssen ihre Schwächen nun einmal identifiziert und vernichtet werden!"

Ich weiß nicht, wie zwei Leute so stur sein können, aber ich verstand auch ihre Ängste, doch mal wieder wurde auch dieser Gedankengang von Claire gestoppt..

„Mr. Clark, ich entschuldige mich für die Unannehmlichkeiten und werde Orlien wieder auf ihr Zimmer bringen."

Mein Vater antwortete ihr bloß: „Wieso haben wir nie erfahren, dass sie unsere Tochter ist????? Folge mir! ‹Er schaute mich an› Du auch! Fau ist tot und er wird auch nicht wieder zurück kommen!"

Wir folgten ihm, ohne auch nur ein Wort zu sagen. Er führte uns in einen Raum, den ich in diesem Moment wirklich nicht sehen wollte... Ich dachte darüber nach, was Fau mir damals auf der Terrasse sagte... Umgehe ich meine Hindernisse auch einfach alle? Ich meine, ich hätte nie gedacht, dass ich jemals darüber nachdenken würde, aber ich konnte einfach nicht glauben, dass Fau sein Leben für mich gegeben hatte...

Wir standen vor einem Labor, einem Labor in dem alle die mit ihren Fehlern und Schwächen nicht umgehen konnten, geklont wurden. Die Menschen, unter anderem Tonia wurden hier geklont und zu dem benutzt, was sie immer wollten: eine perfekte Welt...

Es sah unheimlich aus und ich fühlte mich wie in meinem eigenen Albtraum, bis mein Vater plötzlich zu mir sprach:

„Tonia werde ich dir leider nicht wieder zurück geben können, aber du hast so eben das Spiel gewonnen. Du hast einen Fehler zugegeben. Du liebst Fau und siehst ein, dass es nicht ganz so schlimm ist jemanden zu lieben."

Claire schaute ihn geschockt an und das war der erste Moment in meinem Leben, in dem wir etwas gemeinsam hatten...

Wir beide standen da und verstanden rein gar nichts.

Ich fragte ihn. „Was genau meinst du damit?"

Daraufhin antwortete er: „Meine kleine Orlien Time, ich bin Erfinder dieses Spiels, dennoch wusste ich wirklich nicht, dass du meine leibliche Tochter bist. Als du jedoch auf dem Bett des ersten Spiels lagst, dessen Wand entweder Mitarbeiter oder ich bzw. deine Mutter öffnen konnten, wusste ich Bescheid. Du bist genauso stark wie ich, dennoch will ich nicht, dass du den gleichen Fehler machst wie ich: „Die wichtigsten Menschen auf dieser Welt zu vergessen, weil sie in unseren Augen Schwächen sind." Ich ließ Fau anschießen, aber nicht mit einer Kugel, sondern einem Serum, dass ihn für etwa 30 Minuten in den Schlaf fallen lässt. Er liebt dich wie es kein andere könnte und auch du würdest so vieles für ihn opfern, aber du hast es lieber für dich behalten, weil du genau wie ich der Ansicht warst, dass Fehler und Schwächen nicht angesprochen werden dürf.."

Ich unterbrach ihn: „Heißt das, Fau ist am Leben?!?"

Er antwortete: „Ja, sic.."

Ich hörte nicht mehr zu und lief wieder zurück zu ihm und tatsächlich, er saß auf dem Boden und schaute verwirrt umher, doch ich lachte nur...

Man hörte ihn nur fragen: „Orlien?"

Ich ließ ihn jedoch nicht mehr weiter zu Wort kommen. Stattdessen lief ich in seine Arme und umarmte ihn.

„Fau, du musst mir versprechen, dass du mich nie wieder verlassen wirst! Lass mich nie wieder los!! Versprochen?!?"

„Orlien, was ist denn plötzlich mit dir los? Ich meine, so kenne ich dich gar nicht? <Dabei grinste er leicht und wie immer war es dieses leichte Grinsen, dass mir sagte, dass ich nie wieder mehr getrennt von ihm werden will>"

Ich umarmte ihn weiterhin und sagte ihm: „Ein wichtiger Mensch in meinem Leben hat mir gezeigt, dass eine Schwäche manchmal gar nicht so schlecht ist, im Gegenteil! Manchmal kann sie als Stärke verwendet werden! Die Liebe zu dir, die ich mir immer unterdrücken und verschweigen musste, tat weh, aber ich will aus meinem Fehler lernen! Fau, ich liebe dich!"

„Das wurde ja wohl Zeit! Darf ich deine Hand jetzt endlich so berühren, dass ich keine Angst davor haben muss, von dir geschlagen zu werden?" konnte er sich vor Lachen nicht mehr halten.

Es war irgendwie schön, jemanden zu haben dem man endlich vertrauen konnte, ohne ein schlechtes Gewissen dabei haben zu müssen, dass diese Person einen betrügen oder belügen würde.
Ich denke nicht, dass es in diesem Moment jemanden gibt, der mir dieses Gefühl jemals nehmen könnte..
Da war es ja klar, dass Claire um die Ecke kommt..
Und sie fing wieder an: „Das kann doch wohl nicht wahr sein, Mr. Clark ist Ihnen eigentlich bewusst, wie viele Regeln sie gerade auf einem brechen?!"
Mein Vater befahl ihr hingegen: „Es sind die Regeln, die ich gemacht habe! Ihre Aufgabe ist es nun dieses Spiel zu beenden!"
„Das kann doch nicht ihr ernst sein?! Das ist jahrelang harte Arbeit, die dahinter ste..."
Mein Vater unterbrach sie und machte ihr deutlich, dass er nie wieder einem Menschen begegnen will, der mit einer Nummer angesprochen wird. Zudem sagte er ihr, dass es niemandem mehr leid tun könnte, als sich selbst, schließlich ist er der Erfinder von all dem hier.
Ich fragte ihn daraufhin, woher der Sinneswandel käme und er antwortete bloß, mit Mamas Hand in seiner: „Da gibt es zwei Frauen, die es geschafft haben meine Schwächen zu werden und ich will nicht mehr, als den Rest meines Lebens in Frieden mit ihnen zu verbringen."
Wir umarmten uns, Claire schaute unbeholfen zu, wie ihr so eben, alles was ihr im Leben wirklich wichtig war, genommen wurde.
Es war der Moment, der gerade alles so schön machte, doch Tonia würde ich nie wieder sehen...
Ich bemerkte, dass es im Leben so viele Dinge gibt, die genötigt werden um glücklich zu sein. Dabei geht es nicht immer

unbedingt um das, was man immer wollte, aber oft genug auch um das, was man nie haben wollte. Eine Beziehung zu Menschen, wie Fau hätte mir vor einigen Stunden noch Angst gemacht, aber ich habe gelernt, dass ich meine Angst nicht über mich herrschen lassen werde und schon garnicht erst, wenn diese Angst, das Leben einer von mir geliebten Person in Frage stellt...

Naja wie auch immer, mit uns Menschen kann man ja so viel reden, wie man will, aber ich muss schon sagen, dass Jahr 2078 war ein wissensreiches Jahr...